AF208989

Eine Wette führt Kai Kurzbein Ende der 1990-er Jahre gemeinsam mit Kommilitonin Maren nach Laos. Als angehende Journalisten wollen sie mehr herausfinden über das Bergvolk der Hmong und ihr wechselhaftes Schicksal nach Ende des Indochinakrieges. Sie begegnen Travellern, Kriegsveteranen und Schamanen. Und sie lernen eines: Nichts muss so sein wie es aussieht.

Natürlich ist das alles reine Fiktion. Personen und Begebenheiten sind frei erfunden, manchmal in einer Weise, dass sie auch in die Realität passen würden.

Michael Schultze, Jahrgang 1956, studierte Politikwissenschaften und die Geschichte Südostasiens. Seit 1982 bereist und beschreibt er die Region bevor es ihn letztlich ganz nach Laos verschlug. Bisher verfasste er vor allem Sachbücher und Zeitungsartikel über Land und Leute.

Michael A. Schultze

Falscher Ruhm

Kai Kurzbeins erster Fall

Bibliografische Information der Deutschen Nationalbibliothek:
Die Deutsche Nationalbibliothek verzeichnet diese Publikation
in der Deutschen Nationalbibliografie; detaillierte bibliografische Daten sind im Internet über www.dnb.de abrufbar.

© 2016 Michael A. Schultze
Umschlag: Kaithong
Umschlagbild: traditioneller Kopfschmuck der Hmong
(© M. Schultze)
Herstellung und Verlag:
BoD – Books on Demand, Norderstedt

ISBN: 978-3-8391-6666-6

Der Tag war im Arsch. Dicke, graue Regenwolken schienen fast auf dem Boden zu schleifen. Der Regen fiel nicht zur Erde, er war in der Luft, durchtränkte sie wie einen Schwamm, schob sich durch Jacke und Hose bis auf die Haut. Er war einfach da und versaute neben den Klamotten auch noch die Stimmung. Kai war ohnehin schon geladen. Aufstehen um fünf Uhr gehörte ganz gewiss nicht zu seinen bevorzugten Tagesanfängen. Und wenn die vorherige Nacht erst nach zwei Uhr zu Ende gegangen war, umso weniger. Beim Rasieren entzog sich die Klinge seiner Kontrolle, was ihm einen blutenden Schnitt vom rechten Ohr Richtung Kinn eintrug, sodass er einem Neumitglied der schlagenden Burschenschaften verdammt ähnlich sah. Als er sich dann auch noch den frisch aus der Maschine kommenden Kaffee, der eigentlich als Ersatz für ein opulentes Frühstück gedacht war, über die Hose kippte, war der Tag schon gelaufen, bevor er richtig begonnen hatte. Fluchend wechselte Kai sein Beinkleid, kippte die zweite Tasse Kaffee nun aber doch in den Mund und verbrannte sich prompt die Zunge. Beknackte Vorstellung, mit Maren den ganzen Tag verbringen zu wollen. Ausgerechnet mit der. Und das nur wegen einer Laune.

*

Bis vor zwei Monaten hatten sie gemeinsam studiert und auf einer der Partys zum Ausklang des Studentenlebens auch diese schrille Idee ausgeheckt. Furzidee, hatte seine Großmutter so etwas immer genannt. Da lag die alte Dame sicher nicht ganz falsch. Kai stopfte seine Sachen in den Rucksack und versuchte, die Dinge jenes Abends zum Studienabschluss zu erinnern. Im Bad vergewisserte er sich, dass die Blutung gestoppt war und er sich unter Menschen wagen konnte, ohne dass jemand den Notarzt rief. Den teuflischen Rasierer, der ihn eben fast massakriert hatte, so dass die nächste Woche sowieso nicht an eine Neuauflage des Bartschabeaktes zu denken war, verbannte er in die hinterste Ecke des Toilettenschrankes.

Wie so oft hatten sie zusammen gesessen und über Gott und die Welt philosophiert. Meist kamen die Diskussionen zu einem Punkt, an dem sie sich selbst bedauerten. Die Dinge waren fest gefügt in eine starre Ordnung und sie zu ändern eine Herkulesaufgabe. Sie beneideten die Generation der Eltern, die noch alle Chancen gehabt hatten, die Welt zu verändern, sie aber sträflich ungenutzt gelassen hatten. Sie beklagten die Öde der langweiligen Angepasstheit der modernen Zeit, in der das drohende Computerchaos angesichts einer Jahreszahl mit drei Nullen die Medien beherrschte. Die meisten ihrer Kommilitonen schienen schon im Studentenalter mit der einst als stürmisch verschrienen Jugend abgeschlossen und nur die Karriere im Kopf zu haben. Banker, am besten Investmentbanker, war das Traumziel, dass in kurzer Zeit Porsche und Yacht versprach und Endlosurlaub an Palmenstränden.

Im Fernsehen lief eine der unzähligen Meldungen über eines der endlos vielen Gemetzel irgendwo im Busch, die kein Schwein interessierten, weil niemand irgendein Interesse an der Gegend hatte. Also konnten die

Leute sich dort lange und ausdauernd gegenseitig ab-schlachten, ohne dass Eingreiftruppen mobilisiert oder Blauhelmeinsätze beschlossen wurden. Kai hatte sich kurz der Glotze zugewandt, als die Meldung kam, dass es bei den Kämpfen im Nirgendwo mal wieder einen Journalis-ten erwischt hatte. Das machte den Unterschied, denn von den schwarzen, braunen oder gelben Toten, die erst die Berichterstatter angelockt hatten, war seltener die Re-de. Auch Maren hatte die Meldung registriert.

„Der einzige Job, der noch was wert ist", sagte sie zu Kai. „Da ist doch wenigstens was los. Und irgendwo auf der Welt irgendeine Schweinerei aufzudecken, ist doch obergeil, oder?"

Das ganze Gespräch drehte sich dann in diese Rich-tung. Was Journalisten doch für tolle Leute sein mussten, ideenreich, umtriebig, unbeugsam. Jeden Tag war die Zeitung voll von Skandalen, die von den rührigen Schrei-bern ans Tageslicht gebracht wurden. Dinge, die oft vie-len einflussreichen Leuten unangenehm waren, die Poli-tiker oder andere *Big Shots* in Bedrängnis oder aus dem Amt brachten und zuweilen gar Regierungen kippen lie-ßen.

„Alles Mache, alles getürkt", meinte Holger schließ-lich. „Die sind genauso mit im Spiel und dürfen nur schreiben, was ihnen andere vorgeben."

So wurde die Diskussion hitziger. Bis Kai und Maren, nein, es war Maren allein, die auf die Idee kam. Nicht zu leugnen, dass sie schon ein paar Flaschen Rotwein weg-gemacht hatten. Aber der allein war es mit Sicherheit nicht, der sie sagen ließ: „OK, ich werde es euch zeigen. Bis Jahresende habe ich eine Top-Story, die selbst in Deutschland auf die Titelseiten kommt. Solche Stories findet man überall, wenn man nur gut ist."

Nun erst kam Kai ins Spiel. In der auf Marens großspurige Ankündigung folgenden Stille angelte er, nun der Aufmerksamkeit aller sicher, wortlos einen Globus vom Schrank und pflanzte ihn auf den Tisch.

„Ich bin dabei", sagte er. Bis heute kann er sich nicht erklären, welcher Teufel ihn geritten hatte, sich so ins Zeug zu legen. Vielleicht war es der Wein, vielleicht die lockere Stimmung nach vollbrachtem Studium, vielleicht sogar Maren gewesen. Oder Holgers allwissende Häme. Oder von jedem etwas.

So entwickelte Kai gar theatralisches Talent als er fast schon bühnenreif deklamierte: „Bis Jahresende eine Top-Story aus dem Land, das Maren jetzt auswählt." Nun hatte er eine Idee, die er einfach umwerfend fand.

„Los, Augen verbinden", kommandierte er. Sie standen nun auch räumlich im Mittelpunkt, das Interesse aller auf sich gerichtet, hatten selbst das seit einiger Zeit weltvergessen knutschende Pärchen wieder aus Träumen und Polstern geholt. Die Idee kam an und Maren ein Tuch um den Kopf. Kai drehte langsam die Erdkugel.

„Wenn ihr das bringt, zahl ich euch das Ticket." Holger war schon mit dem goldenen Löffel im Mund geboren und beim Studium zum Ärger der Professoren mit dem Porsche vor den Hörsaal gefahren. Es kam Bewegung in die Runde, denn was eben noch wie ein Scherz aussah, bekam Chancen auf Verwirklichung.

„Wie wär's mit Vorauszahlung", entgegnete Kai, der nicht nur im klapprigen Golf kam, sondern auch stets knapp bei Kasse war.

„Deine Villa als Pfand." Holger hatte nicht nur das Geld sondern auch den Hang zum Geschäftemachen geerbt. Kais Villa war eine Gartenlaube am Stadtrand, die er von seinem Vater vermacht bekommen hatte, bevor der nach Brasilien gegangen war. Nicht eben Wallstreet, aber kein schlechter Deal, selbst für einen Porschefahrer.

„Topp, die Wette gilt!" Der Teufel war noch immer sein Jockey, als Kai den Gottschalk machte. Maren tastete mit der Hand nach dem Globus, brachte die Kugel zum Stehen und tippte bestimmt auf den Pappplaneten.

„Lass mal sehen", Holger wollte schon ihren Finger anheben, denn der verdeckte das Reiseziel völlig.

„Halt, erst die Augenbinde ab", protestierte Maren und verschaffte sich wieder optischen Zugang zum Geschehen. Langsam hob sie den Finger aus dem Südosten Asiens. Das Land war fast senkrecht auf dem Globus angeordnet und so schmal, dass auch der Name gedreht worden war. Dabei war der nicht einmal lang.

„Laos", verkündete Holger, als hätte er wirklich einen Saal voller Wettzeugen vor sich.

Das war dann an jenem Abend auch fast alles, was sie über das Land zusammenbrachten. Außer, dass es da irgendwo zwischen Vietnam, Thailand und China auf dem Globus klemmte, konnte keiner in der Runde etwas

Konkreteres beisteuern. So drehten sich die Gespräche dann auch schnell wieder um andere Dinge.

Am nächsten Tag ging Maren die Sache ernsthaft an. Schon am Morgen saß sie gemeinsam mit Kai am Computer der Bibliothek und suchte das Internet nach dem Suchbegriff Laos ab. Schnell stieß sie auf das *CIA World Factbook* und fand darin auch Laos.

„Kommunistisch", sagte sie nur.

„Schöne Scheiße", entgegnete Kai.

„Drittgrößter Opiumproduzent der Welt", sagte sie weiter.

„Das hört sich schon mal gut an", meinte Kai, der sofort an einen aufgedeckten Drogendeal dachte. Mafia oder so.

In der folgenden Woche hatten sie weiter Material gesichtet und einiges zusammen getragen. Den Thriller „*Air America*" aus der Videothek, den Reiseführer von Reise-Know-How aus dem Buchladen und jede Menge Informationen aus dem Web. Sie wussten nun, dass Laos eines der älteren Königreiche auf der indochinesischen Halbinsel war, 1353 von einem Spross der Fürstenfamilie des nördlichen Luang Prabang zum Reich *Lane Xang Hom Khao* vereint. Sie hatten gelesen, dass die Übersetzung dafür „Land der Million Elefanten und des weißen Schirms" lauten sollte und die Hauptstadt wegen der militärischen Bedrohung durch Burma und der wachsenden wirtschaftlichen Aktivitäten 1560 von Luang Prabang ins südlicher gelegene Vientiane verlegt wurde. Sie waren fast schon Experten in laotischer Geschichte, hatten gelesen und diskutiert und weiter gelesen. Ihnen war klar geworden, dass Lane Xangs beste Zeiten schon ein paar Jahre zurück lagen. Ende des 17. Jahrhunderts hatte es seine goldene Epoche, die im jähen Absturz in die Bedeutungslosigkeit endete. Delikat immerhin, dass dies durch Weibergschichten am Königshof zumindest bevorteilt wurde, denn im Zuge der höfischen Intrigen verlor der Kronprinz sein Leben und die Krone den einzigen anerkannten Erben. Lane Xang zerbrach in drei Teile, die zum Spielball der aufstrebenden Nachbarn Vietnam und Siam wurden.

Frankreich, so wurde ihnen klar, hatte 1893 nur noch einen Rest des einstigen Reiches zu seiner Kolonie machen können. Opium begann unter den Franzosen an Bedeutung zu gewinnen, schließlich gar für die Finanzierung des I. Weltkrieges. Indochina wurde dann in den Strudel des Zweiten Weltkriegs gezogen und erlebte für die nächsten 30 Jahre keinen Frieden mehr. Und so waren sie bei der Generation ihrer Eltern angelangt, die 1968 auf die Straße gegangen waren und Ho-Ho-Ho-Chi-Minh skandiert hatten. Weltverbesserer. Träumer. 1973 hatten die Anhänger des spitzbärtigen Vietnamesen der Weltmacht USA eine Niederlage beigebracht, vor deren Hintergrund alle folgenden militärischen Abenteuer der Amerikaner wie verspätete Rechtfertigungsversuche aussahen.

In Laos hatten die vietnamesischen Kommunisten gleich mit gesiegt und ihre dortigen Verbündeten von der Pathet Lao zur Machtübernahme geschubst. Denn anders lassen sich die stürmischen Tage im Frühjahr 1975 kaum erklären, als am 17. April zuerst Phnom Penh von den sich später als Scheusale entpuppenden Roten Khmer eingenommen und keine zwei Wochen später Saigon von den Viet Cong erobert wurde. In Laos ging es gemächlicher zu. Bis August brauchten die Pathet Lao, um das ganze Land unter Kontrolle zu bekommen. Und im Dezember schafften sie das seit 1353 nahezu ununterbrochen regierende Königshaus ab und nannten das einstige Land der Million Elefanten fortan Demokratische Volksrepublik. So lange hatte der König gezaudert, in seine Abdankung einzuwilligen. Ihn einfach davon zu jagen, hätte dem Charakter des Landes und seines Volkes widersprochen.

Ganz junge Geschichte, kein halbes Menschenleben her, die Kai und Maren dennoch nur aus Büchern erfahren konnten.

*

Kai spülte die Tasse im Abwaschbecken und stülpte sie verkehrt herum auf den Waschtisch. Er sah noch einmal nach, ob der Computer wirklich ausgeschaltet war und hörte sich zum wievielten Male seine Ansage auf dem Anrufbeantworter an.

„Hallo, hier ist Kai. Ich bin für unbestimmte Zeit nicht da. Auch das Hinterlassen einer Nachricht ist zwecklos. Versucht es per E-Mail", hörte er sich aus dem Lautsprecher. Gewohnheitsmäßig zog er die Gardinen vor und ließ die Rollos herunter. Dabei dachte er an die Worte, mit denen seine Mutter stets ihr Tun erläutert hatte, als müsse sie sich vor sich selbst rechtfertigen.

„Damit die Sonne nicht die Farben so auszehrt." Er zog die Tür zu und schloss zweimal herum. Dann trug er den prall gefüllten Rucksack und die kaum halbvolle Reisetasche aus dem Haus und packte die Sachen in den Golf. In dreißig Minuten sollte er Maren vom Bahnhof abholen und mit ihr noch irgendwie den Tag totschlagen. Erst kurz vor Mitternacht ging ihr Flieger nach Bangkok. Bis Frankfurt, auf der anderen Seite des Rheins, war es nur knapp eine Stunde, bei sehr dickem Verkehr. Also wirklich üppig Zeit.

Auch auf dem Bahnhof erschien er zu früh. Oder der Zug zu spät, wie es für Züge wohl eher zum Ruf gehört. Er schlenderte durch die Bahnhofshalle, warf einen Blick auf die seltsamen Gestalten im Mcdonald und entschied sich bei deren Anblick gegen ein Pappfrühstück. Im Zeitungskiosk stöberte er länger und fingerte sogar eine Illustrierte aus der Auslage. „Laos" hatte dort auf dem Titelblatt geprangt. Na, wenn das kein Omen war! Wochenlang hatten sie all ihre Recherchekünste aufbieten müssen, um überhaupt etwas in Erfahrung zu bringen. Und am Abflugtag sprang ihn eine Schlagzeile an. Es kam noch besser: „*War in Laos*" stand dort in fetten Lettern und klang für Kai fast schon wie eine gewonnene Wette. „*Soldier of Fortune*" nannte sich das Blatt, Glücksritter. „Ein Journal für professionelle Abenteurer" stand im Untertitel. Er zahlte und stieß, als er aus dem Laden kam, fast mit Maren zusammen. Irgendwie hatte sich der Zug in den Bahnhof geschlichen.

„Geht ja gut los", meinte die Dame spitz und drückte Kai eines ihrer vier Gepäckstücke in die Hand, hängte ihm eine Tasche um den Hals und machte Anstalten zu weiteren Ausführungen. Kais Anblick hielt sie von Vorhaltungen ab und weckte Wissbegierde.

„Bist du in den Rasenmäher gefallen?" fragte sie angesichts der frischen Wunde in Kais Gesicht. „Oder hast Du versucht, mit Messer und Gabel zu frühstücken?"

Kai ließ den Spott über sich ergehen und hielt ihr wortlos die Zeitschrift vors Gesicht.

„Wow", machte sie, weil jüngere Leute weltweit heute Überraschung nicht mehr anders ausdrücken können. So landeten sie schließlich doch im MäkDoof. Marens Oma im Osten hatte den Namen eingeführt als sie meinte, nur Doofe würden in solch einem Laden essen.

„Patschiges Brötchen mit grausamem Klops", hatte die praktisch veranlagte Frau nach einem Test in einer der vielen neueröffneten Filialen in Neufünfland geurteilt, nein verurteilt. „Mayonnaise gehört in Kartoffelsalat und Senf anne Boulette." Fertig. Kai musste lachen, als Maren ihm das vor einiger Zeit erzählt hatte. Es erinnerte ihr irgendwie an die eigene Oma, die auch stets für flotte Sprüche gut war.

Heute bekamen sie gar nicht mit, was sie in sich hineinstopften. Sie hätten ohne weiteres auch das Apfelstrudel genannte Teigteil mit Majo und Ketchup gegessen. Sie waren zu beschäftigt. Sie lasen in den Glücksrittern.

14

Hier erfuhren sie Neues über die Hmong, ein Bergvolk, das in Laos zu Zeiten des amerikanischen Indochinakrieges von den USA finanziert auf deren Seite gegen die Kommunisten gekämpft hatte. Damals nannte man das Volk noch ohne rassistische Gewissensbisse herablassend Meo. Nach dem Abzug der Amerikaner waren die Hmong schutzlos der Rache der Sieger ausgesetzt und von der physischen Vernichtung und völligen Ausrottung bedroht. Über Hunderttausend war die Flucht über Thailand nach Amerika geglückt. Einige Tausend von ihnen lebten auch 20 Jahre nach dem Krieg im Dschungel, ständig auf der Flucht vor dem übermächtigen Gegner, und kämpften einen heroischen aber aussichtslosen Kampf. So jedenfalls stand es in dem Magazin.

„Wow", machte Maren wieder. „das wär doch der Hammer! Deutsche Journalisten bei Freiheitskämpfern im kommunistischen Dschungel." Sie formte Daumen und Zeigefinger beider Hände zu einem Viereck und visierte Kai damit an.

„Das Kinn etwas mehr nach vorn", sagte sie. „Klick! Starreporter Kai Kurzbein interviewt den Führer der Aufständischen. Hey, du verdeckst das Maschinengewehr." Maren wechselte die Perspektive. „Klick! Nur ein Pseudonym brauchst du noch. Maren Körner, das klingt. Aber Kurzbein..." sie blickte demonstrativ unter den Tisch, „das hört sich blöd an und stimmt nicht."

Kai war in der Schule schon immer wegen seines Namens angemacht worden. Damals war er schon hoch aufgeschossen gewesen. Es bedurfte nur wenig Phantasie auszumalen, welches Bein dann als das kurze ausgemacht wurde. Sein Spitzname „*shortcock*" hatte zum Glück den Sprung an die Uni verpasst. Nur die unverfängliche Kurzfassung „Kockie" war ihm überall hin gefolgt. „Kai Kockie", kam prompt Marens Vorschlag, „Oder Kocker, oder Kockerer."

„Nun ist gut!" Kai zeigt sich wenig amüsiert. „Sonst hast du keine Sorgen?" Er stopfte die Zeitschrift in eine von Marens Taschen und räumte das Tablett weg. „Überleg dir lieber, wie du deinen ganzen Kram durch den Busch schleppen willst. Träger mieten fällt wohl eher aus." Kai hatte die schlechte Laune vom Morgen noch nicht ganz abgebaut und Maren hatte sie mit ihrem Gerede neu aufgeladen.

„Schon mal was von Basislager gehört." So leicht gab sie sich nicht geschlagen. Sie verstauten den Rucksack und dessen kaum weniger füllige Verwandtschaft in Kais Golf und machten sich auf den Weg. Der Regen hatte aufgehört und auch der Grauschleier begann sich ohne Weißen Riesen oder Blaue Megaperlen aufzulösen. Hie und da war gar schon ein Fetzen Blau am Himmel zu sehen. Nach fiesem Start versprach der Tag sein bestes, jedenfalls zum Thema Wetter. Hoffentlich, so dachte Kai, überträgt sich das auch auf die Stimmung. Sonst gibt es Krach, bevor die Tour losgeht.

Kai hatte lange überlegt, wie er die Flachländerin Maren mit den Reizen seiner weiteren neuen Heimat beeindrucken konnte und die Route sorgsam gewählt. Die führte meist entlang an Vater Rhein, dem teutschesten aller Gewässer. Kai stammte gleichfalls aus dem Osten, doch hatten seine Eltern noch kurz vor dem offiziellen Ende der DDR den Gang gen Westen angetreten und sich an Rhein und Mosel niedergelassen. Kaum zu glauben, dass es ausgerechnet die noch tiefere Ostverbundenheit seines Vaters war, die der Familie Ein- und Auskommen sicherte. Kais Vater hatte in Moskau studiert und war dabei zu sehr soliden Russischkenntnissen gelangt. Genau die waren es, die nun auch im Westen auf Nachfrage stießen. So hatte Kai schon die letzten Schuljahre an einem Koblenzer Gymnasium absolviert und genug Gelegenheit gehabt, die Gegend so gut kennenzulernen, dass er jetzt selbst den Fremdenführer geben konnte. Er begann mit einem Blick von oben.

Von der Festung Ehrenbreitstein blickten sie hinab auf das Deutsche Eck mit seinem umstrittenen Reiter und die schon seit Römers Zeiten von den Militärs geliebte Stadt Koblenz. Dann führte die Straße etwas weg vom Ufer und erst südlich von Mainz ging es dann wieder auf Tuchfühlung mit dem Rhein, vorbei an der schönen Lorelei und den anderen malerischen Felsen entlang des Vaterflusses. Von der Höhe blickten sie hinab in das enge Tal, in dem der Fluss, selbst befahren wie eine Autobahn, nur mit Widerwillen auch noch Platz ließ für Straßen, Eisenbahn und an etwas breiteren Stellen sogar Häuser. Kai liebte diesen Blick aus der Vogelperspektive, der die in engen Abständen verkehrenden Züge aussehen ließ wie die der Modelleisenbahn aus Vaters Jugend.

Maren, die es zum ersten Mal an diese schöne Ecke Deutschlands verschlagen hatte, war überwältigt. Der Eindruck machte sie nahezu sprachlos, ein Effekt, der Kai sehr wohl gefiel und ihn leichter über den Tag brachte. Seine Laune besserte sich zusehends, schließlich soweit, dass er Marens Äußeres wahrzunehmen begann. Er betrachtete sie aus den Augenwinkeln heraus genauer und fand das Ergebnis mehr als akzeptabel. Ob sie sich extra für ihn so zurechtgemacht hatte? Die blonde Mähne offen auf den Schultern, das ärmellose Top so eng, dass er Mühe hatte, nicht vom wohlwollenden Betrachten zum unverschämten Stieren zu wechseln, vor allem, wenn sie die Jeansjacke öffnete oder an besonders sonnigen Plätzen gar auszog. Dazu knallenge Jeans und was Hochhackiges an den Füßen. Also mit Maren konnte man sich sehen lassen. Mit einem eigenartigen Wohlgefallen registrierte er, dass sich viele der Männer, die ihnen begegneten, auffällig oder unauffällig nach seiner Begleiterin umsahen. Gelegenheit dazu gab es oft, denn das letztlich gute Wetter lockte viele Besucher zu den Ausflugsstätten, die Kai der Reihe nach ansteuerte. So kamen sie fast schon wie echte Touristen gut über den Tag.

Es wurde schon dunkel, als sie sich Frankfurt näherten. Kai hatte mit dem Verkehr auf der proppenvollen Autobahn zu tun, doch Maren konnte sich dem Schauspiel der Flugzeuge beim Landeanflug hingeben. Wie auf eine überdimensionale Kette gefädelt hingen die Flieger in der Luft. Fünfzehn Maschinen zählte sie in der Landeschleife. Nun verband sie eine erste Vorstellung mit dem

Begriff Großflughafen. Kai fuhr direkt zum Abflugdeck, lud das Gepäck aus und packte es gemeinsam mit Maren auf einen bereitstehenden Trolley. Maren wachte über ihre Habseligkeiten. Kai brachte inzwischen das Auto ins Parkhaus, ließ den Schlüssel stecken und rief seinen Bruder an.

Der Kleine war frischer Inhaber eines Führerscheins und heiß auf die Kutsche. Eine solche Gelegenheit konnte sich ein 18-jähriger Gymnasiast nicht entgehen lassen und so würde er in spätestens zwei Stunden da sein, um dann für die nächsten Wochen vor seinen Klassenkameraden angeben zu können. Was tat Kai nicht alles zur Aufbesserung des Selbstwertgefühls seines Brüderchens.

Maren und Kai wanden sich durch die Zick-Zack-Reihen beim Check-in. Als die Dame am Schalter auf den Tickets das Reiseziel sah, zog sie fragend die Brauen hoch und fragte am Nachbarschalter zurück. Dann verlangte sie, die Visa zu sehen. Die Beiden präsentierten die fahlblauen und roten Stempel in ihren Papieren, die den Eintritt wenn nicht ins Paradies so doch in eine Vorstufe davon gewähren sollten. „Wir können das Gepäck durchchecken, aber sie müssen in Bangkok mit Ihrem Ticket zum Transfer und die Bordkarte für den Weiterflug nach Vieh-entiane ausstellen lassen", beschied die Schalterdame amtlich. Sie hatte tatsächlich den ersten Teil des Namens der laotischen Hauptstadt ausgesprochen wie „Vieh". Selbst gelegentlicher Umgang mit einem exotischen Reiseziel hört sich anders an.

Bis auf zwei überschaubare Taschen waren sie ihr Gepäck los und passierten schließlich den trichterförmigen Eingang in Richtung Passkontrolle. Alles lief ohne Probleme und sie hatten noch reichlich eine Stunde totzuschlagen bis zum Boarding. Dann saßen sie in dem gut gefüllten Jumbo von Thai Airways, das Handgepäck über den Köpfen verstaut, als Lektüre die Bangkok Post auf den Knien. Der Flieger hob ab und die Versorgungsroutine begann. Nach dem Essen rollte sich Maren so gut es ging in ihre Decke und schlief auch sofort ein.

Das war also der erste Tag ihres großen Abenteuers. Abgesehen von der Schramme am Morgen ein eher unspektakulärer Start. Kai hangelte über die Sitze und kramte die „*Soldier of Fortune*" aus dem Gepäckfach. Er las den Artikel noch einmal ganz durch und wollte sich die ungewohnten Namen und Orte einprägen. Nebenbei bestellte er ein Bier nach dem anderen, stopfte schließlich die Zeitschrift in seine Jackentasche und widmete sich dem Unterhaltungsprogramm. War der Bierpegel inzwischen hoch genug oder der Film zu langweilig, Mitte des zweiten Films schlief auch er ein.

*

Bangkok empfing sie mit strahlender Sonne. Das grelle Licht der Tropen schien selbst durch die verdunkelten Scheiben des Flughafengebäudes einen Anschlag auf die Netzhaut verüben zu wollen. Von der schwülen Hitze hatten sie nur auf dem kurzen Stück durch den rüsselartigen Übergang vom Flugzeug zum Bangkok International Airport Terminal eine vage Ahnung erhalten. Dann umgab sie die klimatisierte Welt des Riesenbaus. Sie folgten den Hinweisschildern zum Transfer durch endlos lange Gänge und landeten schließlich in der großen Hallenflucht, die einem Shopping-Center ähnlicher war als einer Wartehalle. Verkaufsstände waren auch leichter zu finden als eine Sitzbank. Gesessen, so meinten sie, hatten sie nun auch lange genug.

Ihnen blieben vier Stunden Zeit, sich umzusehen. Babylonisches Sprachgewirr umgab sie, deutsche Brocken klangen selten durch den Sprachsalat. Ganz am Ende der Halle entdeckten sie einen Stand von Burger King. Wenigstens etwas Bekanntes. Angenehm überrascht war Kai allerdings davon, dass er sich hier nicht um das Wegräumen des Tabletts bemühen musste.

Pünktlich zwei Stunden vor Abflug der Maschine von Lao Aviation standen Maren und Kai vor den Transferschaltern. Den Posten mit dem ältlichen Logo der Lao-Fluggesellschaft fanden sie wohl in einer langen Reihe von Schaltern, doch war er unbemannt. Ratlos sahen sie sich um. Eine zierliche Person im dezenten Lila von Thai Airways tat nicht beschäftigt sondern gab mit freundlichstem Lächeln auch ungefragt Auskunft: „Die Kollegen kommen sicher gleich. Keine Sorge."

Mit sichtlichem Wohlgefallen ließ Kai seinen Blick über die Kleine in Lila gleiten. Langes schwarzes Haar, dunkler Teint, knapper Rock und diese Augen! Mandelaugen stand wohl darüber immer in den Büchern der

Asienreisenden. Die Wirklichkeit stand den Werbepostern der Fluggesellschaft nicht einen Zoll nach. Das war die Verheißung: so weich wie Seide. Maren blieb die Macho-Musterung nicht verborgen.

„Weißt du jetzt, warum die Bumsbomber immer voll sind?" fragte sie schnippisch.

„Nee, erklär mal", gab Kai zurück und griente sein schamlosestes Grinsen.

Nach zehn Minuten wurde der Schalter bemannt. Falsch! Er wurde ebenso charmant wie der Nachbarschalter befraut. Die Haare etwas kürzer, aber genauso schwarz, die Augen genauso mandelig. Kai hatte Mühe, die Damen auseinander zu halten. Da half nur die Uniform, lila bei der einen, blau-weiß bei der anderen Dame. Auf eine Schätzung des Alters wollte er sich gleich gar nicht einlassen. Sie waren, eine wie andere, unglaublich jung, unglaublich schlank und unglaublich verführerisch. Kai war benommen von dem Angriff des asiatischen Liebreizes auf seine Sinne.

Vor dem Exotenbonus hatte Holger ihn gewarnt. Der lasse erst einmal alle fremdartigen Frauen auf unbekannte Art verführerisch aussehen. Holger hatte seine Ferien nie in Europa verbracht. Er musste es also wissen. Kai ging ein kleines Licht auf, was wohl den Vater nach Brasilien gezogen haben mochte. Die Jesusfigur auf dem Zuckerhut wohl weniger. Die seltenen Ausbrüche der Mutter, die dann den entschwundenen Ex einen Schürzenjäger und Tunichtgut nannte, hörte sich nun weniger wie eine Schimpfkanonade einer mit zwei kleinen Bengeln im Stich gelassen Frau an als vielmehr wie eine nachvollziehbare Erklärung des plötzlichen Abgangs vom heimischen Herd in die tropische Sonne. Anlass war damals eine Dienstreise des Mitarbeiters einer Firma für Kältetechnik an den Amazonas gewesen. Zehn lange Jahre ähnlicher Fahrten in die arabische Welt hatten bei Kurzbein senior keine vergleichbare Wirkung gezeigt wie ein einziger Trip zu den Sambaköniginnen. Dabei war er nicht einmal zur Karnevalszeit dort gewesen. Oh Mann, Karneval in Rio! Kai seufzte.

Maren griff ihm an die Stirn, wie um einem Kind die Temperatur zu messen und brachte ihn so wieder von heißen tropischen Stränden in die tiefgekühlte Wartezone des Bangkoker Flughafens Don Muang zurück. Mehr noch, sie gab Kai auch buchstäblich die Richtung, indem sie auf den Leuchttafeln die Nummer ihres Flugsteigs suchte. Zum Weiterflug mussten sie fast bis hinunter in den Keller. Es ging nicht über eine Fluggastbrücke direkt in den Flieger, sondern gemeinsam mit einer Handvoll weiterer Passagiere per Bus weit hinaus an zig bunt bemalten Flugzeugen vorbei über den endlosen Asphalt. Auf dem Weg wurden die Maschinen immer kleiner und kleiner. „Nicht dass wir bei einer Cessna enden", witzelte Kai. Er sah sich vorsichtig um, als ob er fürchte, dass seine Bemerkung von einem der Mitreisenden verstanden und als Nörgelei aufgefasst werden könnte.

„Ah, Sie sprechen auch deutsch", wandte sich ein älterer Herr mit schütterem aber dennoch wirrem Haar an ihn. „Freut mich, Landsleute zu treffen. Kommt nicht so oft vor. Was führt Sie nach Laos?"

Kai gab an, sie seien Journalisten auf der Recherche für mehrere Artikel für deutsche Zeitungen.

„Dann sind wir ja quasi Kollegen", erwiderte der Mann. „Klaus mein Name, Klaus Müntzer." Er streckte Maren und Kai die Hand entgegen. Sie zitterte ein wenig. Kai stellte sich und Maren artig vor und erwähnte auch, dass sie das erste Mal in der Gegend seien. Als sie schließlich hielten, standen sie vor einem sehr überschaubaren Propellerflugzeug. Kai bestaunte die Fülle von Nieten, die das Flugzeug eher zu perforieren schienen als sie ihm Zusammenhalt gaben. Im Innern glich die Maschine mehr einem nicht mehr ganz neuen Reisebus als einem Flugzeug auf einer internationalen Route.

„Das ist eine Y-7, echt chinesischer Luxus nach russischer Vorlage", sagte Müntzer, der hinter ihnen die Rohrleiter emporstieg. Er hatte *Wai Seven* gesagt, nicht etwa Ypsilon Sieben. Deutsch schien nur noch für den Umgangston brauchbar. „Die Taschen lassen Sie besser gleich bei der Stewardess", fuhr er fort. „Für die Gepäckablage sind sie zu groß."

Sie taten, wie ihnen geraten wurde. Bereitwillig verstaute die Stewardess ihr Handgepäck irgendwo im Heck der Maschine. Dann gingen sie zu ihren Sitzplätzen. Die Textilbezüge der Sitze waren abgewetzt und von undefinierbarer Farbe. Die Sicherheitsgurte eine Karikatur ihres Namens. Ein korpulenter Herr, der auf der anderen Seite des Ganges gleich zwei Sitze belegte, versuchte sich den

Gurt um den Bauch zu schnallen. Selbst bei voller Länge fehlten dem Riemen noch gut zwanzig Zentimeter. Er drehte die Handflächen nach oben und zuckte entschuldigend mit den Schultern. Sein „Impossibele" verriet den Italiener, der nach einem weiteren, eher der Rechtfertigung, zumindest alles versucht zu haben, geltenden Versuch resigniert aufgab. In China hatten die Flugzeugkonstrukteure offensichtlich ein anderes Menschenbild als Vorlage genommen. Die *Wai Seven* reihte sich zwischen Boeings und Airbus auf dem Taxiway zum Take-Off wie eine Fledermaus zwischen Flugsauriern. Und – das Ding flog! Kaum dem Beton entronnen, klappten die Radgestelle ein und gaben den Blick auf den entschwindenden Boden frei. Bangkok lag unter einer gewaltigen Dunstglocke. Beim Blick aus dem Bullauge während des beschaulichen Steigflugs des Propellerflugzeugs ließen sich die Ausmaße der Monster-Metropole erahnen.

„Hätten wir nicht lieber hier recherchieren sollen?" fragte Kai seine Begleiterin.

„Klar, in den Barstraßen der Rotlichtviertel", entgegnete Maren bissig. Sie hatte Kais optische Recherche am Transferschalter noch zu gut in Erinnerung.

„Eifersüchtig?" Kai blieb nichts schuldig. Dann bemühten sich beide, möglichst unverfänglich stur geradeaus zu blicken. Für den Moment war alles gesagt.

Erst als ihr Flugzeug in den Sinkflug überging, wuchs ihr Interesse für die Gegend. Kai hatte Maren den Fensterplatz gelassen und musste sich nun weit über sie beugen, um auch einen Blick auf den Boden zu erhaschen.

Dunkelgrün bewachsenes Land wechselte mit in der Sonne glitzernden Wasserflächen und akkurat gezogenen Feldern intensiven Grüns. Ziemlich niedrig flogen sie über ein breites schlammbraunes Band.

„Der Mekong", verkündete Müntzer zwei Reihen hinter ihnen. „Willkommen in Laos." In sechzehn Stunden vom Vater Rhein zur Mutter des Wassers, einmal um die halbe Welt. Oder bis kurz vor das Ende der Welt. Am Ziel der Wünsche oder am Start zum Flop? Wer weiß, was die nächsten Tage und Wochen bringen würden.

Wenige Minuten später radierten die Reifen über verwitterten Vientianer Flugplatzbeton. Der Flieger rollte aus und blieb vor einem funkelnagelneuen Terminal stehen. ‚Wattay International Airport' prangte in großen blauen Lettern auf dem metallisch glänzenden Dach. Marens ‚wow' ließ nicht lange auf sich warten.

Doch das neue Gebäude war nicht für die Y-7 gemacht. Es war für überhaupt noch kein Flugzeug gemacht. Schon technisch passten Immobilie und Verkehrsmittel nicht zueinander, denn die schwenkbaren Passagierbrücken der modernistischen Stahl-Glas-Aluminium-Konstruktion ragten in ihrer tiefsten Stellung noch deutlich über den Flugzeugrumpf. Doch der tiefere Grund war, dass das Gebäude nur den Anschein eines Flughafenterminals vermittelte. Es sah noch fabrikneu aus, als hätte man eben erst die Verpackung entfernt. Benutzt wurde es offenbar nicht. Vielleicht hob man es für eine besondere Gelegenheit auf wie die Oma die gute

Damast Tischdecke so lange im Schrank für den richtigen Anlass geschont hatte, bis sie vergilbte Streifen aufwies.

Beim Verlassen der Kabine erinnerte die Stewardess sie an ihr Gepäck, das sie schon parat hielt. Kai schulterte seine Tasche und hielt Marens in der Hand. So bepackt balancierte er die schmale Metallstiege hinab.

Die Luft über dem Flugfeld war warm, aber nicht unangenehm. Fast im Gänsemarsch folgte die Handvoll Passagiere einer Stewardess quer über den Beton der Parkfläche in ein lindgrünes Gebäude, das seine besten Tage gewiss schon hinter sich hatte. Es stand so pastellfarben im Abendlicht, wie es schon die gerade in Mode gekommenen Memoiren der amerikanischen Indochinakrieger in den 1970-er Jahren beschrieben hatten. Nebenan stand, gleich einem UFO, unnahbar das gesichts- und geschichtslose neue Flughafenterminal in seiner fahlen Blässe aus Aluminium und Glas. Sie traten in das Pastellgebäude, in dem von der Decke hängende Ventilatoren die Luft ein wenig durcheinander quirlten. In einem hölzernen Häuschen mit einer Durchreiche in der Scheibe, einem Starkasten nicht ganz unähnlich, wurden die Visa in ihren Pässen überprüft und schließlich per Stempeleindruck ihre Ankunft in Laos dokumentiert. Die nächste Station der Einreiseprozeduren sah die Wiedererlangung des Gepäcks vor. Das kam auf einem ältlichen Transportband durch ein viereckiges Loch in der Wand. Durch die offenen Tür daneben beobachtete Kai die Arbeiter beim Abladen des Wägelchens und machte ihre Habe aus, bevor sie aufs Band plumpste. Der Zöllner am

Tisch in Richtung Ausgang war mehr mit seiner charmanten Kollegin beschäftigt als mit eventueller Schmuggelware und winkte sie einfach durch.

So unkompliziert und unspektakulär hätten sie sich den Einzug in eines der letzten kommunistischen Reiche der Welt nicht gedacht. Peinlich genaue Durchsuchung, hochnotpeinliche Befragung oder doch wenigstens röntgenartige Musterung aus argwöhnischen Augen wäre ihrer Erwartung gerecht geworden, nicht aber diese laxe Art, Abgesandte des kapitalistischen Klassenfeindes in den Regierungsbezirk der Volksmacht zu lassen. Fast waren sie enttäuscht, dass ob ihrer Ankunft nicht mehr Aufhebens gemacht wurde.

Was sie wegen der Beleuchtung im Gebäude nicht bemerkt hatten: es war inzwischen dunkel. Kurz nach sechs. Müntzer, der offenbar abgeholt wurde, kam noch einmal zurück und reichte ihnen ein Stück Karton. Erst als er näher darauf sah, ging Kai auf, worum es sich handelte. Visitenkarten waren unter den Studenten seines Jahrgangs nicht weit verbreitet. „Wenn Sie nicht weiter wissen, melden Sie sich per Telefon", sagte er und kletterte in das bereit stehende Allradfahrzeug beachtlichen Ausmaßes. Kai sah auf die Karte. „DAZ" konnte er im Dämmerlicht erkennen, und „*Senior Advisor*". Weg war er.

„Taxi, Sir?" fragte jemand in blauem Tuch mit einem Aufnäher auf dem Arm. Die Uniformierung glich einer Kreuzung zwischen Schlossergesellen und Sicherheitsdienst. Das Fahrzeug, auf das er den Begriff Taxi bezog, hatte gewiss schon Amerikaner chauffiert, wenn nicht gar Franzosen. Inzwischen ließ es sich nicht mehr eindeutig einer bestimmten Marke zuordnen, zumindest keiner in Europa bekannten. Ein Motorrad nach dem anderen verließ knatternd das Gelände. Langsam wurde es leer hier. Ein Mann kam aus dem Terminal und zog mit einem langen Haken die Rollgitter vor dem Eingangstor herunter. Wurde Zeit, dass auch sie weg kamen, sonst blieben sie noch als Nachtwache zurück. Für fünf Dollar würde sie das Taxi in die Innenstadt bringen. Angesichts der Preisvorstellungen, die in Europa gedruckte Reiseführer verbreiteten, ließ das eine längere Tour erwarten.

Das Lane Xang Hotel war in den Schilderungen der jüngeren laotischen Geschichte oft aufgetaucht. Laut Reiseführer gab es das Haus noch, also wollten sie dort absteigen. Fürs erste jedenfalls. Auf dem Weg zum Hotel versuchten sie einen ersten Eindruck von der laotischen Hauptstadt zu gewinnen. Die Straße war breit mit einem Grünstreifen in der Mitte. Die zwei Fahrspuren in jeder Richtung waren spärlich benutzt und dienten weniger der Aufnahme großer Fahrzeugströme als der Verbesserung der Aussichten, Schlaglöchern auszuweichen. Immerhin gab es eine Straßenbeleuchtung, die auch funktionierte. Auch die meisten Häuser waren hell erleuchtet, einige zusätzlich mit blinkender Weihnachtsbaumbeleuchtung geschmückt. Auch Werbeschilder leuchteten in die beginnende Nacht. „Paradise" lasen sie auf einem, „Blue Star" auf einem anderen, wobei ihnen vorerst verborgen blieb, wofür die Leuchtschriften warben.

Zu ihrer Überraschung dauerte es keine zehn Minuten, bis das klapprige aber erstaunlich rüstige Produkt japanischen Automobilbaus aus einer Zeit, als Europa die kleinen, schlitzäugigen Japaner meist auf Fahr-, bestenfalls Motorrädern vermutete, sich durch eine Baugrube quälte und schließlich vor einem imposanten Bau am Mekongufer hielt. Ein Fünf-Dollar-Schein wechselte den Besitzer und das Gepäck auf den Treppenabsatz vor dem Hotel. Ein Boy rannte herbei und nahm sich aufopferungsvoll ihrer Habseligkeiten an, während Maren und Kai sich unbeschwert der Rezeption zuwandten. War es die Hostess vom Flugplatz in Bangkok? Kai glotzte bestimmt nicht sonderlich intelligent auf die zierliche Person hinter dem wuchtigen Tresen. Maren nahm dies zur Kenntnis und die weiteren Dinge in die Hand. „Sind noch Zimmer frei?" fragte sie in passablem Englisch. „ *Yes Sir*", antwortete die Dame.

„*Madam*", korrigierte Maren. „*Solly*?" die zierliche Person blickte sehr verwirrt. Auch Maren kam etwas von der Rolle, aber eher, weil die Eigenart der laotischen Sprache, nicht über ein „R" zu verfügen, auch Auswirkungen auf das Englisch hatte.

„*One double loom 30 Dolla, Sir.*" Die Rezeptionsdame setzte die professionelle Konversation nach der eingeübten Routine fort. Maren bestand nicht auf der weiblichen Anrede, sondern hatte eher ein Bett zum Ausschlafen im Sinn.

„Zwei Einzelzimmer", entgegnete sie. Die Hostess blickte noch irritierter. Wortlos schob sie zwei Anmeldeformulare über den Tresen.

Kai hatte sich inzwischen im Foyer umgesehen. Brusthohe Elefanten aus dunklem, edel glänzendem Holz kämpften vergebens gegen den Eindruck vergangener Größe, den der Terrazzoboden und das Mobiliar der Lobby verströmten. Ein Lift zeigte klingelnd seine Ankunft an und spuckte schließlich ein älteres, weißes Ehepaar aus. Man sprach französisch, ließ beiläufig den Zimmerschlüssel über den Tresen der Rezeption rutschen und verschwand draußen in der Nacht. „*Dinner*" hatte Kai immerhin aus der Unterhaltung der beiden Senioren herausgefischt, oder sein Magen hatte das Verstehen suggeriert. Das Stück Plundergebäck mit Fleischfüllung, dass ihnen Lao Aviation neben einer Mandarine und einem dieser so schwer zu öffnenden Tütchen Ketchup zugestanden hatte, war nicht das, was Kai als Abendbrot gewohnt war.

Maren kam mit zwei Zimmerschlüsseln und der Hotelboy mit einem Gepäckwagen. Auf dem Gang vor den Zimmern sagte sie: „In fünfzehn Minuten in der Lobby und dann zum Abendbrot." Kai warf seine Sachen ins Zimmer und stellte sich kurz unter die Dusche. Pünktlich stand er nach einer Viertelstunde im frischen T-Shirt im Foyer und wartete auf Maren. Die erschien nach weiteren zehn Minuten.

„Klimaanlage streikt und Fernseher geht nicht", erklärte sie, als hätte das mit der Verspätung zu tun. Sie gab die Beschwerden mit dem Schlüssel an die Rezeption weiter. Dann zogen beide hinaus in die Dunkelheit.

„Alt werde ich heute nicht mehr", meinte Maren. „Also was wie MäkDoof und fertig." Noch war ihnen kein gelb-rotes M oder ähnliches aufgefallen. Sie zogen die in unterschiedlichen Stadien zwischen Abriss und Neubau befindliche Uferstraße am Mekong entlang und konnten auch keine der bekannten Leuchtreklamen entdecken. Dafür sahen sie Leute auf einer großen Terrasse am Mekong sitzen, schwatzen und essen. Sie setzten sich an einen freien Tisch und erhielten unverzüglich eine in Plastik geschweißte Karte. Die war überwiegend in einer nicht entzifferbaren Kringelschrift gehalten, nur die letzten zwei Seiten versuchten sich auch auf Englisch. Hamburger kamen darauf nicht vor.

„Gebratenen Reis und Bier", entschied sich Kai, der mit dem Rest auf der Karte noch weniger anfangen konnte. Maren schloss sich an. Die Bedienung zog ab Richtung Tresen und überließ Maren und Kai den Mücken und anderen Insekten. Angekommen, ging es Kai nun durch den Kopf. Er streckte die Beine unter den Tisch. Auch Maren suchte eine bequeme Sitzhaltung. Sie blickten auf den träge dahinfließenden Fluss und lauschten den abendlichen Geräuschen der Tropen.

„Schön hier", sagte Kai nach einer Weile, nur um irgendetwas zu sagen.

„Schön warm", entgegnete Maren und schlug eine Mücke breit, die sich auf ihrem Arm zu schaffen machte.

„Prost, Laos", sagte Kai, als das Bier vor ihnen stand. Die Flaschen hatten beängstigende Ausmaße, deutlich über dem drittel, auch jenseits des gewohnten halben Liters heimischen Gebräus.

„Lass uns morgen mal das Terrain sondieren und einen Plan ausdenken. In dem Artikel war von Xieng Khouang die Rede. Dort sollen die meisten Rebellen sitzen. Das ist weiter im Norden." Kai ergriff die Initiative. Auch als der Teller mit dampfendem Reis vor ihm stand. Die grüne Gurke mied er ebenso wie die undefinierbare dunkle Soße, die in einem kleinen Schüsselchen auf dem Tisch stand. Maren kostete davon. Erst machte sie einen Mund wie ein Karpfen und schließlich das gewohnte „Wow".

„Mächtig scharf das Zeug", keuchte sie dann und fächelte sich mit der Handfläche Luft in den offenstehenden Mund. Mit einem Zug trank sie ihr Glas aus, ohne dass die Tränen aus ihren Augenwinkeln verschwanden. Tag Nummer zwei ihres Abenteuers neigte sich also mit einer gewissen Schärfe seinem Ende zu, jedoch ohne dass es allzu abenteuerlich zugegangen wäre. Kommt noch, dachte Maren. Wir müssen nur richtig wollen.

*

„Nach Xieng Khouang geht es nur mit dem Flugzeug", berichtete Kai, als sie am nächsten Mittag wieder auf der Terrasse am Mekong saßen. Jetzt, da es hell war, betrachtete er nicht nur den nach wie vor trägen Fluss, sondern auch die Konstruktion des Restaurants. Es ragte von einem Damm gleich neben der Uferstraße Richtung Fluss und stand auf Stelzen etwa einen Meter über dem Boden. Etwa ein Drittel der Grundfläche wurde von einem Bretterverschlag eingenommen, der Küche, Toiletten und einen weiteren Raum beherbergte. Davor stand ein hölzerner Tresen, auf dem sich Glaskästen mit Zigarettenpackungen breit machten. An der Wand hingen Lautsprecherboxen und am Ende des Tresens hockte ein Fernseher, der in seiner dienstfreien Zeit mit einem Stück Gardine verhängt wurde. Fußboden, Geländer und Dachstützen waren aus Holz, sieht man einmal von der Vielzahl von Nägeln ab, die aus der flüchtig zusammengeklopften Konstruktion ragten. Über dem abenteuerlich anmutenden Dachgebälk rosteten Wellblechplatten vor sich hin.

Kai fuhr fort mit seinem Bericht: „Busse fahren nur nach Luang Prabang. An der Strecke von Vientiane dorthin sollen viele Hmong wohnen. Von Luang Prabang gibt es auch Flieger nach Xieng Khouang."

„Auf halber Strecke liegt Vang Vieng", entgegnete Maren. „Dort soll es immer die neuesten Informationen geben." Sie hatte am Morgen auf dem Weg zum Internet Café einen Traveller getroffen, der gerade von dort kam. Dass der vor allem von der phantastischen Naturkulisse geschwärmt hatte, sagte sie nicht. Sie waren schließlich nicht zum Urlaub hier. Und Müntzer hatte sie angerufen. Der hatte sie zu drei Uhr nachmittags in sein Büro bestellt.

In dem winkligen Bau im Stadtzentrum Müntzers Büro zu finden, war nicht schwer. Das Logo der DAZ prangte, schon vom Hof aus sichtbar, an der Tür, „*Senior Advisor*" stand in weißen Plastikbuchstaben auf blauem Grund. Die Deutschen Agentur für Zusammenarbeit, so hatten sie im Internet erfahren, realisiert den größten Teil der staatlichen Entwicklungshilfe der Bundesrepublik Deutschland. Müntzer saß an seinem Schreibtisch, das Fenster in seinem Rücken geöffnet. Er klopfte wie ein Specht auf eine altertümliche Reiseschreibmaschine ein. Als sie eintraten, hielt er inne und blickte er auf die Uhr.

„Da seid Ihr ja, pünktlich wie die Maurer." Er berate die Regierung bei der Entwicklung der Marktwirtschaft, erklärte Müntzer hinter dem Stapel von Dokumenten auf seinem Schreibtisch hervor. „Womit kann ich euch helfen", kam er aber sehr rasch zur Sache. „Zeitverschwendung kann ich mir nicht leisten." Maren und Kai blickten sich an. Dann aber überwand sie die Schrecksekunde nach dem harschen Auftritt des Gastgebers und ergriff das Wort. „Wir wollten bei den Hmong recherchieren, wie sie nach dem Krieg ihr Leben gestalten. Und wegen Opium", erklärte sie etwas konfus. Die Verbalattacke hatte sie sichtlich verunsichert. Erst die freundliche Einladung und dann zur Begrüßung eine kalte Dusche. Sie wollte dem wichtigen Mann nun wirklich nicht die wertvolle Zeit stehlen.

„Oh, Gott!" Der Stoßseufzer war bühnenreif. „Wisst Ihr denn, was hier gespielt wird?" Woher sollten sie auch? Schließlich waren sie ja zu dem erfahrenen Mann gekommen, um sich aufklären zu lassen. Und Müntzer klärte sie auf. Dass Laos zum Goldenen Dreieck gehörte und vor allem die Hmong zu den wichtigsten Opiumproduzenten gehörten, wussten sie bereits. Dass aber immer wieder vermutet wurde, dass auch die Regierung von dem Handel mit dem Stoff profitierte, war ihnen so deutlich noch nicht gesagt worden. Von geheimnisvollen Kriegern mit magischen Kräften war die Rede und von abergläubigen Soldaten, die lieber Reißaus nahmen, als sich mit den Unverwundbaren anzulegen. Müntzer hatte von geheimnisumwitterten Überfällen auf entlegene Dörfer und auf Fahrzeuge entlang der Hauptstraße nach Luang Prabang gehört, von Morden an Dorfältesten und örtlichen Milizionären. Von wilden Schießereien und abenteuerlichen Bewegungen bewaffneter Gruppen durch den Norden von Laos. Der Ort Sala Phoukhoun wurde öfter erwähnt und die Straße Nummer 7, die von dort nach Xieng Khouang führte. „Und was in der *Special Region* abläuft, weiß keiner so genau. Da war auch schon vom Einsatz vietnamesischer Truppen die Rede und von schweren Waffen mit Unterstützung aus der Luft", erklärte Müntzer und zuckte die Schultern „Wer weiß..."

Maren und Kai hörten aufmerksam zu und machten hin und wieder Notizen. Als Maren ihre Kamera zücken wollte, winkte Müntzer ab. „Wir sind doch Kollegen. Alles, was Ihr von mir hört ist Hintergrund, *off the records*. Ich kann euch ein paar Tipps geben, die Fakten müsst Ihr dann schon selber suchen."

Müntzer kehrte zum Thema zurück: „Oft kommen die Bewaffneten aus Thailand und unterstützt werden sie von den Hmong in Amerika, den Anhängern von General Vang Pao. Mächtige Leute mit guten Verbindungen, eine Menge Geld ist im Spiel. Also haltet euch da besser raus", gab er ihnen auf den Weg. Wegen des Opiums sollten sie doch bei Chris Piper vom UN-Antidrogenprogramm nachfragen. Der wisse darüber gewiss besser Bescheid.

Sie waren erstaunt darüber, dass Chris Piper gleich Zeit für sie hatte. In seinem Büro unweit des kolossalen Triumphbogens hingen Karten an den Wänden, die die geschätzte Opiumproduktion der einzelnen Regionen auswiesen. Grün für wenig, rot für viel. Die Provinz Xieng Khouang erschien grellrot. Ebenso das angrenzende Gebiet mit dem eigentümlichen Namen Sonderzone Saysomboun. Diese Gegend hatte Müntzer also mit seinen vielsagenden Andeutungen gemeint.

Piper begrüßte sie jovial. „Kaffee oder Tee?" fragte er, als kurz nach den Gästen eine einheimische Angestellte in gebückter Haltung ins Büro kam. Sie entschieden sich für Kaffee. „Schön, dass Sie über unsere Anstrengungen berichten wollen. Wie Sie sehen, ist der Anbau von Schlafmohn in Laos noch weit verbreitet." Er wies mit einer Handbewegung auf die Karten. „Aber zum Glück rückläufig." Piper berichtete, dass die laotische Regierung dem Druck vor allem aus Amerika nachgegeben und die Gesetze für Drogendelikte drastisch verschärft hatte. „Auf den Handel mit Drogen, besonders Heroin und Opium, steht jetzt lebenslänglich", sagte Piper, als die Angestellte auf einem Tablett die Getränke herein jonglierte. Sie servierte kniend auf dem niedrigen Couchtisch. „Wie ich hörte, ist das einigen noch zu mild. Sie fordern die Todesstrafe", fuhr Piper fort, scheinbar ohne die Angestellte überhaupt bemerkt zu haben. Wie in Singapur, dachte Kai. Ihm ging durch den Kopf, dass es da erst kürzlich Meldungen über zwei Ausländer gegeben hatte, die in dem Stadtstaat wegen relativ unbedeutender Mengen Rauschgift zum Tode verurteilt worden waren.

Piper berichtete aber auch, wie komplex das Problem sei. Die Hmong und andere Bergvölker hatten faktisch seit der Kolonialzeit Opium als einzige Kultur für den Verkauf angebaut. Für viele war die schmerzstillende Droge obendrein ein wichtiges Medikament, manchmal das einzige, das zur Verfügung stand. Sucht gab es auch, meist unter den älteren Leuten auf den abgeschiedenen Bergen. Reis und Mais als Lebensgrundlage ihrer noch immer weitgehend autark lebenden Dörfer bestellten sie auf wenig ergiebigen und stark umweltzerstörenden Brandrodungsfeldern. Nicht nur überstieg der Wert des vernichteten Holzes oft den des kärglichen Ertrags um ein Mehrfaches - „Aber Holz kann man nicht essen", hatte Piper hier eingeschoben -, auch ist die Bodenerosion ohne den Schutz des Waldes enorm. Zudem sind die Felder nach drei bis vier Jahren erschöpft, dann braucht es Jahrzehnte, um Sträucher und Bäume nachwachsen zu lassen. „Richtigen Urwald findet man in Nordlaos nur noch selten."

Um dem Opiumanbau zu begegnen, seien dann Alternativen gefragt. Andere Kulturen, etwa Obst und Gemüse. Die bräuchten wiederum Straßen. Auch die Umsiedlung in tiefer gelegene Gebiete schließe die UNO-Organisation als eine Möglichkeit nicht aus, auch wenn die Methoden manchmal heftig in der Kritik standen.

Maren und Kai wussten, was gemeint war. Müntzer hatte ihnen auch erzählt, dass manchmal ganze Dörfer einfach auf Lastwagen verladen und zu ihrem neuen Siedlungsplatz gefahren wurden. Ohne Zustimmung der Betroffenen. Hinzu kam, dass die meist in Höhen oberhalb 1.000 Meter siedelnden Hmong im Tiefland schwer zurechtkamen. Ihnen unbekannte Krankheiten machten ihnen zu schaffen, ja selbst die Geräusche der Zikaden und Frösche, die sich von denen im Gebirge unterschieden, flößten ihnen Angst ein. Im *„Soldier of Fortune"* war gar von Genozid der Kommunisten an den einstigen Kriegsgegnern die Rede. Bei Piper dagegen gab es nur die vage Andeutung von kleineren Problemen.

„Gibt es bewaffneten Widerstand", wollte Kai nun ganz genau wissen. Piper wand sich. Es gebe schon hin und wieder Schießereien. Schließlich habe in den Bergen von Laos so ziemlich jeder, der so ein Ding tragen könne, ein Schießeisen. Von den abenteuerlichsten Vorderladern bis zu modernen Kriegswaffen. Auch Banditen gebe es, die vor allem an Straßen auf Beute lauerten. Moderne Wegelagerer, wie 1996, als unweit von Kasi ein französischer Reisebürobesitzer überfallen und umgebracht wurde. Mehr als 10.000 Dollar habe der Mann bei sich gehabt. Aber von politischen Hintergründen, Rebellentum oder Guerillakrieg gar wisse er nichts. Das sei wohl früher ein Thema gewesen, bevor Thailand die Politik der Umwandlung der Region vom Kriegsschauplatz zum Handelsmarkt eingeleitet habe.

Ganz offensichtlich war dem UNO-Mann die Auseinandersetzung mit den mit seiner Arbeit verbundenen Problemen unangenehm. Schon ihre Erwähnung brachte ihn aus dem Rhythmus. Eine glatte Story über die Erfolge bei der Zurückdrängung des Opiumanbaus wäre viel mehr in seinem Sinne gewesen. Kai spürte den leisen Widerstand und setzte nicht mit weiteren Fragen nach, sondern trank seinen Kaffee zu Ende. Maren wollte die Situation nicht unnötig zuspitzen und verzichtete auch hier auf ein Foto. Die Verabschiedung war dann schon sehr förmlich.

„Also da ist mehr dahinter", kam Kai auf das Thema zurück, als sie wieder im Jumbo saßen und den Rückweg zu ihrem Hotel einschlugen. Jumbo meint hier nicht die riesige Boeing 747, mit der sie von Frankfurt nach Bangkok gelangt waren, sondern hochrädrige Dreiräder, die von altersschwachen Motorradmotoren getrieben den größten Teil des Waren- und Personenverkehrs von Vientiane erledigten. *„You go Morning Market?"* fragte der Lenker des klapprigen Gefährts über die Schulter. Als Maren spontan zustimmte, riss der Ritter der laotischen Hauptstadtstraßen ebenso abrupt den Lenker herum, wendete zackig auf der Stelle, ohne sich um das wilde Gehupe der ihrer Vorfahrt beraubten Autos und die Flüche der zum Ausweichen gezwungenen Motorradfahrer zu scheren, und hielt neben dem zweigeschossigen Bau mit den grünen Dächern. In der Mitte des Areals überragte eine große Halle mit einem an eine buddhistische Pagode erinnernden Dach die fast schon festungsartig anmutende Umbauung.

„*I wait you*", verkündete er mit einer Bestimmtheit, die gar keinen Gedanken an Widerspruch aufkommen ließ. Maren und Kai schlenderten durch die Gänge des U-förmigen Baus, vorbei an den traditionellen Stoffen, den prächtigen, brokatverzierten laotischen Wickelröcken, den Uhren, die für Fälschungen zu nobel aussahen und für echte Markenprodukte zu billig waren. Kommunismus hatten sie bisher eher mit leeren Regalen und tristem Grau, mit Konsumverzicht, Einheitswaren und Einheitspreisen in Verbindung gebracht. Hier ging es kunterbunt zu, Waren aus Thailand hatten sich zunehmender Konkurrenz aus Vietnam und China zu erwehren. Internationale Luxusmarken lagen neben „*Lin Xiu*" und „*Thang Long*". Und es wurde gefeilscht was das Zeug hielt. Sie gingen die Treppe hinauf in den zweiten Stock und fanden sich in einer endlos langen Reihe von Gold- und Silberständen, an denen reger Betrieb herrschte. Vor allem Stücke aus intensiv gelbem Metall gingen offenbar gut.

„Reines Gold", sagte Kai. „Weniger Schmuck als Sparstrumpf." Dann stieß er Maren an. Eine Frau in schwarzer Hose, schwarzer Jacke und grellbuntem Kopftuch stand an einem der Goldstände. „Bestimmt eine

Hmong", sagte er. „Sie sieht aus wie auf den Fotos in dem Bericht und ganz anders als die Lao."

Auch Maren bemerkte die deutlich andere Form des Gesichts, vor allem der Augen. Sie folgten der Frau möglichst unauffällig. Sie verließ den Markt und ging hinüber auf die andere Straßenseite. „*Recette Principale des Postes*" stand an dem ockerfarbenen Gebäude, was wohl dem guten alten Hauptpostamt am besten entspricht. Dort hinein verschwand die Frau in einer größeren Gruppe ähnlich gekleideter Menschen. Auch die Männer waren überwiegend in schwarzes Tuch gehüllt, wobei die Hosen durch ihren sehr großzügigen Schnitt auffielen. Fast alle Männer hatten Hüte auf dem Kopf, die Frauen trugen Kopftücher.

Ihr Jumbo-Fahrer schien über seherische Fähigkeiten zu verfügen. Obwohl sie durch einen Nebeneingang aus dem Markt gelangt waren, hatte er sie entdeckt und winkte sie nun zu sich heran. Auch ihr Interesse an den Hmong war ihm nicht entgangen.

„*Lao Soung*", sagte er und lachte. „Sie kommen ihre Briefe mit den Schecks abholen und telefonieren mit ihren Verwandten. In Amerika." Bisher hatten sie meist mit der ethnischen Bezeichnung Hmong zu tun gehabt, aber die Lao hielten es offenbar mit einer anderen Art der Einteilung. Schließlich ist es nicht einfach, aus einem Konglomerat von 48 verschiedenen Völkern eine Nation zu formen. Die Politiker hatten deshalb das allen gemeinsame Siedlungsgebiet von Laos in den Vordergrund gestellt und allesamt zu Laoten erklärt. So entstanden in der ersten Hälfte des 20. Jahrhunderts die Begriffe Lao Loum, Lao Theung und Lao Soung. Lao Loum meint dabei die Tieflandlaoten, meist der Sprachgruppe der Lao-T'ai zuzuordnen und überwiegend in den Flusstälern vom Nassreisbau lebend. Lao Theung heißt etwa ‚Berg-Lao' und umfasst die in mittleren Höhenlagen siedelnden Völker. Diese meist zu den Mon-Khmer-Völkern zählende Gruppe waren die eigentlichen Ureinwohner des Landes. Die seit dem 8. Jahrhundert verstärkt zuwandernden Lao drängten sie entweder zur Assimilation oder eben hinauf ins Bergland. Die Lao Soung oder ‚Hochland-Lao' kamen als letzte in die Gegend. Sie siedeln vorzugsweise ganz oben auf den Bergen. Neben den Hmong werden auch andere Völker der sino-tibetischen Gruppe, wie Yao (Mien) und Laentaen, aber auch die tibeto-birmanischen Völker wie Akha und Lahu, unter diesem Sammelbegriff geführt. Die Einheitspolitiker setzten sich durch, denn für die meisten Lao war die exakte ethnische Differenzierung viel zu kompliziert. Sie nahmen das vereinfachende Lao Soung an, das sie wiederum speziell für die Hmong anwandten. Dies schien ihnen auch politisch korrekter als die herabsetzende und inzwischen verpönte Bezeichnung Meo und der zu viel Unabhängigkeit implizierende Eigenname Hmong.

Maren und Kai waren nicht schlecht überrascht, hatten sie nach all den Informationen und Geschichten nicht erwartet, Hmong in dieser Zahl hier in der Hauptstadt zu treffen. Wie Verfolgte oder Unterdrückte sahen die Leute um die Hauptpost jedenfalls nicht aus, eher wie Belagerer. Offenbar bewegten sie sich ungehindert im Land und erfreuten sich ihrer einträglichen Kontakte ins ferne und noch unlängst so feindliche Amerika. So einfach der Umgang mit schwarz und weiß auch sein mochte, hier kam wenigstens eine dritte Farbe ins Spiel.

Am Abend saßen Maren und Kai wieder auf der Terrasse am Mekong. Sie hatten sich sogar schon den Namen gemerkt. *Mixay'* hieß der Laden. An einem der Tische wurde deutsch gesprochen und als die Männer dort bemerkten, dass Maren und Kai in der gleichen Sprache sprachen, winkten sie sie einfach mit zu sich an den Tisch. Es waren Telefonexperten aus Deutschland, die dabei waren, in den Provinzen des Landes Fernsprechanlagen und zwischen den Provinzen die notwendige Verbindungstechnik zu installieren. Sie kümmerten sich kaum um die Neulinge am Tisch und waren vielmehr im Gespräch gut mit sich selbst beschäftigt. So hörten Maren und Kai eine Weile interessiert zu, ehe sie mit Fragen ihre Anwesenheit in der Gesellschaft über den Rahmen von faszinierten Lauschern mit wegen der sagenhaften Erlebnisse der *old hands* ungläubig geöffnetem Mund hinaus kundtaten. Ob denn die Leute draußen auf dem Lande Geld hätten zum Telefonieren, fragte Kai in die Runde.

„Klar", sagte einer, „besonders die Meo. In Xieng Khouang ruft alles nach Amerika an. Da rollt der Rubel." Ob er selbst denn auch schon dort gewesen sei, wollte Kai sofort wissen, der erstaunt war, das Gespräch so schnell in eine für ihre Recherche nutzbare Richtung bringen zu können. Sicher, sehr oft schon, kam die Antwort, schließlich habe man dort die ersten Anlagen installiert. In drei Tagen gehe es wieder hinauf in die Berge.

Kai wurde mutiger. Man höre, da stehe es mit der Sicherheit nicht zum Besten. Alles „Null Problem" beschied der Experte im Ton des allen Gefahren trotzenden Helden, dem das Sirren von Kugeln allenfalls so lästig ist wie das von Malariamücken. Hin und wieder knalle es schon mal. Letzte Woche erst sei der Dorfälteste eines Ortes unweit von Phonsavan nachts in seinem Haus erschossen worden. Wer es war, wisse keiner so genau. Gerüchte und Theorien gebe es viele, doch Favoriten unter den Verdächtigen seien zweifellos die Meo. Angst hätten sie deshalb keine, denn den deutschen Fernmeldeheinis tue gewiss keiner was. Telefonieren wollten schließlich alle, allen voran die Meo mit ihren vielen Verwandten über 'n großen Teich.

Die Telefonmänner zahlten und brachen auf. „Wollt ihr noch mit?" fragte einer von ihnen eher aus Höflichkeit denn in Erwartung einer positiven Antwort. Maren winkte ab und vertröstete auf „ein anderes Mal". Im Hinausgehen stieß der Mann für Verbindungen Kai an, blinzelte und flüsterte ihm mit Blick auf das Mädchen an seiner Seite zu: „Sicher besser so. Soll ein Herrenabend werden." Er grinste breit und setzte hinzu: „Du bist ja versorgt."

Maren hatte nichts verstanden. Oder zumindest tat sie so. Als sie zu zweit am Tisch zurückgeblieben waren, orderte Kai Bier-Nachschub. Ihr Plan nahm Gestalt an: per Bus mit Zwischenstopp in Vang Vieng nach Luang

Prabang, von dort mit dem Flugzeug nach Xieng Khouang. Dann wollten sie nach der aktuellen Lage entscheiden, aber am wahrscheinlichsten war ein Flug zurück nach Vientiane. Das war auch die schnellste Lösung für den Rückweg, denn nach der Sammlung von Informationen wollten sie nicht viel von der Zeit verlieren, in der Neuigkeiten rasch aufhören, welche zu sein.

Sie wurden aus dem Schmieden ihrer Pläne aufgeschreckt durch eine weibliche Stimme, die fragte, ob sie an ihrem Tisch Platz nehmen könne. Kai blickte wie abwesend auf, prüfte – sich an einschlägige Reaktionen seiner Begleiterin angesichts lokaler Weiblichkeit erinnernd - per Augenkontakt kurz Marens Meinung. Er erteilte, da nichts Marens Miene trübte, geradezu großmütig seine Zustimmung. Es setzte sich nicht ein Mädchen, sondern zwei. Aufgedonnert wie für einen Make-up-Wettbewerb, einen der asiatischen Richtung zum Thema ‚Wir machen sie weißer als der gleichnamige Riese'. Aus einem nahezu kalkweiß geschminkten Gesicht stachen blutrote Lippen hervor. Kai konnte ein dämonisches Grinsen nicht unterdrücken. Zu einer tragenden Figur in Marcel Marceaus Truppe fehlte nur noch der schwarze Gymnastikanzug. Ehe er sich zu einer entsprechenden Bemerkung hinreißen lassen konnte, traf ihn Marens Tritt vors Schienbein. Sie hatte sehr wohl bemerkt, was ihn ihm vorging und war zur Aktion geschritten, um Kai womöglich vor Schaden zu bewahren. Wer wusste, mit wem sie es hier zu tun hatten.

Die beiden neuen Tischgenossinnen bestellten auch Bier und nötigten Maren und Kai zu fortwährendem Anstoßen bei nahezu unverändertem Bierpegel im Glas. Unablässiges Nachschenken war neben Dauerfrohsinn offenbar Hauptaufgabe der beiden Selbsteinlade-*Ladies*. An eine Fortsetzung der Planungssitzung war unter diesen Umständen nicht zu denken. Also gab Kai Maren zu wissen, er habe sich bemüht, die fremde Weiblichkeit auf Distanz zu halten und beuge sich nur höherer Gewalt. Damit wandte sich Kai endgültig und genehmigt den beiden Damen zu. Offenbar hatten sie genau das beabsichtigt. Nun war es an Maren, belustigt zu grinsen, denn Kai strampelte sich gehörig ab beim Süßholzraspeln in fremder Sprache und in noch fremderer kultureller Umgebung. Schon das Vorstellen brachte ungeahnte Heiterkeitsausbrüche. Denen schloss sich erst Maren und dann auch Kai an, als sie erfuhren, dass sein Name je nach Aussprache auch Huhn, Fieber oder Ei heißen konnte. Im deutschsprachigen Teil des Steigerungslaufes der Albernheit kam Maren bis zum fiebernden Eiermann, was ihr als komplett zutreffendes Pendant zu Kurzbein erschien. Da spielten die Namen der Tischnachbarinnen nur noch eine untergeordnete Rolle. Immerhin konnte Kai sich merken, dass die näher zur Naturfarbe getönte der Beiden, offenbar auch die Wortführerin, auf Keo hörte. Die reinweiß getünchte hatte Mühe die Contenance zu behalten, überstand aber auch die heftigsten Lachsalven ohne Schäden an der Stuckatur und, was Kai langsam stutzig werden ließ, ohne nennenswerte akustische Äußerungen. Armes

Ding, begann er sein Urteil über die Mime zu revidieren, offenbar stumm.

Dem Austausch der Namen folgten die üblichen Fragen nach dem woher und wohin. Als sie auf den geplanten Bustrip gen Luang Prabang zu sprechen kamen, war bei Keo die Heiterkeit plötzlich vorbei. Maren bemerkte es und fragte nach. Sie habe schlechte Erinnerungen an die Straße, sagte Keo. Gerade in diesen Tagen gehe es ihr immerzu durch den Kopf, denn es sei nun genau zwei Jahre her, dass ihr Bruder bei einem Überfall ums Leben gekommen sei.

Auch Kai war nun in höchste Aufmerksamkeit gerufen. Das Ereignis lag zwar schon etwas zurück, brachte aber dennoch sicher interessante Informationen. Also drängte er Keo zu Einzelheiten. In Kurzfassung lautete der Bericht etwa so: Keos Bruder arbeitete bei einem Reisebüro, dass einem Franzosen namens Claude gehörte. Der hatte sich um die Entwicklung des Tourismus vor allem im Süden von Laos sehr verdient gemacht. Doch 1996 folgte er dem allgemeinen Trend nach Norden und beschloss, eine Filiale in Luang Prabang zu eröffnen. Damals gab es zwar öfter Überfälle an der Straße, die mangels offizieller Informationen in den tollsten Gerüchten durch das Land fluteten und die Verantwortung meist rebellierenden Hmong zuschrieben. Doch Claude ignorierte alle Warnungen und entschied, mit seinem Kleinbus in die alte Königsstadt zu fahren. Schließlich hatte er ein gutes Verhältnis zu den Hmong, nicht zuletzt arbeiteten zwei junge Männer aus dem Bergvolk als Reiseführer in seiner Firma. Auch auf Gerüchte gab er nicht viel, dazu war er schon zu lange in Laos. So fuhr er in der Gewissheit, dass ihm schon nichts passieren würde. Der Bus musste sowieso nach Luang Prabang. Warum sollte er dann noch extra Geld für ein Flugticket ausgeben? Auch die Büroausstattung, vor allem die Computer und ein paar Möbel, hatten noch Platz in dem Fahrzeug.

Sie waren in aller Herrgottsfrühe aufgebrochen und hatten Vang Vieng zum Frühstück erreicht. Gerüchte behaupteten später, hier habe einer der acht Fahrzeuginsassen mit der wertvollen Ladung geprahlt. Bis hin zur Barschaft für den Geschäftsstart im Norden, die Claude in der Tasche hatte. Insgesamt fast 12.000 Dollar in verschiedenen Währungen. Selbst den Champagner für die Eröffnungsfeier hatten sie an Bord.

Kai war spätestens jetzt ganz sicher, dass es sich um den gleichen Vorfall handelte, den auch Piper erwähnt hatte. Der Zufall war ihnen hold und ließ sie zu Informationen kommen, die Piper nicht hatte oder nicht hatte preisgeben wollen. Er ermunterte Keo, weiter zu erzählen.

Die Geschichten behaupteten, aus Vang Vieng sei flugs jemand aufgebrochen, weiter nach Norden, um dort einen Hinterhalt vorzubereiten. Fakt war, dass der Bus ein Stück hinter Kasi, der nächsten Kreisstadt nach Vang Vieng, erwartet wurde. Aus einem geräumigen Tal windet sich die Straße dort hinauf in die Berge. Schon der erste steile Anstieg zwang den voll besetzten Wagen bis hinunter in den ersten Gang. Und dort passierte es. Aus dem dichten Busch neben der Fahrbahn wurde auf das

Auto geschossen. Der Fahrer und Claude auf dem Beifahrersitz wurden sofort getroffen. Der steuerlose Kleinbus rutschte in den Graben und blieb dort stehen. Die Angreifer kamen heran, öffneten die Tür und schossen mit automatischen Waffen auf die Insassen des Fahrzeugs. Zwei von Claudes Leuten überlebten, begraben unter den Leichen ihrer Kollegen und Freunde. Die Angreifer räumten dann das Fahrzeug in aller Seelenruhe aus. Viel später wurde fast alles bis auf das Geld und die Lebensmittel in einem der umliegenden Dörfer gefunden. Die Schuldigen allerdings blieben unbekannt.

„Ich glaube nicht an einen Raubüberfall", sagte Keo ernst. „Stellt euch mal vor, Computer zu stehlen in einer Gegend, wo es keinen Strom gibt." Dann erzählte sie von Hmong, die immer mal wieder aus Thailand kommend durch die Gegend zögen und mit dem Hinterhalt damals gleich mehrere Ziele in einem Abwasch erreichen konnten. Denn der Tod des französischen Laos-Kenners sorgte weltweit für Aufsehen und die kaum erst durchgehend asphaltierte Straße wurde einige Zeit deutlich weniger benutzt. Vor allem der eben erst beginnende Tourismus in die Königsstadt im Norden erlitt einen kräftigen Dämpfer. Und nicht zuletzt erhielt die Kriegskasse der Regierungsgegner in Amerika, denen die Verantwortung für den Überfall letztlich zugeschrieben wurde, einen willkommenen Zufluss, konnten den Spendern für ihren Einsatz doch auch Ergebnisse vorgewiesen werden. Dass dabei auch noch ein Batzen Geld für die Angreifer selbst heraussprang, erschien da allenfalls als willkommenes Zubrot.

Keo hielt in ihrem Bericht inne, als müsse sie jedes weitere Wort genau abwägen. Maren und Kai warteten gespannt auf die nächste Aussage. Nur die kalkweiße Dame demonstrierte totales Desinteresse, indem sie sich inbrünstig der Vervollkommnung ihrer Fingernägel widmete.

„Aber", sagte Keo schließlich, „es gab auch die Theorie, dass es sich um eine Auseinandersetzung innerhalb der Familie oder Firma gehandelt haben kann. In Laos weiß man nie so genau." Sie lachte. Und als gelte es, die trüben Gedanken endgültig wieder in eine weniger zugängliche Gegend des Gehirns zu verbannen, hob sie ihr Glas, prostete allen zu und orderte neues Bier.

Kai grübelte noch. Egal, wer letztlich wirklich dahintergesteckt haben mochte, die Gegner der Regierung hatten von der Aktion profitiert. Sie kamen in die Medien und die laotische Regierung in den Ruf, nicht einmal auf der wichtigsten Straße des Landes die Sicherheit gewährleisten zu können.

Wieder war es Keo, die ihn aus den Gedanken riss, indem sie zum Ortswechsel animierte. Eigentlich hatte er mit Maren ausgemacht, den Abend nicht zu lang werden zu lassen. Sicher war es vor allem B*eerlao* zuzuschreiben, dass seine Unternehmungslust über Absprachen und gut gemeinte Vorsätze die Oberhand gewann. Maren muss es ähnlich ergangen sein, denn sie war sofort dabei. Keine fünf Minuten später hatten sie ihre Zeche gezahlt und saßen auf einem Jumbo, das schwankend wie ein Wüstenschiff durch die Baugruben kurvte.

Die Fahrt endete unweit ihres Ausgangspunktes. Kai konnte sich erinnern, die Leuchtwerbung schon bei der Ankunft in Vientiane bewundert zu haben. Nun würde er erfahren, was sich hinter dem vielversprechenden Namen „*Blue Star*" verbarg. Erwartungsvoll passierte er die dick mit weinrotem Kunstleder gepolsterte Doppeltür. Dahinter umgab ihn erst einmal nahezu totale Finsternis. Ein nobel gekleideter Türsteher hatte sie schon vor dem Eingang begrüßt, die beiden einheimischen Damen in ihrer Begleitung mit der verschwörerischen Vertrautheit alter Bekannter, und einfach in den Saal geschoben. Und da war es nichts als duster, um nicht zu sagen zappenduster. In dem Maße, wie die Augen geschont wurden, waren die Ohren überfordert. Laute Musik dröhnte durch den Raum. Erst nach Umstellung der Pupillen auf die fehlenden Helligkeitswerte ließ sich eine Band auf der Bühne ausmachen. Davor drehten sich Tanzpaare in seltsamen Bewegungen durch das Licht einer ultravioletten Lampe. Sie ließ synthetische Stoffe in grellen Farben erstrahlen und unter baumwollenen Blusen verborgene Büstenhalter verführerisch aufleuchten.

„*Lam Vong*", schrie Keo in Kais Ohr. Sie hätte genauso gut Saftschinken sagen oder das Vaterunser auf Japanisch vortragen können. Sie wurden von einem taschenlampenbewehrten Platzanweiser zu einem freien Tisch begleitet und versanken bis kurz unter die Ohren in viel zu weichen Polstern. Bisher hatte Maren derlei

Leuchtdienste lediglich mit Kino in Verbindung gebracht, aber auch in diesem Ambiente machte der Service einen Sinn. Erst als die Musik aussetzte, kam Keo dazu, etwas mehr zum Tanz zu sagen. *Lam Vong* sei der traditionelle laotische Tanz und wie sie sicher bemerkt hätten, bewegten sich die Tanzpartner in zwei einander gegenüberstehenden Kreisen, ohne sich zu berühren. Kai hatte dies wohl verwundert registriert, denn sparsame Beleuchtung und akustischer Aufwand hätten ihn größeren Annäherungsdrang zwischen den Geschlechtern vermuten lassen. Stattdessen sittsamer Reigen mit künstlerischem Anstrich, denn bei recht gemächlichem, aber rhythmischem Kreisgang verdrehten die Tänzer aufwendig die Hände. Ruhe und Anmut waren die Vokabeln, die ihm dazu einfielen und im deutlichen Gegensatz zum Ambiente eines Anmach- und Abschleppschuppens standen, das Kai dem Hause schon nach kurzem Augenschein zuschrieb. Sie kamen nicht zu weiteren Erörterungen des kulturellen Erbes oder des Unterschiedes zwischen Inhalt und Form, denn nach einer knapp ausgeführten Bestellung weiterer Biere setzte die Beschallung ungehemmt wieder ein und unterband jegliches Gespräch.

Kai hielt es nicht lange im Sessel, denn Keo zog ihn auf die Tanzfläche. Jetzt war westlicher Sound angesagt, wenn auch etwas angestaubter, denn Bands wie Christie oder CCR kannte Kai nur aus der Platten- und Kassettensammlung seines Vaters. Zumindest kam für Kai die Welt wieder ins Lot, denn sein ursprünglicher Eindruck über den Charakter des Etablissements, von der Volkskunsteinlage heftig ins Wanken gebracht, bestätigte sich schließlich. Auch Maren tauchte neben ihm auf der Tanzfläche auf, begleitet von Lieng. Kai war endlich der Name der auf Perlweiß getrimmten Begleiterin wieder eingefallen. Zum Ende der Tanzrunde folgte Kai dem Ruf des Wassers. Und machte eine völlig neue Erfahrung, die seine kühnsten Erwartungen an den Service des *Blue Star* nicht vorgekommen wären.

Schon beim Eintritt in die *rest room* betitelten Räumlichkeiten fielen ihm einige smarte Kerlchen auf, die in Türnähe auf ihn zu lauern schienen. Richtig geheuer war ihm nicht, aber die doppelte Wirkung des Bieres ließ ihn todesmutig an den Urinator treten. Er war noch mit dem Reißverschluss beschäftigt, als er mehr spürte als hörte oder sah, wie eine der Gestalten hinter ihn trat. Kai ward ungemütlich. Im Spiegel sah er, wie der junge Mann die Hände hob. Für eine Abwehrreaktion war seine Lage heikel, denn er konnte unmöglich den Strahl stoppen und mit geöffnetem Abfluss wäre er in einem Nahkampf arg gehandicapt gewesen. Zudem standen weitere Jungmänner im Raum. Auch die Intention der Person in seinem Nacken war ihm noch nicht klar. Womöglich machte er sich bei hastiger Gegenwehr als nässender Pisspottkämpfer völlig zum Affen. Also abwarten und durchstehen, was immer da kommen mochte. Der Junge ließ seine Hände in Kais Nacken sausen, bearbeitete Kais Nackenmuskeln und dann die Schultern mit einer geübten Massage. Kai war einerseits erleichtert, andererseits aber kein Freund solchen Tuns auf der Herrentoilette. Er grunzte dem Masseur seinen Unwillen zu und der Muskelrichter ließ ohne Diskussion von ihm und seinen ungerichteten Muskeln ab.

Als er Kai vor dessen Auszug aus den ungewöhnlichen Hallen mit devoter Gebärde ein Handtuch reichte, ging Kai durch den Kopf, wie die Geschichte wohl ausgegangen wäre, hätte er die James-Bond-Reaktion gewählt. Das versöhnte ihn reichlich und ließ ihn dem Jungen einen Schein in die Hand drücken.

Kaum hatte er die schallgedämpfte Oase hinter sich gelassen und die rauchgeschwängerte phonüberladene Düsternis wieder um sich, da stellte sich ein neues Hindernis in den Weg zum Tisch. An dem hellen, fast leuchtenden Gesicht machte er Lieng aus, die da vor ihm stand und sich in der dunklen Ecke zwischen Abtritt und Auftritt eng an ihn schmiegte. Mit einem Male konnte sie gar reden. „*Sweetheart*", tönte es gar nicht himmlisch, sondern mit tiefem Bariton, „willst du mich heute Nacht?"

Himmel, das war zu viel für den Jungen aus einfachen, aber geordneten Verhältnissen. Er schob das gar nicht mehr weiblich wirkende Wesen zur Seite, begab sich schnurstracks zu Maren und verlangte auf der Stelle die Rechnung. Die völlig verständnislose Maren an der Hand hinter sich herziehend, flüchtete Kai aus dem Hort des Bösen an die frische Abendluft der laotischen Hauptstadt, würdigte die freundlichen Wünsche der Türsteher nach einer baldigen Wiederkehr keiner Antwort und die draußen aufgereihten Schönheiten keines Blickes. Erst als sie auf einem Jumbo saßen, erzählte er Maren von den eigenartigen Begebenheiten am Rande des Tanzsaales. Die konnte sich vor Lachen kaum halten und feixte noch immer, als sie die Rezeption des Hotels in Richtung Lift durchquerten.

*

Der Bus nach Vang Vieng ging früh um sieben. Als sie auf dem Busbahnhof gleich hinter dem *Morning Market* ankamen sahen sie, dass schon etliche Traveller-rucksäcke auf dem Dach eines altertümlichen blauen Ge-fährts verstaut waren. Als klar war, dass das kastenförmi-ge Fahrzeug das gesuchte war, landete auch ihr Gepäck auf dem Dachträger. Eine Gruppe von Weißen stand vor dem Bus und schwatzte. Einige kauten an belegten Bro-ten, einer nuckelte an einer Zigarette.

„Hey, auch nach Vang Vieng?" fragte einer von ihnen die Neuankömmlinge. Mit seinem Drei-Tage-Bart passte Kai in die Gruppe, aber seine Jeans waren im Verhältnis zur Garderobe der Mitreisenden entschieden zu nobel. Schlabberige Hosen in bunten, wenn auch verblichenen Farben herrschten vor, dazu Hemden, denen seine Mut-ter den Dienst selbst als Unterhemd bei der Gartenarbeit verwehrt hätte.

„In Vang Vieng gibt's guten Stoff", sagte ein stark tä-towierter Typ mit Rastazöpfen. Wobei er ganz gewiss nicht den für ein neues Hemd meinte. Seine Worte be-gleitete er mit der Geste genussvollen Inhalierens.

„Ich bin Jos aus Holland", stellte er sich vor. „Kimberly ist aus Australien, Karen aus Schweden und Mike aus Irland." Die meisten von ihnen waren schon seit Monaten in der Welt unterwegs. „Kambodscha war hip. Gutes Gras." Er verdrehte genießerisch die Augen. „Vietnam so la-la. Hier geht es wieder aufwärts." Maren und Kai gaben ebenfalls Namen und Herkunftsland an, erwähnten aber nichts von ihren journalistischen Ambitionen.

Im Bus dösten alle vor sich hin. Die Sonne brannte unbarmherzig aufs Dach und auch die offenen Fenster brachten wenig Abkühlung. Die kam erst, als es in die Berge ging. Dafür konnten einige der Einheimischen nun ihren Mageninhalt nicht für sich behalten. Der Busfahrer schien es auch darauf abgesehen zu haben, seien Fahrgästen die Eingeweide durcheinanderzuschütteln. Rasant war sein Fahrstil schon nicht mehr zu nennen, halsbrecherisch war zutreffender. Einzig das Buddha-Amulett über der Frontscheibe schien dafür verantwortlich zu machen, dass es an einigen Stellen bei Fast-Zusammenstößen mit entgegen kommenden Fahrzeugen, deren Fahrer offenbar die gleiche Fahrschule absolviert hatten, blieb. Meist waren es zu Mini-Bussen umgebaute Pick-ups, die wegen ihrer zwei längs zur Fahrtrichtung angebrachten Sitzreihen *Songthaeo* genannt wurden, Zweireiher. Neben einer erklecklichen Zahl von Passagieren war auch die halbe Landwirtschaft auf diesen Autos verstaut. Hühner und Enten auf dem Dach und Schweine oder Rinder auf dem hinten wohl eigens dafür angebrachten Metallrost, das auch als Trittbrett diente. Der

Lastüberhang bewirkte bei den am heftigsten überladenen Autos, dass die Vorderräder nur noch lose zum Asphalt Kontakt hielten.

Als ihr vergleichsweise rustikaler Bus hinter einer Kurve zur Pinkelpause hielt, kletterten Jos und Mike aufs Dach und machten es sich dort zwischen den Rucksäcken bequem. Die Straße wand sich zwischen Bergen hindurch, folgte eine Weile dem Rand eines größeren Gewässers und führte schließlich durch ein längeres Tal geradewegs auf eine massive Felswand zu. Als sie sich dem Ort näherten, erinnerte Kai die Shell-Tankstelle auf freiem Feld an den Aufdruck auf der Rückseite der Bordkarten von Lao Aviation. „*Shell works here*" stand dort unter dem gelb-roten Muschel-Logo zu lesen. An der Tankstelle hier wohl weniger. Zwischen Tankstellengebäude und Dachträger hatte sich der Tankwart eine Hängematte gespannt und schlief den Schlaf der Gerechten.

Als der Bus am Markt mitten im Ort hielt, ging der Vormittag zur Neige. In Windeseile hatten fleißige Hände das Gepäck vom Dach geholt und gewissermaßen als Geisel genommen. Die Helfer hielten nach den Besitzern der Gepäckstücke Ausschau und wenn sie ihn oder sie ausgemacht zu haben glaubten, boten sie ihre Dienste als Jumbo-Fahrer und Kenner der Gästehaus-Szene an. Auch als die Backpacker ihre Ränzlein selber schnürten und den Luxus einer Benzinkutsche schnöde missachteten, blieben sie ruhig. Sie waren Kummer dieser Art gewohnt. Von ihren Landsleuten war eher mit einem Auftrag zu rechnen als von den Travellern. Solch eine Fahrt führte dann für wenig Geld oft weit hinaus auf die Dörfer. Wenn man dagegen einen Backpacker beschwatzen konnte, war das bei kurzen Strecken schnell verdientes Geld.

Maren und Kai versprachen solch ein gutes Geschäft und enttäuschten ihren Gepäckbewacher auch nicht. Sie wollten zu einem Gästehaus im Ort, genau nach dem Geschmack des Jumbo-Fahrers. Der hatte seine Kundschaft taxiert und in seinem geistigen Register eine dem ersten Eindruck entsprechende Bleibe zugeordnet. Die gemächliche Fahrt dauerte keine zehn Minuten. Als sie am *Kianthong Guesthouse* ankamen, waren Maren und Kai überrascht. Statt Bambushüttenromantik mit Moskitonetz und Bad im Fluss standen sie in einem klinisch sauberen Haus mit Fliesenboden, moderner Toilette und Warmwasser im Bad, für ganze vier Dollar die Nacht. Nur ihr Wunsch nach zwei Einzelzimmern traf wieder auf fragende Blicke. Eigenartiges Paar. Dabei hatte Kai nicht übel Lust, dem ganzen Spiel ein Ende zu machen und schon aus Kostengründen die Doppelzimmervariante zu testen. Andererseits, wer weiß, was sich sonst noch so ergab. Also zwei Zimmer.

Kurze Zeit später streiften sie durch die Kreisstadt, auf der Suche nach einem Mittagstisch. Ohne Problem wurden sie fündig, hatten gar die Qual der Wahl. Kein Haus im Ortskern, das nicht Gästehaus, Restaurant oder Internet Café war oder zumindest sein wollte. Hier ließ sich die aus Vientiane so bekannte Nudelsuppe schwerer auftreiben als Hamburger oder Pommes mit Ketschup. Backpackershausen total. Sie trafen auch das Quartett aus dem Bus, das schon alte Bekannte von anderen Stationen der Weltenbummelei wiedergetroffen hatte. Sie folgten der Einladung, sich der größer werdenden Gruppe anzuschließen, und kamen so rasch in den Genuss der letzten *Vang Vieng News*. Also Höhlenbesuch war ebenso ein Muss wie ‚*Tubing*‘, das sachte Treiben mit einem aufgeblasenen Traktorschlauch auf dem Nam Song, dem örtlichen Flüsschen. Bergtour konnte sein, wenn genug Zeit blieb, wobei vor allem die Hmong-Dörfer interessant seien. Schon wieder Hmong. Das ganze Land schien von dem Völkchen beherrscht zu sein.

Kai bemerkte, dass eines der Mädchen ihn musterte. Seinem Blick aber wich sie aus. Aus ihrer knapp sitzenden Pants ragten tadellos gebräunte Beine, ihr kurzes Top ließ den gepiercten Nabel frei und auf ihrem linken Ohr saßen die Sticker dicht an dicht. Das rostrote Haar gab dem Gesamtkunstwerk einen würdigen Rahmen.

„Wir haben heute *Tham Poukham* auf dem Plan“, sagte einer, der schon seit sechs Tagen hier war und somit zu den Alteingesessenen zählte. „Eine Höhle auf der anderen Seite des Nam Song. Sechs Kilometer per Fahrrad. Wer ist dabei?“ Das Quartett aus dem Bus reduzierte sich zum Duo, Maren und Kai entschieden sich für die Tour. Von den Alten wollten nur drei mit, neben Paul, einem Amerikaner, der das Angebot unterbreitet hatte, ein Mädchen namens Vicky, das offenbar zu Paul gehörte, und die Rothaarige. Auch sie gab ihren Namen preis. Sie hieß Maria und war aus Italien. Kurz nach dem Essen radelten sie los. Zum Fluss ging es ziemlich steil hinunter und sie hatten den ersten Spaß, als Vicky gegen die Böschung fuhr und kinoreif umkippte. Mit Schwung ging es in den Fluss hinein, der ihnen an der tiefsten Stelle bis knapp unter die Brust reichte. Das Benutzen der Mautbrücke, einer fragilen Bambuskonstruktion, die die Einheimischen Jahr für Jahr nach der Regenzeit errichteten, um sie im Hochwasser des Folgejahres davontreiben zu sehen, sei ‚nicht travellerisch'. Das hatte jedenfalls Paul verkündet. Außerdem hatte die Brücke wegen des noch immer steigenden Wassers ohnehin nur noch kurze Zeit zu leben. Die Strömung war mächtig stark und der Fußmarsch durch die Furt schon mehr Starrsinn als sportliche Herausforderung. Aber die Konventionen durften nicht gebrochen werden: ein echter Traveller zahlt nicht an der Brücke und lässt sich auch nicht halbwegs trockenen Fußes per Tok-Tok, einem unglaublich variabel einsetzbarem Einachstraktor, übersetzen.

Aber Starrsinn hat seinen Preis, denn Maren verlor die Kontrolle über ihr Rad, das in den Fluten versank und das die anderen dann im Tauchgang suchen mussten. So dauerte die Flussdurchquerung statt drei fast zwanzig Minuten und diente der Erheiterung der Kassierer an der Brücke. Am anderen Ufer verhandelte Paul mit einigen Kindern, die die Wasserspiele der Langnasen verfolgt hatten. Ein paar Geldscheine glitten in die Hand eines Knirpses, der sich dann hurtig zwischen die Hütten schlug. Mit einem Beutelchen kam er zurück.

„Auf den Schreck lasst uns erst einmal ein Pfeifchen drehen", verkündete Paul, kramte Zigarettenpapier aus der wasserdicht verschlossenen Plastiktasche, rollte einen Joint, brachte auch ein Feuerzeug zum Vorschein und setzte das etwas krumm geratene Teil in Brand. Dann reichte er die Utensilien weiter. Mit qualmenden Stängeln im Mund strampelten sie landeinwärts, der steil aufragenden Ketten von Kalksteinfelsen entgegen. Die Stimmung wurde zusehends gelöster und als sie schließlich einem Hinweisschild folgend die Fahrräder vor der Dorfschule abstellten und den Rest des Weges über die schmalen Feldraine zwischen den Reisfeldern balancierend zurücklegten, bejubelten sie jeden Fehltritt. Am Ziel ihres Ausflugs erwartete sie ein kleiner Teich mit giftgrünem Wasser.

„Erst die Arbeit, dann das Vergnügen." Paul machte den Anführer der Truppe wirklich nicht schlecht. Wieder verhandelte er mit einem Jungen, der vor einem schmalen Steg wartete.

„3.000 Kip von jedem", teilte Paul das Verhandlungsergebnis mit. „Eintritt plus Leasing einer Lampe." Sie kletterten einer nach dem anderen den schmalen Pfad zum zwanzig Meter höher befindlichen Höhleneingang empor und zwängten sich schließlich auch durch den schmalen Eingangsspalt.

„Allein wäre das nicht mein Ding", sagte Maren zu Kai, der ihr immer wieder hilfreich die Hand hinstreckte. Als er ihr wieder einmal weiter geholfen hatte, kam auf einmal Protest von weiter hinten.

„Und ich?" Maria kletterte hinter Maren bergauf und musste sich allein behelfen. Als Kai nun auch ihr die

Hand hinstreckte, wurde er mit einem strahlenden Blick aus Augen belohnt, die es mit der Farbe des Wassers gut aufnehmen konnten.

„*Wow*", machte diesmal nicht nur Maren, als sie im Innern des Berges waren. Die Lichtkegel der Taschenlampen schälten eine Buddhafigur aus dem Dunkel und gaben einen vagen Hinweis auf die Aufmaße der Höhle. Die feuchtkalte Luft im Innern des Berges ließ sie besonders nach dem schweißtreibenden Aufstieg zum Einstieg frösteln. Zwischen ihren Füßen raschelte es, die Höhle lebte. Kai lenkte den Schein seiner Lampe nach unten und Maren sprang erschreckt zur Seite. Ein gelbliches Spinnentier erheblichen Ausmaßes lief über den dunklen Höhlenboden.

„Keine Angst, nur eine Krabbe", beruhigte Kai. Die hier in großer Zahl vorkommenden Tiere aus der Ordnung der Zehnfußkrebse hatten der Höhle auch zu ihrem Namen verholfen, heißt *Tham Poukham* doch Höhle der Goldkrabben. Die Besucher kraxelten im Berg herum, bewunderten Stalagnite und Stalagtite, die als bizarre Figuren die Höhle beherrschten. Ihre Schatten, hervorgerufen durch die schwächliche Taschenfunzel, tanzten gespenstisch über die Wände und ließ sanften Gemütern nach dem Kälteschock nun eine zweite Gänsehaut wachsen. Als es ihnen im Berg schließlich zu kalt wurde, machten sie sich auf den Rückweg, um einige Zeit später erneut am grünen Teich zu stehen. Nicht nur gut aufgewärmt, sondern schon wieder durchgeschwitzt.

Paul war als erster auf einen Baum am Ufer geklettert und sprang kopfüber ins Wasser. Als er ans Ufer schwamm, brachte ihm der Junge von vorhin ein neues Tütchen. Das Ritual des Pfeifchendrehens begann erneut. Kai wurde noch beruflich aktiv, als er den Weg in die Büsche zu einem Abstecher zu dem Jungen am Eingang nutzte. Auf seine Frage nach der Herkunft des hier *Kansa* genannten Cannabis streckte der Junge nur die Hand aus und fuhr damit in die Runde.

„Überall", antwortete er und lachte. „Willst du auch Opium?" Kai fühlte sich auf der richtigen Fährte. Auf die Frage, wieviel, streckte der Junge zwei Finger empor. „Zwei Dollar." Und auf die Frage woher, sagte er: „Von den Hmong aus den Bergen."

Als sie den Rückweg nach Vang Vieng antraten, stand die Sonne nur noch kurz über den Kalksteinfelsen.

„Wenn wir richtig treten, erwischen wir den Sonnenuntergang noch im *Sunset*", spornte Paul sie an. Sie erwischten ihn. Das größere Problem war, noch einen Sitzplatz auf der Terrasse an der Nam-Song-Furt zu bekommen. Zum Glück saß das am Mittag zurückgelassene Duo aus dem Bus schon hier, und zwar allein an einem großen Tisch. Sie genossen nun den phantastischen Ausblick auf die bizarre Felskette. Ein Stück vor dem Massiv ragte ein einzelner Felsen etwa 50 Meter hoch aus den Reisfeldern als sei er bei der Dekoration übrig und schließlich hier liegen geblieben.

„Seht ihr die Fahne auf dem Felsen?" fragte Paul in die Runde. Sie war nicht auf Anhieb zu entdecken und so wartete Paul geduldig, bis auch der letzte am Tisch zumindest sagte, dass er sie nun auch entdeckt hatte. „Dort waren wir gestern", verkündete er nicht ohne Stolz. Dass sie es fast nicht geschafft hatten, vor Anbruch der Dunkelheit wie unten zu sein, verschwieg er ebenso wie die Tatsache, dass die Fahne schon von anderen Kletterern lange vor ihne dort aufgepflanzt worden war. Bei *Beerlao* und gebratenen Nudeln saßen sie im *Sunset* bis es zappenduster war. Noch etwas länger, denn die sorgsame Bedienung hatte schon den zweiten Bierkasten neben ihren Tisch gestellt, um die leeren Flaschen aufzunehmen. Kai war dem Druck auf die Blase nachgegangen und sah sich auf dem Rückweg von der Toilette plötzlich Maria gegenüber.

„Wo wohnst du?" fragte sie. „Kianthong", antwortete er und musste sich räuspern. Ihm war die Kehle etwas trocken. Nachwirkung des *Kansa*? „Mit der da?" Sie wies mit dem Kopf in Richtung Terrasse, auf der Maren mit den anderen saß.

„Nein, allein."

„Dann wohne ich heute bei Dir", sagte Maria bestimmt. Nun wurden Kai auch noch die Hände feucht. Er nickte nur kurz und ging zurück zu den anderen. Die waren schon ziemlich hinüber. Besonders Maren hing in den Seilen. Bei ihr hatte das Lao Bier nach den schweißtreibenden Übungen des Tages offenbar leichtes Spiel.

„Bring dein Mädel heim", riet ihm Paul, der auch schon deutlicher gesprochen hatte. Kai legte zehn Dollar auf den Tisch und konnte Maren ohne Schwierigkeiten zum Rückzug überreden. Maria bot uneigennützig ihre Hilfe an und so stützten sie die angehende Sensationsreporterin von beiden Seiten gegen die akute Gehschwäche. Als sie Maren sicher in ihrem Zimmer verstaut hatten, küsste Maria Kai schon auf dem Flur lange und intensiv. Das versprach den Himmel auf Erden.

„Bin gleich zurück", sagte Maria und verschwand in der Nacht. Zehn Minuten später war sie wieder da, mit Rucksack.

„Na so war das aber nicht gemeint", nörgelte Kai letzten Widerstand.

„Nur für diese Nacht." Der Kussmund war wieder da. Diesmal bis ins Zimmer, unter die Dusche und ins Bett. Befreit vom Textil waren Marias Brüste genauso sensationell wie mit Verpackung. Kai verließ Laos Richtung siebter Himmel und Maria lag auf der gleichen Wolke. Ob draußen der Mond schien oder Venus und Mars ihre Bahnen kreuzten, war absolut belanglos.

Die Sonne schien ihm direkt ins Gesicht. Kai drehte sich weg von der Intensivbestrahlung und öffnete vorsichtig die Augen. Er blickte in rostrotes Haar und wusste, dass er nun ein Problem hatte. Nein, zwei. Wie konnte er sie noch einmal vögeln und wie anschließend loswerden. Seine Hand ging auf Wanderschaft und arbeitete an der Lösung der ersten Aufgabe. Maria sprang an wie ein Ferrari. Der Rappe im Wappen des Automachers war zahm gegen den Ritt, den beide hinlegten. Problem zwei löste sich leichter, als er je gedacht hätte.

„War toll mit Dir", sagte Maria beim gemeinsamen Duschen. Sie trocknete sich ab, zog ihre Sachen vom Vortag wieder an und hob ihren Rucksack an. „Ich muss den Bus nach Vientiane schaffen", sagte sie und ließ ihre grünen Augen blitzen. „Hast du mal zwanzig Bucks, ich bin völlig pleite. In Vientiane wartet eine Postanweisung auf mich." Kai schob ihr den Schein in den Hosenbund und küsste sie. Sie entzog sich ihm.

„Keine Sentimentalitäten", sagte sie und ließ sich von Kai den Rucksack auf den Rücken heben.

Er blickte ihr vom Fenster aus nach und wartete darauf, dass sie sich noch einmal umdrehte. Vergeblich.

*

Nach mehrfachem Klopfen kam endlich Antwort aus Marens Zimmer. Nach weiteren zwei Anläufen öffnete sie die Tür.

„Bist du auch so kaputt?" fragte sie Kai und gähnte. Der grinste nur.

„Auf, auf, sprach die Stute zum Hengst, die andern vögeln schon längst. Heute ist *Tubing* angesagt."

„Du hast dich auch schon feiner ausgedrückt", Maren war noch nicht wach genug für stärkere Auflehnung gegen den verbalen Verfall der Sitten. Nach einem knappen Frühstück zogen sie los. Sie hatten sich für die volle Tour entschieden, das heißt rund vier Stunden im Traktorreifen vom rund 25 Autokilometer entfernten Ban PhaThang zurück nach Vang Vieng. Zum Glück schoben sich hin und wieder ein paar Wolken vor die Sonne, sonst wäre wohl ein Sonnenstich das beste Ergebnis des Tages gewesen. So hatten sie eine Menge Spaß mit den Travellern und der seichten Fortbewegung. Malerische Felsen, Erfrischungsstände im Dschungel, Höhlen zur Besichtigung, Joints zur Aufbesserung der Stimmung, *Beerlao* hinter jeder Flussbiegung. Sie hatten einen sehr vergnüglichen Vormittag, ihrem Ziel aber waren sie keinen Schritt näher gekommen. Den Nachmittag verbrachten sie abwechselnd in einer Bäckerei und im Internet Café. Den Sonnenuntergang, der diesmal wegen Bewölkung weniger ansehenswert ausfiel, erlebten sie wieder auf der Terrasse des *Sunset* bei den Thavonsouk Bungalows. Die letzte Nacht steckte ihnen aber noch in den Knochen und so entschieden sie sich für den frühzeitigen Abgang. Als sie die Steigung zur Straße emporschnauften, sprach sie ein Junge an.

„*You want Opium?*" fragte er leise, aber deutlich vernehmbar. Kai wollte es nun wissen. Für drei Dollar würde ihm der Junge im Gästehaus auch das Pfeifchen stopfen. Kai gab den Namen des Gästehauses und die Zimmernummer an. Der Junge wollte gegen 22 Uhr dort sein und erschien auch pünktlich. Kai ließ ihn ein und fragte auch ihn nach der Herkunft des Stoffes. Der Junge, er mochte vielleicht zwölf Jahre alt sein, vermutete in der Frage Zweifel an der Qualität des Opiums.

„Ganz sauberer Stoff", erklärte er. „Direkt vom Hersteller." Auch er gab Hmong als Lieferanten an. Mehr war nicht zu erfahren. Fachmännisch bereitete der Junge die Opiumpfeife vor, erhitzte die Masse, strich sie in den Pfeifenkopf. Maren war in ihr Zimmer gegangen, um die Kamera zu holen. Kai lag auf dem Boden, das Kopfkissen unter dem Nacken und wollte eben den ersten Zug tun, als es klopfte. Er dachte, Maren sei zurück und die Tür versehentlich verschlossen. Er stand auf und öffnete. Statt Maren drängten zwei junge Männer ins Zimmer. Im Nu hatte einer die Opiumpfeife in der Hand, der andere schob Kai unsanft gegen die Wand.

„Polizei", sagte er. „Sie wissen, dass der Gebrauch von Rauschgift gegen das Gesetz verstößt?" Was sollte Kai dazu sagen. Natürlich wusste er. Und dass das Pfeifchen aus rein professionellen Gründen in seinem Zimmer entflammt wurde, hätte ihm wohl nur abgenommen, wer das Goldene Dreieck für ein Verkehrszeichen hielt.

„Ihren Pass bitte", sagte der Mann, der offenbar als einziger von den Beiden englisch sprach. Hastig fummelte Kai das Papier aus dem Brustbeutel. Der Polizist verglich das Bild mit der inzwischen bärtigen Realität und schien von der Übereinstimmung überzeugt. Er blätterte weiter zum Visum und reichte den Pass seinem Kollegen.

„Sie verlassen das Zimmer nicht", instruierte er Kai. „Wir raten dringend von allen Fluchtversuchen ab. Alle Fahrzeuge werden von uns kontrolliert und zu Fuß kommen Sie nicht weit." Kai war sich der Aussichtslosigkeit seiner Lage wohl bewusst. Nur keinen Knast, dachte er. „Morgen früh holen wir Sie zur Vernehmung."

Der zweite Polizist hatte inzwischen auch das Opiumbesteck eingepackt. Kai stand im Zimmer und blickte sehr bemüht auf einen imaginären Fleck auf dem Boden. „Keine Geschichten", schärfte ihm der Ordnungshüter ein. Und weg waren die beiden. Erst jetzt fiel Kai der Junge ein. Aber der war wie vom Erdboden verschluckt.

Dafür kam Maren zur Tür herein. Sie noch kurz für kleine Mädchen und hatte deshalb ein paar Minuten länger gebraucht. „Was waren das für Besucher?" wollte sie wissen.

„Wenn man dich mal brauchen könnte", knurrte Kai und erzählte, was ihm widerfahren war. Sie hielten Kriegsrat. An eine Routinekontrolle mochten sie nicht glauben. Ob der Gästehausbesitzer die Polizei informiert hatte? Bisher hatten die Leute solch einen netten Eindruck gemacht. Oder der Junge? Aber der verdiente schließlich am Opiumverkauf. Hatte sie auf der Straße jemand gesehen oder belauscht, als sie mit dem Jungen sprachen? Doch, Maren erinnerte sich. Als sie mit dem Jungen gesprochen hatten, war jemand langsam zum *Sunset* hinunter gegangen. Scheiße. Flucht machte wirklich wenig Sinn. Was hatte Chris Piper gesagt? Es gab jetzt lebenslänglich auf Rauschgiftdelikte. Aber doch wohl nicht für ein Pfeifchen. Dann hätten sie ihn doch sicher gleich mitgenommen. Die Hoffnung stieg wieder. Aber an Schlaf war nicht zu denken. Auch Maren war inzwischen putzmunter.

„Man kann dich keine fünf Minuten alleine lassen", versuchte sie ihn aufzumuntern. Kai wollte kein Grinsen gelingen, selbst als ihm die deutlich längere Geschichte der letzten Nacht kurz in den Sinn kam. Tatsächlich, dachte er, länger hat die ganze Episode nicht gedauert.

So sehr sie auch nachdachten, sie kamen zu keinem anderen Schluss, als dem Rat der Polizisten zu folgen und keine vermeintlichen Heldentaten anzuzetteln. Sie wälzten Verschwörungstheorien, Auswegszenarien, zogen sofortigen telefonischen Kontakt zur deutschen Botschaft in Erwägung und verwarfen den Gedanken aus dem einfachen Grund wieder, dass sie keine Telefonnummer dabei hatten und auch nicht wussten, wo sie die mitten in der Nacht her bekommen sollten. Auf die Idee, dass unten an der Rezeption ein Telefonbuch liegen könnte, kamen sie nicht.

„Deutscher Reporter in laotischem Knast verfault.“ Gegen zwei Uhr morgens schien das Schlimmste überwunden, der Galgenhumor gewann die Oberhand. „Auch 'ne tolle Schlagzeile.“

„Komm, so dick kommt es schon nicht“, versuchte Maren ihn zu beruhigen. „Vielleicht sollten wir doch etwas schlafen. Allein lassen sollte man dich ja lieber nicht. Soll auch nicht wieder vorkommen“, sagte Maren und legte sich in das eine der beiden Betten. Unter anderen Umständen wäre er mit diesem Gang der Dinge durchaus zufrieden gewesen. So nahm er es als beruhigende Geste immerhin zur Kenntnis. Er warf sich auf das andere Bett und grübelte weiter. Als ihm nichts mehr einfiel, übermannte ihn der Schlaf. Bis zur Dämmerung blieb noch eine reichliche Stunde.

Mit dem ersten Sonnenstrahl war er wieder wach. Hatte er schlecht geträumt? Nein, wohl nicht. Maren lag im Nachbarbett und im Brustbeutel war kein Pass. Mist. Duschen brachte zwar etwas Erfrischung, aber keine Ablenkung. Er begann im Zimmer auf und ab zu gehen. Nichts, der Kopf war wie vollgestopft mit Watte. Vor allem die Ungewissheit machte ihm zu schaffen. Was stand ihm da noch bevor? Und eingebracht für ihr Vorhaben hatte die ganze Nummer auch nichts. Nicht einmal, wann und wie sich der Bursche aus dem Staub gemacht hatte, hatte er bemerkt. Erst einmal blieb nur Abwarten und Tee trinken. Den gab es im Gästehaus gratis. Als schließlich Maren nach einer Weile wach wurde, setzten sie die Krisensitzung von Vorabend fort. Es war wohl wirklich am besten, sich an die Weisungen der Polizei zu halten und sich nicht vom Fleck zu rühren. Maren ging in ihr Zimmer, duschte, zog sich um und kam dann zurück in Kais Zimmer. Nach den offenen Angeboten an Hasch und Opium überraschte sie die Reaktion der Behörden etwas. Vielleicht sollte ausgerechnet an ihnen ein abschreckendes Exempel statuiert werden. Oder sie waren unvermittelt in den Beginn des Großreinemachens geraten. Hier im Gästehaus, das war beiden klar, würden sie darüber nichts erfahren.

Sie beratschlagten erneut. Kai würde sich an die Order halten und im Zimmer ausharren. Maren, die den Behördenonkels ja bisher nicht über den Weg gelaufen war, wollte etwas zu essen holen und sich dabei auch umhören. Gesagt, getan. Maren lief Richtung Ortszentrum, um Kai ein paar Sandwiches zu kaufen. Weit hatte sie nicht zu gehen, da sprach ein junger Mann sie an.

„Ich hörte, Ihr Freund hatte gestern Abend ein Problem", sagte er leise. „Vielleicht kann ich Ihnen helfen."

Maren war nach fast durchwachter Nacht noch etwas duselig, aber spätestens jetzt hellwach. „Wie meinen Sie das", fragte sie, um den Mann deutlicher werden zu lassen.

„Ich könnte vielleicht den Pass beschaffen und die Sache auch aus den Protokollen verschwinden lassen", erklärte er.

Das wäre natürlich die beste Lösung, dachte Maren. Sie kämen ungeschoren davon und konnten sich endlich ihrem eigentlichen Ziel widmen.

„Das wäre natürlich sehr freundlich", entgegnete sie.

„Von der Freundlichkeit allein lässt sich schlecht leben." Der Mann kam sachte raus mit den Schmalzstullen, dachte Maren. Fünfhundert Dollar lautete sein Angebot. Maren zog die Augenbrauen hoch und ließ ihr „*wow*" in ganz spitzen Lippen enden.

„Das sollte Ihnen die Freiheit doch wert sein. Knast in Laos ist gewiss kein Sanatorium", ergänzte der Mann darauf grinsend.

Maren erzählte etwas von Studentenurlaub und schmaler Kasse, von Abenteuerlust und den besonderen Geschmack verbotener Früchte. Ob das alles in tadellosem Englisch kam und wieviel der Mann davon verstand, war erst einmal Nebensache. Aber es zeigte Wirkung. Sie einigten sich auf dreihundert Dollar.

Sie ging weiter Richtung Frühstück, kam keine Viertelstunde später mit Toast in Plastiktüte und Trinkwasser in Plastikflasche zurück. Der Mann erwartete sie an der gleichen Stelle und winkte sie in einen kleinen Laden, der mit so ziemlich allem vom Fahrradschlauch bis zur Damenbinde handelte. An einem niedrigen Steintisch wechselten dreihundert US-Dollar über den Tisch gegen ein gleichfalls in eine Plastiktüte gehülltes weinrotes Dokument. „In God We Trust" stand auf den grünen Scheinen, die umgehend in der Hosentasche des Mannes verschwanden.

Mochte auf Gott vertrauen, wer wollte, dem Manne gegenüber war Maren misstrauisch. Sie prüfte das Dokument eingehend, die Personaldaten, Lichtbild, Seitenzahl, Visum. Erst als sie weitgehend sicher war, dass es sich mit hoher Wahrscheinlichkeit tatsächlich um Kais unveränderten Pass handelte, bedankte sie sich förmlich, erhob sich und ging.

Eigentlich wollte sie Kai noch eine Weile schmoren lassen. Aber als sie ihn so niedergeschlagen am Tisch sitzen und lustlos auf dem inzwischen matschigen Toast kauen sah, überkam sie das Mitleid. Wortlos schob sie den Pass auf den Tisch. Kai realisierte zunächst nicht, was das sollte. Er griff nach dem Papier und selbst als er sein Konterfei darin erblickte, blieb er mürrisch.

„Und nun?" fragte er abwesend.

„Nichts und nun", entgegnete Maren. „Gib mir dreihundert Dollar und dann nichts wie weg hier."

Langsam schien es zu dämmern. Keine Posten vor der Tür, die mit Ketten und Halseisen auf ihn lauerten. Kein Tribunal, das ihn bis in die Verdammnis zu Wasser und Reis verurteilen würde.

„Wie hast du das angestellt?" fragte er etwas ungläubig. Nun kam Marens Überlegenheitsgefühl zurück. Sie würde ihn für die Blicke auf die asiatischen Schönheiten zahlen lassen, für die Herablassung, die sie in seinem Verhalten ihr gegenüber zumindest zu spüren glaubte. Zappeln sollte er, lange und kräftig.

„Gewusst wie", sagte sie nur.

Kam es Kai nur so vor, oder hatte sie bei den Worten tatsächlich ihre Brüste in Anmachpositur geschoben. In seinem Kopf ging nun alles drunter und drüber.

„Plus dreihundert Betriebskosten." Mehr war von Maren nicht zu erfahren. Jetzt jedenfalls nicht.

Hastig packten sie ihre Sachen. Wenn sie den Bus nach Luang Prabang noch erwischen wollten, waren Hast und Eile im koordinierten Einsatz erforderlich. Erst als die Rucksäcke auf dem Dach und sie auf den vordersten Sitzbänken verstaut waren, kam die Erleichterung. Kai fühlte nach dem Brustbeutel. Keine Täuschung, die weinrote Pappe mit dem güldenen Federvieh war wieder drin. Der Bus klapperte durch die noch flache Landschaft, vorbei am Zuckerhutfelsen von PhaTang, auf Steinwurfweite heran an die Kaltsteinwand, die das Tal nach Westen begrenzte. Mit jedem Kilometer weg von Vang Vieng stieg bei Kai die Stimmung um drei Grad.

Als der Bus den ersten steilen Anstieg asthmatisch hinaufkroch, legte sich von hinten eine Hand auf Kais Schulter. Ein elektrischer Schlag war dagegen wie das Streicheln einer Daunenfeder. Er rutschte förmlich in sich zusammen. Sich so barbarisch an seiner Hoffnung zu erheitern, ach was, aufzugeilen. Die eben neu erstehende Welt brach in sich zusammen, die Posaunen von Jericho tönten mit dem ausbrechenden Pinatubo um die Wette.

„Hey Guys! Auch nach Luang Prabang?" Pauls kratzige Stimme klang ihm wie Weihnachtsengelein. Und Paul war sichtlich verwirrt, als Kai aufsprang und ihn umarmte, als hätte er seinen verloren geglaubten Zwillingsbruder wiedergefunden. Eine Erklärung gab Kai nicht für den plötzlichen Ausbruch überschäumender Männerfreundschaft, wie sie sonst nur auf dem Fußballrasen zelebriert wurde. Die Eindrücke waren noch zu frisch, zu unsortiert, um eine halbwegs stockungsfreie Geschichte daraus zu machen.

„Kommt doch mit zu uns nach hinten. Da ist noch Platz. Sind schließlich noch fast acht Stunden bis zum Ziel." Paul brauchte nicht lange zu werben, und sie kletterten zu dritt über Taschen und Beutel. Es waren wenig Einheimische an Bord, die Strecke zwischen den Tourismusorten wurde überwiegend von den Travellern genutzt. Natürlich war Vicky mit Paul unterwegs, schon seit Indien, wie Maren aus den Erzählungen der Beiden wusste. Hinzu kamen Mike, der Ire, und Kimberly vom Bus aus Vientiane und zwei Unbekannte, die sich als Bob und Joe aus Kanada vorstellten. Sie begrüßten sich wie alte Freunde. Der Bus passierte Kasi, die nächste Kreisstadt. Kai dachte einen Moment an Claude und daran, dass er da im Vergleich sehr glimpflich davongekommen war. Vielleicht hatte er so etwas wie einen Schutzengel. Absolut unübertrefflich, wenn der auch zur Stelle war, wenn man ihn brauchte. Dann ging es richtig hinauf in die Berge.

Das heißt, das Fahrzeug wollte gerade im letzten Dorf vor dem Anstieg richtig Schwung nehmen, als ein Mann im Kampfanzug mit grünem Rucksack auf dem Rücken und AK-47 vor der Brust auf die Straße trat. Der Fahrer tat selbiges mit der Bremse. Kai war noch immer allergisch gegen Ordnungshüter aller Art und versank im Sitz. Der Bewaffnete kletterte die Stufen herauf und setzte sich in die Bankreihe, die bis vor kurzem noch Maren und Kai beherbergt hatte. Von den Insassen nahm er keinerlei Notiz, was Kai erst einmal ein Stück weit beruhigte. Der Bus kroch nun beängstigend langsam den Wolken entgegen, beharrlich von einer schwarzen Rußwolke aus dem Auspuff verfolgt. Die Farbe der Wolken am Himmel unterschied sich nur Nuancen vom Dieselqualm. Noch ehe sie den ersten Kamm erklommen hatten, öffnete der Himmel seine Schleusen. Maren verstand nun, warum der Fahrer eine massive Plastikplane über das Gepäck auf dem Dach gezurrt hatte. Vicky und Paul hatte das Gezuckel inzwischen in den Schlaf gewiegt. Auch Kimberly und Mike waren mit sich beschäftigt. Und so kamen Maren und Kai mit Bob und Joe ins Gespräch.

Die beiden Kanadier waren echte Baumfäller. Schon rein äußerlich unterschieden sie sich deutlich von den Travellern, in deren Gesellschaft sie so zufällig geraten waren wie Maren und Kai. Und sie waren auf Brautschau. Kein Witz, wie Kai erst dachte, allen Ernstes. Aus Mangel an Gelegenheit, sozusagen. Sie waren beiden recht einfachen Gemüts, ewig in den Wäldern unterwegs und hatten daheim in Kanada kaum eine Chance auf Anschluss. Irgendwer hatte ihnen erzählt, dass Asiatinnen sehr häuslich, wenig anspruchsvoll und von Gleichberechtigungsstreben weitgehend unberührt waren. Thailand war ihnen als Ziel ihrer Wünsche genannt worden. Also hatten sie die Ersparnisse eines Jahres zusammengelegt und sich auf den Weg gemacht. Ein paar Tage in den Bars und Puffs von Bangkok waren genauso erlebnisreich wie ergebnislos verlaufen, von der hohen Kostenintensität gar nicht zu reden. Um das wieder reinzuholen, würden sie nun etliche Bäume umlegen müssen. Mehr als leichte Mädchen auf jeden Fall. Als positives Ergebnis aber verbuchten sie, dass sie letztlich doch auf die Fährte junger Frauen gesetzt worden waren, die nicht nur leichtes Geld sondern lange Partnerschaft mit leichtem Leben fern von Reisfeld und Schweinestall im reichen Westen suchten.

So waren sie über Nordostthailand nach Laos gelangt, noch immer auf der Suche. Aber auch in Laos, so sagte Bob, sei er erst einmal kräftig abkassiert worden. Ein Mädchen sei in einer der Straßenküchen am Mekongufer in Vientiane zu ihnen an den Tisch gekommen. Maren und Kai hatten von ihrem Aufenthalt in Vientiane eine Vorstellung von der Lokalität. Nach Essen und Trinken sei ihnen nach Bewegung gewesen und sie hatten gemeinsam ein Tanzlokal aufgesucht. Dort hatte auch Joe eine Tischdame bekommen. Um Mitternacht schloss der Laden, Joes Animierdame schmuste noch zehn Dollar Trinkgeld heraus und verschwand. Bobs Begleitung, sie nannte sich Noi, aber wusste noch weiter. Ein Gästehaus würde sie für kleines Geld auch für die halbe Nacht aufnehmen. Dort angekommen, schickte Noi ihn zuerst unter die Dusche. Er kam gerade mit dem Handtuch um den Leib aus dem Bad, als es klopfte. Zwei Herren drängten ins Zimmer, stellten sich als Polizisten vor und erläuterten die Gesetzwidrigkeit des nächtlichen Aufenthalts zweier Personen unterschiedlichen Geschlechts ohne Trauschein in einem Zimmer. Sie forderten Bobs Pass und wollten am nächsten Morgen wiederkommen und der Gerechtigkeit, zumindest deren gesetzlich verankertem Teil, zum Siege verhelfen. Kai kam das alles irgendwie bekannt vor.

„Und wieviel hast du bezahlt?" fragte Maren ganz direkt. „Fünfhundert", sagte Bob. „Woher weißt du?" Er war echt platt. „Hab so was gehört, von so einer Masche", sagte Maren und erzählte, dass sie als Journalistin hier recherchierte. Bob war beeindruckt. Und beruhigt, dass er offenbar nicht als Einziger auf den Trick hereingefallen war. Von Kais Geschichte allerdings schwieg sie. Das war Kai auch recht so, denn er schämte sich nun für die Leichtigkeit, mit der er sich ausnehmen lassen hatte. Statt der

Freude, dem Henker knapp entronnen zu sein, kam ihm die Wut darüber hoch, dass er anfängerhaft einen stolzen Teil der Reisekasse für etwas berappt hatte, dass man als Lehrgeld wohl kaum von der Steuer absetzen konnte. Immerhin ließ sich das Rätsel des verschwundenen Jungen lösen, denn der war Teil der Besetzung in dem Stück. So wie die ebenso spurlos verschwundene Noi. Und auch in anderer Hinsicht beruhigte ihn die Story. So nämlich erschien Marens Einsatz über den finanziellen hinaus mehr als unwahrscheinlich, ja geradezu unmöglich.

Der Regen ließ nach. Aber nur, weil sie nun nicht mehr unter, sondern in den Wolken fuhren. Statt von oben war das Wasser jetzt überall um sie herum. Die Sicht war etwas weiter als der ausgestreckte Arm, was den Busfahrer nicht irritierte. Er raste unbeeindruckt bergab durch die Waschküche. Schemenhaft flog ein Dorf vorüber. Keine Pfahlhäuser wie in den Dörfern der Lao, die Häuser standen zu ebener Erde. „Hmong", sagte Kai, nur um irgendwas zu sagen, was nicht mit der erlittenen Schmach zu tun hatte.

*

Die Hmong waren so ziemlich als letztes der im heutigen Laos siedelnden Völker hierher gezogen. Woher sie ursprünglich kamen, ist noch eines der ungelösten Rätsel, denn die Hmong selbst hatten keine Schrift. Ihre mündlichen Überlieferungen sind nicht sonderlich zuverlässig, doch berichten sie von einem Leben in Schnee und Eis.

Theorien lassen sie aus Nordchina, Sibirien, der Mongolei oder gar aus Lappland stammen. Hinweise sowohl in den Mythen der Hmong als auch in Quellen ihrer Nachbarn lassen sich etwa 5.000 Jahre zurückverfolgen. Ihre letzte Station vor der Umsiedlung nach Indochina war Südchina, wo sie von den gleichfalls aus Norden kommenden Han-Chinesen bedrängt wurden. Ein großer Teil der Hmong lebt noch heute dort, manche ihre nationale Identität verleugnend nach außen hin als Chinesen. Andere zogen unter dem Druck der Han weiter nach Süden, nach Myanmar, Vietnam, Thailand und eben Laos. Verglichen mit den anderen Völkerwanderungen in der Region war dies gleichsam erst gestern, nämlich ab der ersten Hälfte des 19. Jahrhunderts, nur knapp vor der Ankunft der französischen Kolonisatoren. In ihren neuen Siedlungsgebieten hatten die Hmong mit den bestehenden Strukturen nicht viel zu tun, siedelten sie doch ganz oben in den Bergen, auf Höhen über eintausend Meter. Damit machten sie vor allem den herrschenden und in den Flusstälern lebenden Lao kein Ackerland streitig. Einem Flickenteppich gleich entstanden ihre Siedlungen auf den Bergkuppen des laotischen Nordens, mit einem Siedlungszentrum in der Provinz Xieng Khouang um den Ort Nong Het. Auch die Organisation der Hmong in Unterstämme, Clans und Sippen ließ sie nicht als Gefahr für das laotische Königreich erscheinen. Die Hmong lebten ihr Leben für sich, jedes Dorf ein autarkes Gebilde, jedes Haus im Dorf ebenfalls. Ihre Brandrodungsfelder bestellten sie in mühsamer Weise mit wenig ertragreichem Trockenreis, später gesellte sich Mais hinzu. Als hauptsächliches Produkt für den Handel mit den Völkern unten im Tal erzeugten sie Opium. Die Hmong sind nicht das was man als außerordentlich kommunikativ bezeichnen würde. Sie leben vielmehr in der Abgeschiedenheit ihrer Bergsiedlungen ein karges Leben, verkehren mit den Geistern ihrer Ahnen intensiver als mit den Nachbarn im Tal.

Ihr friedliches Dasein wurde beeinträchtigt, als moderne Auffassungen von Staatlichkeit die Hmong als potentielle Steuerzahler entdeckten. Zunächst zahlten sie an die lokalen Lao-Herrscher, von denen dann die Franzosen die Weiterleitung der Abgabe forderten. Die Lao-Mittelsmänner, die so ihrer bequemen Einnahmen verlustig gingen, erhöhten einfach die Steuer. Das brachte die Hmong auf und die Franzosen bekamen deren Unmut wegen der ungerechten Doppelbesteuerung schon sehr früh zu spüren. Keine drei Jahre nach Errichtung ihrer Herrschaft in Laos rebellierten 1896 Hmong in Xieng Khouang. In Laos änderten die Franzosen ihr Vorgehen und verhandelten künftig direkt mit von ihnen eingesetzten Hmong-Verwaltern. Anders in Tonkin, dem Norden Vietnams. Dort blieben lokale Tai-Verwalter im Geschäft. Kopf- und Opiumsteuer stiegen ins Unerträgliche und schließlich rebellierten die Hmong, geführt von einem Waisenkind namens Pa Chay Vue. Der Groll über die unerträgliche Abgabenlast vermengte sich mit dem mythischen Glauben an den vom Himmel entsandten Erlöser und Herrscher der Hmong. Was viele Hmong auch in Laos zu den Waffen greifen ließ, als Pa Chay vor den französischen Kolonialtruppen hierher flüchtete. Ganz Nordlaos von Pak Ou bis Nong Het und Sam Neua war von 1918 bis 1921 in Aufruhr. Mit bis dato nicht gekannter Grausamkeit schlug das französische Expeditionskorps den Aufstand nieder und fand Unterstützung bei den von den Kolonisatoren eingesetzten Verwaltern, selbst Hmong. Eine größere Gruppe von Aufständischen wurde in Nong Het vor einer eigens zusammen getriebenen Menschenmenge enthauptet. Und das Volk der Hmong pauschal mit einer Reparationszahlung belegt, 50 Piaster für jeden getöteten Lao oder Vietnamesen. Insgesamt 375 Kilogramm Silber trugen die Hmong zusammen, aber auch große Mengen Vieh und Opium. Nicht alles floss in die Kolonialkasse, auch die von den Franzosen eingesetzten Hmong-Verwalter begründeten ihren Wohlstand auf diesen Blutzoll.

Die Entscheidung der französischen Beamten, in Laos statt über lokale Mittler direkt mit den Hmong zu verhandeln, legte nicht nur den Grundstein für den Wohlstand einiger Amtsträger, sondern auch für die spätere Haltung der Hmong in weiten Teilen von Laos. Den direkten Kontakt mit den weißen Herren deuteten die Hmong als Achtung gegenüber ihrem Volk - und zahlten nicht nur mit Geld und Opium, sondern auch mit Anhänglichkeit und Treue, buchstäblich bis in den Tod.

*

Der Bus brummte durch die Berge, etwas asthmatischer, wenn es bergauf ging, und geradezu befreit, wenn er bergab rollen konnte. Jeder der Traveller hing seinen Gedanken nach oder schlummerte vor sich hin, bis der Bus sie durch abruptes Stoppen in die Realität ruckte. Der Soldat war weg. Er war schon vor langer Zeit ausgestiegen, als der Bus eines der neuen Dörfer an der Straße passiert hatte. Als sich ein paar Jahre zuvor Überfälle an der Strecke zwischen Vang Vieng und Luang Prabang gehäuft hatten, beschloss die Regierung, Soldaten gleich samt Familien hier anzusiedeln. Einige von ihnen stiegen in die durchfahrenden Busse und fuhren gegen kleines Entgelt quasi als Begleitschutz mit von einem zum anderen Ende des unsichersten Streckenabschnitts. Seitdem war es relativ ruhig.

Dieses Gebiet hatten sie schon vor einiger Zeit hinter sich gelassen. Außerdem war es ruhig, weder Stimmen noch Schüsse waren zu hören. Kai lief im Bus nach vorn und sah die Bescherung. Ein Teil der Böschung oberhalb der Straße war, vom Regen aufgeweicht, herabgerutscht und hatte die Straße unter einer rotbraunen Schlammschicht begraben. Keine Chance für ihr Gefährt, umso weniger, als vor ihnen ein Pick-up-Fahrer das Unmögliche versucht hatte und mit seinen Kleinlaster im knietiefen Morast stecken geblieben war. Nun stiefelte der Beifahrer schlammverschmiert im andauernden Regen um das Fahrzeug und versuchte vergebens, es frei zu bekommen. Der Fahrer saß derweil trocken im Auto und rauchte.

Der Erdrutsch war nicht sehr breit. Rund zwanzig Meter waren zu überwinden. Schaufeln, so schätze Kai ein, war keine Alternative. Der Matsch war zu tief. Außerdem war zu ungewiss war, ob nicht neues Erdreich nachrutschen würde, wenn sie unten zu viel davon weggeräumt hatten. Für einen Knüppeldamm gab es an dieser Stelle nicht genug Bäume. Das niedrige Buschwerk taugte nicht dafür. Aber auf der anderen Seite des Erdrutsches wartete ein robust aussehender Lastwagen. Angesichts des blockierten Weges machte der Fahrer keinerlei Anstalten, für zügige Weiterfahrt zu sorgen. Der Pick-up sollte mal von selbst aus dem Schlamassel kommen. War ja auch ohne fremdes Zutun hineingeraten. Kai nahm sich der Sache an. Vielleicht gelang ja durch eine Kombination aus Graben, Ziehen und Schieben der Durchbruch. Zum Glück ließ der Regen nach und hörte nach ein paar Minuten ganz auf.

Kai mobilisierte die ganze Traveller-Truppe im Bus. Schließlich wollte sich keiner von ihnen dem Zufall ausliefern und längere Zeit auf der Landstraße zubringen. Durch Graben vor dem Pick-up und vereintes Schieben bekamen sie das Auto tatsächlich ein paar Meter vorwärts. Kai hatte inzwischen mit dem Fahrer des LKW Verhandlungen aufgenommen. Der hatte ein etwa zehn Meter langes Stahlseil an seinem Fahrzeug. Gegen die Zusicherung, es sauber wieder an seinen Laster zu hängen, gab er das Seil zum Einsatz frei. Seinen Laster fuhr er soweit es ging, ohne die eigene Fahrtüchtigkeit zu gefährden, in den Schlamm. Das Seil reichte fast bis zum Pick-up. Also weiter graben und schieben.

Maren war inzwischen ebenfalls aus dem Bus geklettert. Sie machte ein paar Fotos von der Schlammschlacht. Dann erregten ein paar Männer in Schwarz ihre Aufmerksamkeit. Sie trugen lange Vogelflinten auf dem Rücken, die - auf den Boden gestellt - mit ihren Trägern die gleiche Größenklasse teilten. Ihre weiten Hosen und schmalen Augen waren Maren selbst von den bisher wenigen Begegnungen vertraut. Auf ein Alter der Männer hätte sie sich beim besten Willen nicht festlegen wollen. Die Männer waren wettergebräunt und zeitlos. Maren einigte sich mit sich auf eine Spanne zwischen 40 und 70. Irgendwie konnte das nicht falsch sein. Sie schlenderte hinüber zu den Hmong und machte ein paar Aufnahmen. Sie sahen zwar nicht gerade aus wie auf dem Kriegspfad, aber immerhin. Genauer genommen sahen sie ganz und gar nicht aus, wie Rebellen, denn irgendwie schien die Regierung ja zu tolerieren, dass sie bewaffnet waren, wenn auch nur mit vorsintflutlichen Vogelflinten. Maren versuchte eine Kommunikationsbrücke zu schlagen. Was sie herausfand war, dass einer der Männer Lao sprach. Mit englisch konnte keiner was anfangen. Bei Maren aber war wiederum mit Lao nichts zu wollen. Eine wenig ermutigende Situation. Sie wollte sich schon geschlagen geben und die Männer kommentarlos der pro-kommunistischen Hmong-Fraktion zuschreiben, als ihr eine andere Idee kam. Sie kletterte wieder in den Bus und kramte die in Deutschland erworbene amerikanische

Zeitschrift hervor. Damit erschien sie wieder bei den Männern und hielt ihnen den gut bebilderten Artikel vor die Nase. Mit einer solchen Wirkung hatte sie nun wirklich nicht gerechnet. Einer der Männer riss ihr das Blatt aus den Händen, die drei redeten durcheinander, gestikulierten heftig und pochten mit den Fingern mal auf dieses, mal auf jenes Bild. Maren hätte genauso gut Marsmännchen vor sich haben können. Sie verstand absolut nichts. Dann kamen die Drei auf sie zu. Sie pochten immerzu auf ein Bild und nannten ein Wort. Maren blickte auf die Bildunterschrift und entschied, dass sie „Vang Pao" sagten. Denn in der Tat war der Hmong-General hier abgelichtet. Dann klopften sie auf ein anderes Bild und wiederholten erneut immerzu die gleichen Worte. Maren verstand weiter Bahnhof.

Inzwischen war der Busfahrer auf die Gruppe aufmerksam geworden und schlenderte herbei. Er erkundigte sich bei Maren nach dem Grund für die Aufregung. Maren erzählte. Dann wandte sich der Busfahrer an den Lao sprechenden Hmong. Es wurden allerhand Worte gewechselt. Zu guter Letzt sprach der Ritter der Landstraße wieder zu der blonden Frau.

„Sie sagen, sie kennen einen der Männer auf dem Bild. Er ist aus Kiu Kacham etwas weiter im Norden. Heute lebt er in Amerika, aber Verwandte von ihm sind noch da."

„Wie weit ist es bis in dieses KiauCham?" wollte Maren wissen.

„Kiu Kacham", verbesserte der Fahrer. „Wenn wir hier raus sind, noch etwa drei Stunden."

„Sie meinen, es liegt an unserem Weg?" Maren wurde noch interessierter als sie war.

„Aber ja doch. Ziemlich großer Ort sogar."

Maren hätte ihn küssen mögen. Sie sah die Chancen auf die Titelseiten wieder steigen. Heute Morgen, auf dem Weg zum Restaurant, hätte sie keinen Pfifferling mehr auf einen Gewinn ihrer Wette gegeben. Das war mit einem Schlag wieder anders und die dreihundert in Vang Vieng gelassenen Dollar erschienen ihr plötzlich als eine gewinnträchtige Investition. Mit Mühe konnte sie den Männern die Zeitschrift wieder abnehmen. Das bunt bedruckte Papier war auf einmal besonders wichtig, fast schon der Schlüssel zum Erfolg.

Am liebsten hätte sie Kai sofort informiert. Der sah inzwischen aus als wie nach einem Vollbad im Schlamm und mühte sich weiter um den Pick-up. Die Räder rotierten wieder auf der Stelle und der dahinter schiebende Traveller erhielt eine weitere Dusche. Das war nun völlig egal. Sie hatten sich in die Aufgabe verbissen. Allein der Sieg über die Naturgewalten zählte noch. Maren konnte die Traveller kaum noch voneinander unterscheiden. Der intensive Farbton der lehmigen Erde nivellierte nahezu jeden Unterschied bei Kleidung oder Haarpracht. Allenfalls die Stimme verriet noch, wer sich in welches Erdmännchen verwandelt hatte.

Doch die Erdmännchen waren auf dem Vormarsch. Einen Versuch später hatten sie den Pick-up soweit, dass ihn der LKW an die Leine bekam. Langsam stieß der Laster zurück und zog unter dem Jubel der internationalen Schiebergemeinschaft den Pick-up wie ein Spielzeug durch die Pampe. Während Kai und sein Trupp Seil, Sachen und Körper in einer durch den Erdrutsch entstandenen Pfütze so gut reinigten wie es eben ging, rumpelte der Bus aus eigener Kraft durch den Engpass. Sie verzurrten das Seil am Laster, kraxelten in den Bus und weiter ging die Tour nach Norden. Mit neuem Ziel und neuer Hoffnung, wie Maren Kai nun umgehend verklickerte. Der Busfahrer hob den Daumen.

„*Okay, guys!*" sagte er und gab Gas. Wenig später passierten sie Sala Phoukhoun, die Kreisstadt hoch oben in den Bergen. Hier waren die Hmong eindeutig in der Überzahl. Wegen des wieder einsetzenden Regens hielt der Bus gar nicht erst an, sondern fuhr langsam durch den Ort mit seinen typischen Hmong-Häusern und einer Handvoll gemauerter Gebäude, die sich um eine Straßengabelung gruppierten. Hier zweigte die Straße Nummer 7 ab und führte über rund 140 Kilometer nach Phonsavan, der Hauptstadt der Provinz Xieng Khouang auf der Ebene der Tonkrüge. Nach allem, was Maren und Kai in Erfahrung gebracht hatten, war die Straße Nummer 7 in der Trockenzeit nur mit schwerem Gerät und jetzt schon zu Beginn der Regenzeit abschnittsweise gar nicht passierbar. Auf einen Versuch konnten sie es schon deshalb nicht ankommen lassen, weil sich kein Fahrzeug fand, das auf der Strecke verkehrte, kein Fahrer, der sich auf dieses Wagnis einließ.

War die Fahrt bis hierher schon bergig gewesen, nun wurde es zur Achterbahn. Rechts, links, auf und ab lösten einander nicht ab, sondern überlagerten sich zu einem Netzwerk, dass auch Mägen in gestählten Körpern rebellieren ließ. Zum Glück kam die Übelkeit bei niemand offen zum Ausbruch. Vielleicht weil der Bus, der nun fast ständig den Wolken die Höhenlage streitig machen wollte, nur langsam vorankam. Kai und Maren nahmen von alledem wenig war. Da Aussicht auf Natur und Umgebung nicht stattfand, waren sie beschäftigt mit der Aussicht auf eine Story.

„Das wär der Hammer, wenn wir Verwandte von einstigen Kämpfern aufspüren, die immer noch gegen die neue Regierung kämpfen." Kai war zum ersten Mal selbst überzeugt, sie könnten es schaffen. Bisher hatten sich bei ihm Zuversicht und Zweifel so ziemlich die Waage gehalten. Er hing eher der Philosophie an, dass man es mal versuchen könne. Nun riss ihn Marens Tatendrang mit.

„Wenn die Leute ihre einstigen Anführer noch so gut kennen und das auch öffentlich zeigen, ist die Anhängerschaft sicher noch größer. Wir müssen in dieses Dorf", sie wühlte in ihren Aufzeichnungen, „Kiu Kacham. Dort gibt es sicher neue Hinweise."

Davon war auch Kai überzeugt. Seine Sachen begannen inzwischen am Körper zu trocknen. Immer, wenn er sich etwas bewegte, platzten Lehmklümpchen von seiner Kleidung und rieselten zu Boden.

„Nicht so heftig bewegen", rief Maren, als er die Sitzhaltung änderte. „Da bekommt man ja Staublunge."

Der Bus nahm eben wieder ein Bad in den Wolken. Es ging straff bergauf, was der Maschine deutlich zu schaffen machte. Dann gesellte sich dem Röcheln des Motors ein zuerst leises Zischen hinzu. Das wurde zunehmend lauter und verstummte auch nicht, als der Wagen hielt.

„Ende der Vorstellung", verkündete Mike, den das ungewöhnliche Geräusch so in seinem Bann geschlagen hatte, dass er sogar von Kimberly abließ. „Jetzt wird ein Autoschlosser gebraucht." Er ging nach vorn und kletterte, nein, er begab sich aus dem Bus in einer Haltung, die den zu heroischen Taten aufgerufenen Fachmann vermuten ließ. Der Fahrer hatte inzwischen schon seinen Platz hinterm Lenkrad verlassen und die Heckklappe zum Motor geöffnet. Dampfendes Kühlwasser spritzte ihm entgegen. Mike stand schon neben ihm. „Da läuft nichts mehr", sagte er nach fachmännischem Blick in die Eingeweide des Fahrzeugs. Die anderen Fahrgäste schlugen sich trotz des feinen Regens erst einmal rechts und links in die Büsche.

„Kein Problem", sagte der Busfahrer, als fast alle wieder beisammen waren. „Die Busse aus Vientiane müssen bald kommen. Die nehmen euch mit bis Luang Prabang." Er packte mit einer Selbstverständlichkeit seine Werkzeugkiste aus, als seien größere Reparaturen fester Bestandteil jeder Tour, und machte sich ans Werk. Mike wich ihm nicht von der Seite. Kai ging zu dem Mechanikerteam und wandte sich an den Fahrer. „Ist es noch weit bis Kiu Kacham?" wollte er wissen. „Die nächste Bergkuppe", scholl es aus dem blechernen Innenleben. „Rund sechs Kilometer."

„Los, wir laufen", schlug Maren vor. Sie wollten eh nicht mehr bis Luang Prabang und so hatten sie einen plausiblen Grund, in Kiu Kacham zu übernachten. Ihr Gepäck kramten sie selbst vom Dach des Busses und zogen die Plane auch wieder ordentlich fest. Dann waren sie mit ihren Rucksäcken und sich selbst allein im feinen Regen. Nach wenigen Metern hatte der Nebel nicht nur den Bus verschluckt, sondern jedes Geräusch gleich mit. Eine eigenartige Stille umgab sie. Die Geräusche ganz dicht um sie herum schienen irgendwie verstärkt und alles, was etwas weiter weg tönte, drang wie durch Watte nur ganz vage bis zu ihnen. Nur gut, dass sie lediglich dem Asphaltband zu folgen hatten. So konnten sie sich wenigstens nicht verlaufen. Die Stille dagegen wurde mit der Zeit unheimlich.

„Kai?" Maren fühlte sich wirklich nicht sonderlich sicher in der Nebelkammer. „War vielleicht doch nicht die beste Idee."

„Augen zu und durch", hörte Kai sich selber Mut machen. Doch selbst mit offenen Augen geisterten sie wie blind durch den Nebel. Urplötzlich stand ein Haus vor ihnen. Aus schwärzlichem Holz und strohgedeckt klammerte es sich an die Straße, um nicht den Abhang hinunter zu gleiten. Ein Hund zog kläffend den Schwanz ein und versteckte sich hinter der Hütte. Ihn mochten die geistergleichen Schemen erschreckt haben, die da aus dem Nebel stapften. Der Anblick war in der Tat gespenstisch, denn ihre Rucksäcke verliehen Maren und Kai ungeheuerliche Körpermaße und -proportionen. Ein wenig wie eine Mischung von Weltraumanzug und Taucherglocke. Von beidem hatten die Hmong hier oben sicher noch nicht sehr viel zu sehen bekommen. Menschen jedenfalls bekamen sie nicht zu Gesicht. Erst weiter im Dorfinnern waberte ein Mann aus dem Nebel, die lange Flinte auf dem Rücken. Weit besser als schussbereit in der Hand, ging es Kai durch den Kopf.

„Kiu Kacham?" fragte er die Gestalt. Die zeigte mit der Hand weiter die Straße entlang und hob vier Finger in die Luft.

„Was? Noch vier Kilometer?" Maren wollte schon den Rucksack absetzen. Jetzt hieß es wirklich, hart zu sich selbst sein. Also Zähne zusammen beißen und weiter auf dem Asphalt durch die Nässe. Zum Glück ging es bergab, aber nur, um nach schier endlosen dreißig Minuten Marsch wieder anzusteigen. Noch zwanzig Minuten später schälten sich erneut Häuser aus den Wolken. Höchste Zeit, denn die Dunkelheit der Wolken mischte sich allmählich mit der Dämmerung. Und damit ging es hier fix. In einer halben Stunde wäre es zappenduster. Im Dorfzentrum verbreiterte sich die Straße zu einem Platz. Zwei Laster waren hier gestrandet. Ein paar funzelige Lichter wiesen ihnen den Weg wie der Polarstern den Schiffern. Sie hielten Kurs auf die Lampen. Als sie das Licht erreichten, standen sie schon mitten in einer Straßenküche. Und die war gut besucht.

Es mussten die Fahrer der beiden LKW sein, die schon vor ihnen hier Zuflucht gefunden hatten. Und Zuneigung. Sie dachten offenbar nicht mehr ans Weiterfahren, denn jeder der beiden hatte ein Mädel im Arm und schon mehr als einen Kleinen in der Krone.

„*Hello*", strengte der eine bei ihrem Eintreten seine Fremdsprachenkenntnisse an. „*You sa-piek inklit?*" Er winkte ihnen mit der Hand zu und machte schon Anzeichen, aufstehen zu wollen. Das glückte ihm dann doch nicht mehr so recht und er plumpste zurück auf den Stuhl.

Eine Frau, die offenbar geschäftlich in dem Laden zu tun hatte, begrüßte sie auf Lao. Marens erste Frage galt natürlich dem Ort der gastlichen Stätte. Zufrieden vernahmen sie, nun endlich in Kiu Kacham gelandet zu sein. Aber weiter kamen sie an dieser Stelle nicht. Die interkulturelle Kommunikation funktionierte nicht. Da halfen auch kluge Bücher über die theoretischen Lösungsansätze interkulturellen Austausches nicht weiter. Die Frau wusste Abhilfe. Sie schickte eines ihrer Kinder hinaus in den Nebel. In Erwartung des Kindes stellte die Hausherrin erst einmal zwei Gläser heißen Tee vor die Besucher. Und sich vor. Bouachanh, so verstanden Maren und Kai, war ihr Name und dies tatsächlich ihr Laden. Die Frage, wo sie zu Fuß mitten in diesem Mistwetter mit dem ganzen Gepäck herkamen, lag in der Luft und war sicher auch gestellt worden. Allein Maren und Kai waren nicht in der Lage, die ihrige plausibel zu schildern. Das Kind kam zurück, begleitet von einem Mann, der einem Film entstiegen schien. Oder der Werbung einer bekannten, rot-weißen Zigarettenfirma. Einen Hut auf dem Kopf, den man statt den Bergen von Laos eher den Weiten der Prärie zugeordnet hätte, das Gesicht wettergegerbt, die Beine von jenem derben blauen Tuch umhüllt, das mehr für Weltanschauung stand als für ein schnödes Beinkleid. Den Punkt aufs I setzten die Schuhe an den Füßen des Mannes. Wadenhohe Stiefel mit gestickten Mustern auf dem Schaft, vorn spitz zulaufend und - allen Ernstes - glänzenden und klappenden Sporen an den Fersen. Unwillkürlich hielt Kai nach einem Pferd Ausschau, dass vor der Tür warten musste. Einzig die klaren blauen Augen fehlten zur perfekten Wiedergabe des Hochglanzklischees.

„*Welcome to Kiu Kacham*. Kann ich helfen?" schon der erste Satz machten den beiden klar, dass sie es auch sprachlich nicht mit dem Manne aufnehmen konnten. Sein englisch war so perfekt wie der Sitz seiner Stiefel. Maren erklärte, wie es sie auf diesen Gipfel verschlagen hatte. „Wenn Sie mit dem zufrieden sind, was sie hier sehen, dann können Sie bei Bouachanh übernachten. Es sei denn, Sie wollen mit einem der nächsten Busse weiter." Nur das nicht, dachte Kai.

„Etwas zu essen wäre auch nicht schlecht", meldete Maren weitere Wünsche an.

„Schon in Arbeit", sagte der Mann, der sich als Vang Sao Yer vorstellte. „Sie sind meine Gäste." Er setzte sich an den Tisch und schenkte ihnen Bier ein, das Bouachanhs Tochter inzwischen auf den Tisch gestellt hatte.

„Ehrlich gesagt ist mir eher nach Waschen und Umziehen", bemerkte Kai, dessen Äußeres beim Marsch durch den Regen wieder aufgeweicht war.

„*Oh, sorry*", sagte Vang Sao Yer und führte ihn nach hinten. Er wies auf einen Raum, der eine in die Erde eingelassene Toilettemschüssel enthielt und ein gemauertes Wasserbecken mit einer großen Schöpfkelle. Ein paar Kleiderhaken an der Wand waren bereit, Handtuch und trockene Sachen aufzunehmen. Kai dankte und zog sich zurück.

Maren hielt die Gelegenheit für günstig, ihre Recherche voranzutreiben und zog das Magazin aus der Tasche. Es hatte ein wenig unter dem Wetter gelitten und wies inzwischen auch einige Eselsohren auf. „Wir fanden das in Europa und interessieren uns seitdem sehr für das Schicksal ihres Volkes", erläuterte Maren. Vang Sao Yer zog die Zeitschrift heran, hielt sie mit fast gestreckten Armen besser ins Licht.

„Ja, das ist Vang Pao", sagte er nach eingehender Betrachtung. „Und hier ist auch Yao Lia. Haben sie mit ihnen gesprochen?" Sorgsam legte er die Zeitschrift wieder auf den Tisch. Maren verneinte, bekräftigte aber ihr Interesse, mehr über die Hmong und ihr Leben in Laos nach 1975 zu erfahren.

„Sehen sie mich an", sagte Vang Sao Yer. „Ich war fünfzehn Jahre in Amerika. Jetzt bin ich wieder hier. Ich bin hier geboren und hierher gehöre ich. Auch andere Hmong werden den Weg zurück in die Heimat finden."

„Und die Regierung?" Kai war inzwischen zurückgekehrt und hatte den letzten Satz mitbekommen. Er setzte sich zu ihnen.

„Die sitzt in Vientiane", sagte er nur. „*Cheers*", war sein nächstes Wort, als sei ihm das Thema lästig, und er erhob das Glas.

Die LKW-Fahrer am Nachbartisch taten es ihnen gleich und versuchten, sie zu gemeinsamen Sangesfreuden anzustacheln. Das gelang ihnen aus den verschiedensten Gründen nicht, denn nicht nur das Repertoire von Lao, Deutschen und Hmong wies gewisse Abweichungen auf. Maren und Kai waren auf der Spur und wollten sich nicht durch Biertischgesänge wieder davon abbringen lassen. Die Kraftfahrer gaben sich geschlagen und traten schließlich nach einer eher dürftigen Strophe laotischen Gesangs samt Begleitung ganz den Rückzug an. Singen hat man sie dann nicht mehr hören.

Die drei verbliebenen Gäste redeten noch lange an diesem Abend. Maren machte auch einige Fotos von dem Mann, der auch im Haus seinen Hut nicht vom Kopf nahm. Er sprach von der Sehnsucht seines Volkes, in Ruhe zu leben, ohne Krieg und Anfeindungen. Bis dahin, so betonte er mehrmals, sei es noch weit und der Kampf sei schwer. Er sprach vom Verrat des großen Amerika an seinen treuen Verbündeten.

„Das werden die Hmong niemals vergessen." Er erzählte vom harten Leben in den Bergen, das mit wachsender Bevölkerung schwerer werde, weil es immer schwieriger sei, gute Felder zu finden, die sein Volk ernährten. Er sprach vom Fleiß und vom Geschick der Hmong, die auch bei den Lao als überaus erfolgreiche Viehzüchter und Gemüsebauern gelten.

„Gibt es denn auch noch bewaffneten Widerstand gegen die Regierung?" fragte Kai, nachdem der Alkohol die Stimmung weiter gelöst hatte.

„Vereinzelt", antwortete Vang Sao Yer. „Manchmal sammelten die Hmong in Amerika Geld und schickten ein paar Trupps von Thailand aus nach Laos. Aber das ist seltener geworden. Vor allem seit dem Ende des kalten Krieges. Die Thais sind heute mehr an guten Beziehungen und vor allem guten Geschäften mit der Vientianer Regierung interessiert. Und auch die Hmong in Thailand haben es nicht leicht." Mit einem Male wirkte Vang Sao Yer müde. Er machte noch ein paar Andeutungen über bewaffnete Hmong drüben in Xieng Khouang, weit oben in den Bergen, und zog sich dann zurück, nicht ohne das Versprechen, am Morgen wieder nach seinen Gästen zu schauen.

Maren und Kai dagegen waren aufgekratzt. Sicher, der Tag war sehr anstrengend gewesen, aber das Erlebte ließ sie nicht so schnell zur Ruhe kommen. Auch nicht, als sie auf den Bastmatten unter dicken Decken lagen. Sie ließen die Erlebnisse des Tages Revue passieren, priesen das Treffen mit Vang Sao Yer als einen Wink des Schicksals und malten sich aus, wie die Story aussehen konnte. Klar, ihr nächstes Ziel war Xieng Khouang. Aber morgen ging es erst einmal weiter nach Luang Prabang. Was sie nicht wussten war, dass auch Vang Sao Yer keinesfalls gleich zu Bett gegangen war. Er beriet drei Häuser weiter mit anderen Männern noch bis spät in die Nacht.

*

Die Nacht gab ihre Herrschaft über Kiu Kacham nur sehr zögernd auf. Selbst die Hähne, deren Krähen zuerst Kai und dann auch Maren geweckt hatte, klangen geradezu gequält. Dicke Wolken hielten die Bergkuppen bedeckt, hüllten sie ein in eine weißgraue Milchsuppe. Maren und Kai dagegen sahen das Ziel ihrer Recherchen klar vor sich. Doch klarer Geist und gestählter Körper müssen nicht zu jedem Zeitpunkt eine Einheit bilden. Sie fröstelte, so dass die Morgentoilette unter frischem kaltem Wasser Überwindung kostete. Erst ein Glas heißer Tee, serviert von Bouachanh, die dem Anschein nach schon die halbe Nacht im Hause werkelte, flößte ihnen wieder Leben ein. Zum ersten Mal konnte sich Kai auch mit einer warmen Nudelsuppe zum Frühstück anfreunden. Bisher war ihm diese asiatische Sitte mehr als fremd geblieben. Ohne ein kräftiges Frühstück, am besten mit starkem Kaffee und einem ordentlichen Wurstbrot, kam er nur schwer in Schwung. Maren stand eher auf süße Sachen, aber hier war weder das eine noch das andere im Angebot. Es war eigentlich überhaupt nichts im Angebot außer Suppe. Und die war auch Maren an diesem Morgen mehr als recht. Nur mit dem Würzen war sie vorsichtig. Die LKW-Fahrer, denen die Nacht mit Wein, Weib und Gesang offenbar gar nichts hatte anhaben können, schaufelten Zucker in ihre Nudeln, quetschen Zitronensaft darüber und gaben reichlich Chilipaste und Pfeffer hinzu. Diese Mischung schien sowohl Maren als auch Kai zu gewagt. Allenfalls etwas Sojasoße kam an ihre Suppe. Auch der Gebrauch von Stäbchen zur Unterstützung des Löffels war ungewohnt. Sie löffelten dennoch zufrieden, als Ihr Hmong-Cowboy eintrat.

„Gut geschlafen?" erkundigte er sich und nahm an ihrem Tisch Platz. „Kann ich euch zu einem kleinen Rundgang einladen? Die Busse nach Luang Prabang kommen ja erst am Nachmittag hier durch." Keine schlechte Idee. So konnten sie gewiss noch das eine oder andere Detail erfahren. Der Nebel hob sich auch etwas und wurde dünner. So gingen sie nach dem Frühstück durch den Ort, folgten einem Zick-Zack-Kurs zwischen den versetzt stehenden ebenerdigen Häusern. Der Hmong erklärte die recht wirre Anordnung der Häuser damit, dass Geister sich nur auf geraden Bahnen bewegen können. So dürfen sich die Häuser nicht gegenseitig im Weg stehen, da sie sonst die Zugangsbahnen der Geister versperrten. Geister, gute wie böse, so gab der Mann zu verstehen, spielen eine wichtige Rolle im Leben der Hmong.

Die meisten Häuser im Dorf machten einen sehr soliden Eindruck mit ihren Wänden aus massivem Hartholz. Die weit überhängenden Dächer aus einer Art Stroh verliehen ihnen gar ein elegantes Aussehen. Verwundert sah Kai Rauch aus einigen Dächern quellen. Als sie eines der Häuser betraten, wurde ihm der Grund klar: in dem

Haus brannten zwei offene Feuer, aber einen Kamin oder einen Rauchabzug gab es nicht. Der Rauch musste also durch das Dach hindurch, um ins Freie zu gelangen, dabei gleichsam das Stroh trocknend und imprägnierend. Im Innern des nahezu fensterlosen Baus war es recht dunkel. Als sich die Augen an die schwache Helligkeit gewöhnt hatten, machten sie neben den Herden auch das übrige Mobiliar aus. Eine hölzerne Sitzbank, mehrere niedrige Schemel, ein Bettgestell und nicht zu vergessen der Hausaltar, direkt gegenüber dem Eingang. Der Boden in dem Haus bestand aus gestampfter Erde. Einfache Bretterwände teilten weitere Räume ab, offenbar die Schlafzimmer. Über dem hinteren Herd hingen Maiskolben und allerlei Kräuter im Rauch. Mehrere Kinder spielten auf dem Boden. Sie ließen sich nicht so einfach bestimmten Erwachsenen zuordnen. Vang Sao Yer deutete ihre suchenden Blicke richtig und lachte. „In einem traditionellen Hmong-Haus, *Tsev* genannt, leben drei Generationen zusammen. Der Vater ist das Familienoberhaupt. Jagd und Feldarbeiten werden von ihm geleitet. Seine Hauptfrau schwingt das Zepter im Haushalt über die Nebenfrauen, die unverheirateten Töchter und die Kleinkinder. Wenn die Töchter heiraten, ziehen sie in das Haus des Mannes und werden auch in dessen Clan aufgenommen. Meist leben die jungen Familien noch im Haus des Vaters, bevor sie wirtschaftlich selbstständig werden. So kommen auch noch Enkel ins Haus." Maren nahm verwundert zur Kenntnis, dass die Hmong auch heute noch mehrere Frauen haben. Wenn der Mann es sich leisten konnte, wie Vang Sao Yer lachend erklärte. Schließlich war nach der Tradition ein stattlicher Brautpreis an die Familie der Braut zu entrichten. Manchmal, so schilderte er, sei die Vielweiberei auch eine Art soziales Netz, wenn zum Beispiel verwitwete Frauen beim jüngeren Bruder ihres verstorbenen Mannes aufgenommen werden. Der Familienzusammenhalt sei den Hmong sehr wichtig. Noch weit vor der Clan-Zugehörigkeit. So erfuhren Maren und Kai, dass alle Hmong, egal zu welchem Unterstamm sie gehörten, sich einem von rund zwanzig Clans zuordnen ließen. Heiraten innerhalb des Clans sei verboten. Die Clanzugehörigkeit sei sehr einfach festzustellen, nämlich am Familiennamen, der in Laos dem Vornamen vorangestellt ist. Vang sei also sein Clansname, Sao Yer dagegen der Vorname. ‚Wie Vang Pao', ging es Maren durch den Kopf.

Kai stöberte mit Blicken ein wenig im Haus herum. Sein besonderes Interesse weckte ein Bündel trockener Kapseln, das an der Wand hing. Vang Sao Yer war seinem Blick gefolgt und holte das Bündel heran. „Mohnkapseln", sagte er. Kai kannte Klatschmohn von der Wiese daheim. Diese Kapseln hier waren ein Vielfaches größer.

„Seht hier", der Hmong wies auf dunkle Rillen in der Haut der Kapseln. „so wurde das Opium gewonnen. Mit einem scharfen, dreischneidigen Messer ritzen die Frauen noch weit vor dem Morgengrauen die noch grünen Kapseln an. Dann sammelt sich an den Schnitten der meiste Saft in kleinen Tropfen, die gerinnen und spätestens am nächsten Tag mit einem sichelförmigen Gerät abgeschabt und gesammelt werden."

„Das ist dann der Stoff, aus dem die Träume sind", sagte Kai, der allerdings eher albtraumartige Erinnerungen an sein Opium-Abenteuer in Vang Vieng hatte. Kai sah sich weiter verstohlen um im Haus. Aufzustehen und einfach umher zu wandern erschien ihm zu unhöflich. Zu wenig kannte er sich aus in den Bräuchen seiner Gastgeber und wollte auf keinen Fall etwas falsch machen. Lieber ruhig verhalten. Maren erging es nicht anders. Die europäischen Puppenstuben-Vorzeigekindern wenig ähnelnden kleinen Hmong, denen der Rotz von der Nase lief und die ungerügt von den Erwachsenen mit den Fingern im Boden des Hauses bohrten, verstärkten ihre Zurückhaltung weiter. Die Hausherrin hatte ihnen Tee in angegraute Plastikbecher gefüllt.

„Das ist die erste Frau meines Neffen", sagte Vang Sao Yer. „Die zweite ist da hinten." Mit der Hand wies er auf eine jüngere Frau, die sich an einem großen Topf auf dem hinteren Herd zu schaffen machte.

„Das riecht aber gut", sagte Kai, nur um überhaupt irgendetwas zu sagen. Sao Yer mochte sich fast ausschütten vor Lachen.

„Dort hinten wird nur das Schweinefutter bereitet, das Essen wird auf dem vorderen Herd gekocht", verriet er schließlich den Grund für seine Heiterkeit. Dann wurde er wieder ernst. „Ihr wollt wirklich hinüber nach Xieng Khouang?" fragte er. „Sicher", antwortete Maren.

„Heute geht es weiter nach Luang Prabang und dann wollen wir per Flugzeug weiter nach Phonsavan."

„Wir möchten gern, dass die Welt mehr erfährt über das Schicksal Ihres Volkes. Deshalb wollen wir möglichst viel sehen und erleben, es aufschreiben und fotografieren und in Deutschland in die Medien bringen. Kein Mensch weiß da etwas über die Hmong und ihren Kampf ums Überleben." Fast hätte Kai ‚gegen die Kommunisten' gesagt, aber schon nach den paar Tagen Laos ging ihm das nicht mehr so leicht über die Zunge. Er hatte sich Kommunismus anders vorgestellt, irgendwie pompöser und bedrückender zugleich. Vielleicht so ein wenig wie damals in seiner Kindheit, als Pionierhalstuch und Fahnenappell zum Repertoire gehörten, oder die großen Aufmärsche zum Republikgeburtstag. In der Zeit, an die er sich noch gut erinnern konnte, war die DDR schon in Auflösung begriffen. Doch hier war alles ganz anders. Hier hatten die Menschen vor allem mit sich selbst zu tun, mit ihrem täglichen Kampf ums Dasein. Platz für Ideologien schien da nicht viel zu sein. Es ging wirklich um die nackte Existenz, überlegte Kai. Keine Sozialhilfe, keine Versicherung. Nichts gesammelt, gejagt, gefangen hieß auch nichts im Topf und damit nichts im Magen. Wenn ein Fremder kommt und das Feld oder das Einkommen streitig macht, ist es ein Feind und es gibt Kampf. Da kann der Fremde in bester Absicht kommen, zum Beispiel gegen Drogen zu Felde ziehen. Halt, halt! So einfach kann es nicht sein. Kai versuchte, seine Gedanken im Zaume zu halten. Hier hatte ein Volk im Krieg gekämpft und verloren. Die Sieger waren sich ihres Sieges noch immer nicht ganz sicher und fürchteten den alten Gegner weiter. Erst wenn er völlig vernichtet ist, kann es Ruhe geben. Also geht der Kampf weiter.

Das geht auch nicht. Wie kamen dann die Hmong in Scharen zur Entgegennahme ihrer Schecks unbehelligt in die laotische Hauptstadt? Die Hmong fürchten, sollten sie sich ergeben, die völlige Vernichtung durch die siegreichen Kommunisten und setzen deshalb den Kampf fort. Das gleiche Problem: warum bleiben dann Teile des Volkes offenbar unbehelligt, auch hier in Kiu Kacham? Kai kam mit der Sache nicht zurecht. Offenbar fehlten wichtige Teile in dem Puzzle. Also weitersuchen. Vang Sao Yer gab die nächsten Anstöße dazu.

„Einige Hmong kämpfen noch immer den verlorenen Krieg weiter", sagte er plötzlich. „Besonders drüben in Xieng Khouang. Sie warten, dass die Amerikaner wiederkommen. Dann geht es wieder anders herum." Maren staunte über diese Hartnäckigkeit. Und Naivität. Das Bild von einem Volk von stolzen Kriegern war auch in der US-Zeitschrift gezeichnet worden. Von freiheitsliebenden und antikommunistischen Kämpfern, denen die Vietnamesen alles genommen hatten bis auf das nackte Leben. Das wurde jetzt von Regierungstruppen bedroht, die wie schon seit 30 Jahren von den Vietnamesen unterstützt wurden. Vang Sao Yer hatte den Artikel am Vorabend nur überflogen und keinerlei Reaktion gezeigt.

„Mein Volk soll einst ein eigenes Königreich gehabt haben", nahm der Hmong den Faden wieder auf. „Es wieder zu errichten ist der Traum einiger Hmong. Aber anscheinend auch einiger anderer Leute, denen vielleicht das Schicksal meines Volkes nur als Mittel zum Zweck dient." Kai folgte dem Gedanken. Er brachte ihn näher an eine Lösung seiner bisher ausweglosen Überlegungen. Ein Hmong-Staat würde sich heutzutage schlecht realisieren lassen. Waren die Kurden nicht ein ähnliches Beispiel? Über mehrere Länder verstreut, überall in der Minderheit und von den jeweiligen Herrschenden in ihren Rechten beschnitten oder gegen die Nachbarn instrumentalisiert. Hier freilich würde der Ruf nach einem Hmong-Staat nicht nur kleine und mittlere Mächte direkt berühren. Es riefe neben Vietnam und Thailand unweigerlich auch China auf den Plan. Ein zweites Tibet? Kai begriff, dass es hier um mehr ging, als um ein aufsässiges Bergvolk oder kommunistische Gleichschaltung.

„Für wen schreibt Ihr eigentlich?" wollte Sao Yer nun wissen.

„Bisher für niemanden", gestand Maren. „Wir sind *Freelancer*, suchen eine Story. Und wenn wir die haben, bieten wir sie an. Wer am besten zahlt, gewinnt." Sie lachte mit einem Mal laut auf. „Ein bisschen verrückt, was?"

Sao Yer wiegte den Kopf. Seinen Leuten konnte er kaum begreiflich machen, dass man davon auch leben kann. Ohne Reisfeld, ohne Schweine hinterm Haus. Auch für ihn war selbst nach seinen amerikanischen Erfahrungen die Vorstellung nicht leicht. Aber er hatte selbst in Amerika meist mit bodenständigem Broterwerb zu tun gehabt. Doch was die beiden Europäer da vortrugen, schien noch weit riskanter als das Leben der Hmong, die als Reserve ja noch die Opiumernte hatten und den Silberschmuck der Frauen. Wenn man die Geschichte denn glaubte. Vang Sao Yer erklärte es den Männern im *Tsev*, die sich zu ihnen gesetzt hatten, so gut es ging. Wie glaubwürdig das Ganze war, konnte man ihren Gesichtern nicht ablesen.

Eigentlich traf man tagsüber kaum jemanden an in einem Dorf der Hmong. Irgendetwas gab es draußen auf den Feldern immer zu tun. Im Dorf blieben dann nur die Kinder und die Alten. Aber heute hatte sich das Wetter noch nicht entschieden zwischen erträglich und Wolkenbruch.

Die Männer brummelten etwas. „Sie wollen wissen, ob Ihr aus Amerika seid oder Australien", gab Sao Yer schließlich Auskunft. Sie verneinten. Mit Deutschland konnte außer Vang Sao Yer in dieser Runde niemand etwas anfangen. „Nord oder Süd?" hatte der bei ihrer ersten Begegnung gefragt. Maren war klar, was er meinte. „Ost oder West hieß es bei uns", hatte sie geantwortet. „Aber das ist vorbei. Deutschland ist eins." Schnell hatte sie dann hinzugefügt, dass sie natürlich nicht aus dem Osten seien. Vielleicht wären sie sonst gleich mit in die kommunistische Tüte gepackt worden, was ohne Frage jede Recherche nach Regierungsgegnern nur noch weiter kompliziert hätte. Ob die Leute Maschinen haben um den Reis anzubauen, wollten die Männer als nächstes wissen. Sie schauten sehr ungläubig, als Kai antwortete, dass in Deutschland kein Reis wachse. Offenbar ein sehr seltsames Land. Zumindest in den Auges eines jeden anständigen Hmong.

Als sie schließlich das Haus verließen, hatte Maren Kai angestoßen. „Hast du die Waffe am Haken hängen gesehen?" Klar hatte Kai. Ein amerikanisches M16-Gewehr. Für die Jagd ungeeignet. Wozu also brauchten die Männer es?

Mit Vang Sao Yer streiften sie durch das Dorf und die nähere Umgebung. Sie erfuhren noch manches Detail über das Leben der Hmong und ihre Vorstellungen. So verging die Zeit bis zum Eintreffen des ersten Busses. Mit lautem Hupen machte der auf sich aufmerksam, verscheuchte Kinder und Hühner von der Straße und lockte in diesem Fall sogar zwei Fahrgäste hervor. Maren und Kai bedankten sich herzlich bei Vang Sao Yer und hoben ihre Rucksäcke in den Bus. Sao Yer nahm Kai zur Seite.

„In Phonsavan fragt am Busbahnhof nach diesem Mann." Er schob Kai einen Zettel in die Hand. „Er hilft euch bestimmt weiter. Dann alles Gute. Aber vielleicht sehen wir uns ja noch." Er sagte es mit einem Augenzwinkern, dass Kai auch dann noch nicht deuten konnte, als der Bus abfuhr und der Hmong in seiner Western-Kluft mit zum Gruß erhobener Hand mitten auf der Straße stehen blieb, bis der Bus um die nächste Kurve verschwunden war.

„Ich glaube, er wollte nicht alles sagen", wandte sich Kai an Maren, nachdem sie es sich einigermaßen bequem gemacht hatten in dem Bus. Der Wagen war nicht voll besetzt. Neben einem guten Dutzend Einheimischer entdeckten sie drei oder vier Traveller auf den Sitzbänken weiter hinten. Bekannte waren nicht darunter. Außerdem war ihnen jetzt nicht nach *Small Talk*. Kai reichte Maren den Zettel. „Der nächste Kontakt. Ich glaube, wir werden noch einiges zu sehen bekommen."

*

Luang Prabang flog nur kurz an ihnen vorüber. Eine wunderschöne Stadt, wie sie bei ihrem Schnelldurchgang immerhin erfassten. Bestimmt eines längeren Aufenthalts wert. Vielleicht ein anderes Mal. Diesmal waren ihre Gedanken woanders, eilten voraus nach Phonsavan auf die Ebene der Tonkrüge. Ihr erster Weg war dann auch nicht der zu einer Unterkunft gewesen, sondern zum Büro von Lao Aviation. Morgen, so die Auskunft dort, fliege ein Flugzeug nach Xieng Khouang und Plätze seien auch noch frei. Sie schienen das Glück gepachtet zu haben. Sofort gebucht und dann Luang Prabang als Momentaufnahme mitgenommen. Wat Xieng Thong, die Pagode im klassischen nordlaotischen Stil mit ihren überlappenden, fast bis zum Boden reichenden Dächern hatte es ihnen schon auf den Fotos angetan. Sie war auch in Wirklichkeit schön, aber weit kleiner als erwartet. Ohne jeden Zweifel waren es vor allem die buddhistischen Tempel, die sich auf einer Landzunge zwischen dem Mekong und dem hier mündenden Nebenfluss Nam Khan aufreihten und der Stadt schon auf den ersten Blick ihre traumhafte Ruhe verliehen. Eine Patina vergangener Zeit, eingefangen zwischen den Klosterwänden und sorgsam gepflegt, überzog Gebäude, Straßen und Gassen. Selbst die Menschen bewegten sich in diesem Umfeld anders, ruhig, ohne Hast, irgendwie würdevoller. Schon nach wenigen Stunden Aufenthalt spürten Maren und Kai diese andersartige Atmosphäre und versuchten sich ihr anzupassen. Hier lag der Beweis für Einsteins Relativitätstheorie. Während die Welt sich in immer schnellerem Tempo fast überschlägt, schien hier die Zeit stehen geblieben. Mönche zogen Morgen für Morgen in langen, orange leuchtenden Reihen durch die Straßen, um ihre Spenden einzusammeln, die ebenso aus Klebreis bestanden wie in Jahrhunderten davor. Hühner gackerten in den Straßen um den Königspalast. Dass der König selbst nicht mehr da war, schien irgendwie ein Versehen, denn sonst strahlte beinahe jeder Pflasterstein royalistische Würde aus. Einzig ein paar Motorräder, von jugendlichen Angebern mit überhöhter Geschwindigkeit und noch künstlich gesteigerter Lärmentwicklung durch die schmalen Straßen gejagt, und die allgegenwärtigen Satellitenschüsseln gaben die Gewissheit, auch hier am Ausgang des 20. Jahrhunderts zu sein. Nicht zu vergessen die Nachrichten von CNN, die Maren und Kai in der *Scandinavian Bakery* unverhofft daran erinnerten, dass es den Rest der Welt noch gab.

Den Amerikanern war augenscheinlich im Moment nichts wichtiger als herauszufinden, was außer Zigarren Präsident Clinton an seiner Praktikantin Monica noch befeuchtet hatte. Deutschland bereitete sich langsam auf das Ende der Ära Kohl vor. Alles in Ordnung also. Sie kraxelten noch die 328 Stufen hinauf auf den Phou Si, den heiligen Berg, dessen laotischer Name bei den Besuchern amerikanischer Herkunft auch gleich die Assoziation zum präsidialen Zeitvertreib im Oval Office herstellte. Von hier oben hatten sie einen Überblick, der zumindest für dieses Mal die separaten Besuche der einzelnen Sehenswürdigkeiten ersetzen musste. Keine Zeit für die legendären Höhlen von Pak Ou, an der Mündung des Nam Ou in den Mekong, oder den atemberaubend schönen Wasserfall That KhouangSi.

Zu Füßen des Phou Si wurden sie ein weiteres Mal überrascht. An der belebtesten Kreuzung der Stadt breitete sich ein ansehnliches Marktareal aus und die Händlerinnen waren bis auf ganz wenige Ausnahmen Hmong! Ältere Frauen mit ebenso ältlichen Brillen auf der Nase saßen auf hölzernen Gestellen und stickten, jüngere Frauen waren damit beschäftigt, ihre Kinder zu stillen. Andere Kinder spielten zwischen den Ständen im Schmutz, ebenso rotzverschmiert wie ihre Altersgefährten oben in Kiu Kacham. Maren wollte noch einen Blick auf die Produkte werfen, aber Kai mahnte zur Eile. Der Flieger würde auch ohne sie fliegen. Er hatte ihr Gepäck schon in ein bereitstehendes Jumbo-Dreirad verladen.

Der Fahrer deutete auf die Händler auf dem Markt und sagte: „Lao Soung." Da war also auch der politisch korrekte Begriff wieder.

„Kennen Sie die Geschichte vom Lao Soung in der Stadt?" Kai war sich nicht sicher, was jetzt kommen wür-

111

de. „Lao Soung kauft Eis in der Stadt. Für seine Kinder daheim in den Bergen lässt er es in eine Plastiktüte tun. Mit dem Bus fährt er heim. Er setzt sich ganz nach vorn, gleich hinter den Busfahrer, damit er als erster in seinem Dorf ankommt." Der Jumbo-Lenker dreht sich zu ihnen um und lacht. „Unterwegs hält der Bus, zum Pi-Pi. Rasch erledigt auch der Lao-Soung sein Geschäft und eilt zum Bus zurück, um nach dem Eis zu sehen. Im Beutel ist nur noch Flüssigkeit. Der Lao Soung raunzt den Busfahrer an. ‚Brüderchen, das ist sehr böse von Dir, einfach das Eis für meine Kinder weg zu nehmen.' ‚Eis hattest du in der Tüte? Dann ist es geschmolzen.' ‚Was, geschmolzen. Du hast es aufgefressen.' Und der Lao Soung geht dem Busfahrer an den Kragen." Er dreht sich wieder zu ihnen und kann sich kaum halten vor Lachen. „Verstehen Sie? Der weiß nicht einmal, das Eis schmilzt", erklärte er die Pointe.

Maren und Kai blickten sich verlegen an. Sollen sie nun Lachen oder die Peinlichkeit ignorieren? Kai versuchte die Flucht nach vorn und kramte in seinem Kopf nach einem Ostfriesenwitz, den er auch auf Englisch hinbekam. Als er einen gefunden zu haben glaubte, begriff er das Problem: wie sollte er dem Lao verständlich machen, was ein Ostfriese ist? So erzählte Kai, nur um überhaupt etwas zu sagen, irgendeinen schalen Witz als sie im Jumbo am altehrwürdigen Wat Visun und an der wegen ihrer Form so genannten Melonenstupa vorbeifuhren, auf der alten Eisenbrücke über den Nam Khan rumpelten und dem nahen Flugplatz zustrebten. Der Jumbo-Fahrer half ihnen, das Gepäck abzuladen.

„Ihr seid lustige Typen", erklärte er zum Abschluss ihrer gemeinsamen Fahrt und erließ ihnen tausend Kip vom Fahrpreis. Heiterkeitsbonus.

Nach gelungenem Check-in blieb ihnen noch viel Zeit, die sie im Flughafenrestaurant verbrachten. Flugzeug sahen sie keins. Das hätte auch kaum Gelegenheit gehabt, bis vor das Terminal zu gelangen. Statt eines Platzes für Flugzeuge erstreckte sich dort eine zwei Meter tiefe Baugrube. Auf dem Bau ging es ähnlich geruhsam zu wie in dem in laotischem Stil gehaltenen Terminal. Eines der Mädchen, in dem sich Bedienung vermuten ließ, hatte sich eine Matte hinter dem Tresen ausgerollt und schlief. Ein zweites Mädchen schlurfte in aufreizend langsamen Bewegungen durch den Saal und kredenzte ihnen den bestellten Lao-Kaffee. Schließlich machte sich ein Fluggerät durch Motorengeräusch bemerkbar, ließ sich auch für kurze Zeit auf der Rollbahn sehen und verschwand dann wieder hinter Bauzaun und Gebüsch. Einige Minuten später zwängte sich ein himmelblau gespritzter Bus älteren Baujahrs zwischen Baugrube und Abfertigungsgebäude. Eine Handvoll Leute stiegen heraus und strebten ohne jede Hast dem Ankunftsschalter zu. Ein Angestellter des Flugplatzes erschien im Restaurant, blickte sich suchend um und entdeckte nur die beiden Jung-Journalisten. Er bedeutete ihnen, dass dies ihr Flieger sei und sie doch die Kontrollen zum Warteraum passieren sollten. Dort trafen Maren und Kai vier weitere Passagiere, die wohl das gleiche Reiseziel hatten. Statt Reiseta-schen führten sie Pappkartons, aus denen es von Zeit zu Zeit gackerte, als Handgepäck mit. Mit großer Geste wurde die Tür Richtung Rollbahn geöffnet und sie klet-terten zu sechst in den für die diese Zahl von Passagieren überdimensionierten Bus. Der fuhr um das Gebäude herum und befand sich auf der Straße nach Luang Prabang. Waren sie falsch hier? Die Miteisenden blieben ungerührt, also beschlossen auch Maren und Kai, erst einmal abzuwarten. Sie hatte schon fast die halbe Strecke zurück in die Stadt hinter sich, als der Bus sich anschickte, die Straße zu verlassen und einem schmalen, holperigen Feldweg zu folgen. Eine Frau kam laut rufend und gesti-kulierend auf das Fahrzeug zu und begehrte, mitgenom-men zu werden. Ein Begleiter lieferte auf einem Motorrad eine umfängliche Kiste dazu. Wie Maren und Kai das Geschehen deuteten, wollte sie samt Kiste auch noch mit nach Phonsavan. Sie reichte dem Busfahrer das Ticket, der reichte es zurück und sagte etwas. Offenbar war es positive Kunde, denn die Frau reichte das Papier weiter an ihren Begleiter, der sich per Motorrad Richtung Flug-hafengebäude in Bewegung setzte. Sie selbst vertraute sich nebst Kiste dem gewichtigen Kraftwagen an. Nach kur-zem Ritt durch hohes Gras bekam der Bus wieder festen Boden unter die Räder und kam am Ende der Rollbahn vor einem Flugzeughangar zu stehen.

„Und wo ist nun der Flieger?" fragte Maren verwirrt. Kai deutete auf ein Fluggerät knapp über der Große eines Sportflugzeuges.

„Etwas anderes ist nicht", tat er kund. Schon an der Tafel im Flughafen hatten sie entdeckt, dass sie wieder an Bord einer ‚Y' gehen würden. Y-12 hieß das Luftfahrtgerät. Hatte die höhere Zahl einen größeren oder moderneren Verwandten der ihnen bekannten Y-7 erwarten lassen, so wurde sie nun eines Besseren belehrt. Sie kletterten vier Streben einer metallenen Leiter empor und zählten 16 Sitze in dem gut genieteten Blechkasten. Die großen Fenster betrachteten sie als Vorteil, die Enge des Ganges war bei reichlich dreißig Minuten Flug von geringerer Bedeutung. Als alle saßen, die Bordkarte der Nachzüglerin per Motorrad nachgereicht war und auch die Kiste der Frau ihren Platz gefunden hatte, ging es nach all der Ruhe ziemlich überhastet los. Kaum war die Tür zu, da rollte der Kleinflieger behende auf die Piste und machte sich ohne Zwischenstopp auch gleich auf in die Luft. Hurtig verließen sie den Talkessel von Luang Prabang. Kai verstand auch gleich den Grund der plötzlichen Eile. Mit der Hand machte er Maren auf eine dicke schwarze Wolke aufmerksam, die sich gleich über den Topfrand quellender Milch über die Bergkuppen in das Tal schob. Eine Begegnung zwischen Gewitterwolke und Leichtflugzeug hätte sicher einiges im Flieger durchgeschüttelt. Deshalb also machte sich der Pilot so flink es eben nur ging aus dem Staub.

Maren wusste es zu danken. Mit rüttelnder Fortbewegung hatte sie schon zu ebener Erde nicht viel im Sinn, was sollte da erst in den Lüften zu sagen sein. Erleichtert stellte sie fest, dass das Fluchtmanöver gelungen war und ihr Aeroplan ganz plan durch den Himmel glitt. Sie hatte einen Platz am Fenster, richtete sich so bequem ein wie es eben ging und ließ Berge und Wälder von Laos unter sich vorbei ziehen. Neben den großen Fenstern erwies sich dazu auch die niedrige Flughöhe der Y-12 als Vorteil. Hier saßen sie wahrhaftig in der ersten Reihe. Hin und wieder ließ sie ihren Fotoapparat klicken, etwa wenn auf einsamen Bergkuppen ein paar Häuser auftauchten oder die deutlich sichtbaren Kahlschläge der Brandrodung vom Wirken der Menschen zeugten.

Ob es hinter sieben Bergen war, als das Flugzeug in den Sinkflug überging, ließ sich so genau nicht feststellen. Zu den sieben Zwergen fehlten den Fluggästen zudem auch die Zipfelmützen. Noch dazu sah die Landschaft unter ihnen alles andere aus als märchenhaft. Auch 25 Jahre nach Kriegsende waren deutlich die Bombenkrater auszumachen, die sich Pockennarben gleich über Reisfelder und entlang der Straßen und Flussläufe verteilten. Von 1964 bis 1973 hatten US-Bomberstaffeln ihre geheimen Einsätze über Laos geflogen, dabei insgesamt weit über zwei Millionen Tonnen Bomben, mehr als im gesamten Zweiten Weltkrieg auf Deutschland fielen, auf die östlichen Teile des Landes abgeworfen und Laos so zu dem traurigen Rekord verholfen, das am heftigsten bombardierte Land der Welt zu sein. Die Ebene der Tonkrüge nimmt dabei selbst unter den laotischen Landstrichen einen besonderen Spitzenplatz ein. Während des amerikanischen Indochina-Krieges war das Hochland Schauplatz heftiger Kämpfe gewesen, hatte wiederholt den Besitzer gewechselt und so ziemlich alle am Krieg Beteiligten erlebt. Amerikaner und Vietnamesen, Thais und Lao und viele der hier ansässigen Bergvölker. Aber ein Volk hatte am schwersten an der Kriegslast getragen: die Hmong.

Schon vor der Niederschlagung des Pa Chay-Aufstands - von den Franzosen bezeichnenderweise die „Rebellion der Verrückten" genannt - hatten einige der Clans, allen voran die Lo, die als erste in größerer Zahl nach Laos gezogen waren und daher eine Vormachtstellung unter den Clans beanspruchten, enge Beziehungen zu den Kolonialherren entwickelt. Im Gegenzug erhielten die Lo-Führer Macht und Einfluss über ihr eigenes Volk gewissermaßen amtlich verbrieft. Einige betrachteten dies wohl sogar als ein wenig Autonomie, doch diente diese der *grande nation* lediglich dazu, das Wohlverhalten der als aufsässig geltenden Hmong zu erreichen und regelmäßige Steuerzahlung zu sichern. Aber die Franzosen waren es letztlich auch, die eine neue Fehde unter den Hmong aufbrechen ließen. Zunächst hatten sie Lo Bliyao als ersten Hmong zum *Tasseng*, einem örtlichen Verwalter, in der Hmong-Hochburg Nong Het gemacht. Ein Ly mit Vornamen Foung wurde sein Stellvertreter und Schwiegersohn. Um exakt zu sein, in umgekehrter Reihenfolge. Weil der von Lo Bliayo nicht sonderlich geliebte Schwiegersohn den Brautpreis für die Tochter des *Tasseng* nicht aufbringen konnte, musste er ihn im Dienst Lo Bliyaos abarbeiten. Kurzzeitige Genugtuung für den verärgerten Lo Bliyao. Das war 1918.

Der Verbindung von Lo-Tochter und Ly-Emporkömmling entsprangen drei Kinder, von denen das jüngste als Touby Lyfoung bekannt werden sollte. Das familiäre Glück der Eltern dauerte nicht lang und endete tragisch. Mai, die Tochter Lo Bliyaos und nicht erste, sondern schon dritte Frau Ly Foungs, nahm sich das Leben. Eine tiefe Fehde zwischen den Lo und den Ly war die Folge, was schließlich die Kolonialmacht bewegte, das Gebiet Nong Het zu teilen und den Los die eine Hälfte und den Lys die andere zu überlassen. Nach dem Tode Lo Bliyaos im Jahre 1935 übernahm dessen ältester Sohn Songtou die Führung in seinem Teil. Songtou war als Verwalter der französischen Interessen kein Glücksgriff. Er soll sein Ziel vor allem darin gesehen haben, den ererbten Reichtum so schnell wie möglich zu verjubeln. Das wäre ihm nicht weiter angekreidet worden, aber als er darüber die Steuereintreibungen für die Franzosen schleifen ließ, rief er deren Unmut hervor. Ly Foung im Nachbarkreis half aus, bezahlte die Außenstände aus eigenen Rücklagen und erhielt als Lohn auch das Amt des säumigen Songtou.

Was dem Lo Clan natürlich überhaupt nicht behagte. Faydang, jüngster Sohn von Lo Bliao, intervenierte in Luang Prabang bei Prinz Phetsarath, dem als höchstem laotischen Amtsträger in der französischen Verwaltung die Ernennungen einheimischer Verwalter oblag. Von Phetsarath, dem späteren Vizekönig und Vorkämpfer des laotischen Nationalismus, erhielt er das Versprechen, nach Ly Foungs Ableben im Lo-Teil die verspätete Nachfolge seines Vaters antreten zu können. Als Ly Foung 1939 dann starb, hielten die Franzosen nichts von der Zusage Phetsaraths. Im Gegenteil, sie betrachteten schon allein den Fakt der Nachfrage Faydangs als Akt der Insubordination und setzten Touby Lyfoung als alleinigen Verwalter der wiedervereinten Region Nong Het ein.

Touby Lyfoung, dem als einem der ersten Hmong die Segnungen französischer Bildung zuteil geworden waren, machte Karriere in Diensten der Kolonialmacht, brachte es gar als erster Hmong zum Mitglied des Kronrats. Er folgte der Illusion, durch Kooperation mit den Kolonialherren die Autonomie seines Volkes gegenüber den Lao erringen zu können. Dabei hätte schon das Beispiel Faydangs genügen können zu verstehen, dass es den Franzosen weniger um die Rechte der Hmong als um ihre eigenen Interessen ging. Die Lys fuhren dabei allerdings nicht schlecht. Touby Lyfoung wurde zum anerkannten Herrscher über die Hmong zwischen Nong Het und Xieng Khouangville, der damaligen Provinzhauptstadt. Da er auch die Rolle des Oberhauptes des über dieses Territorium hinaus verbreiteten Ly-Clans wahrnahm, war er der einflussreichste Hmong-Führer in Laos überhaupt. Auf dem Höhepunkt seiner Karriere nannten ihn die Franzosen gar *Roi des Meo* - König der Hmong. Die Lo, die traditionell die Führungsrolle beanspruchten, sahen sich um ihre Rechte betrogen. Da Frankreich ganz offensichtlich auf der Seite des Erzfeindes stand, wandte sich Faydang automatisch auch gegen die Kolonialmacht. Zuerst bekämpfte er Touby und die ihn stützenden Franzosen mit Hilfe der Japaner, nach deren Niederlage im 2. Weltkrieg dann mit Unterstützung der vietnamesischen und laotischen Freiheitskämpfer. Eine bittere Familienfehde überlagerte sich mit hehren Zielen wie antikolonialem Befreiungskampf und sozialistischer Revolution.

Der Spalt zwischen den Hmong war breit und tief. Er wurde zementiert durch die Einflüsse von außen, instrumentalisiert von den widerstreitenden Lagern der weltweiten Auseinandersetzung im Kalten Krieg. Die USA, unter Präsident Roosevelt noch Lehrmeister in Sachen Entkolonialisierung, vollzogen angesichts der roten Gefahr in China und Vietnam eine Kehrtwende, unterstützten die Franzosen in ihrem Krieg in der Kolonie Indochina und traten nach deren Niederlage im Jahre 1954 selbst an die Stelle der in Sachen Eindämmung des die Welteroberung anstrebenden Kommunismus unfähigen *grande nation*.

Touby Lyfoung schaffte die Wende nicht mehr. In den Augen der USA war er Teil des französischen Apparates, so unbrauchbar wie dieser. Frankophonie, Vielweiberei, Opiumhandel, Korruption - allesamt Begriffe aus dem Horrorkabinett, die den aufrechten Freiheitskämpfern aus Amerika den teilzivilisierten Wilden trotz dessen Vorliebe für gute Weine und edle Salonparties auf Dauer verleideten. Auch die Pathet Lao konnten nach ihrem Sieg mit dem frankophonen Touby nicht viel anfangen und steckten den zuletzt als stellvertretender Postminister in der Koalitionsregierung amtierenden Hmong in ein Umerziehungslager, in dem er auch starb.

Die Amerikaner suchten nach neuen Männern, die gleich ihnen das große Wort Freiheit weit vorn in ihrem Vokabular führten und den hinter jedem asiatischen Busch lauernden Kommunisten Paroli zu bieten versprachen. Sie glaubten ihn bald gefunden zu haben. Die Zeit der Amerikaner in Laos ist untrennbar verbunden mit seinem Namen - Vang Pao.

*

Die kleine Maschine zog eine enge Kurve und plumpste förmlich auf die Piste des Flugplatzes von Phonsavan. Endlose Weite schien sie zu umgeben, als Maren und Kai die vier Stufen abwärts gemeistert hatten. Ein frischer Wind wehte und ließ sie erst jetzt spüren, dass Wind etwas war, was sie in Laos bisher überhaupt nicht wahrgenommen hatten.

„So stelle ich mir die Steppen in der Mongolei vor", sagte Maren nach einer Drehung um sich selbst, die nichts weiter als sanfte, grasbewachsene Hügel ins Blickfeld brachte. Abgesehen von dem Flughafengebäude. Das war aber so winzig, dass es den Blick kaum störte. Die frische Brise trieb Wolken vor sich her, keine Handbreit über den Hügeln ringsum. Maren fröstelte gar. Als sie im barackenartigen Bau der Flugabfertigung Schutz vor Wind und Wetter suchten und auf ihr Gepäck warteten, sprach sie ein Mann mittleren Alters auf Deutsch an. „Guten Tag, kann ich Ihnen helfen?"

Maren war perplex, musterte den Mann aber eingehend. Stämmig gebaut mit kurzgeschnittenem Haar und breiten Kieferknochen, ein wenig Ansatz zu einem Bauch. Beeindruckender war eine massive Goldkette am kurzen Hals des Mannes, an der ein ebenfalls goldenes Kreuz etwas übertriebenen Ausmaßes hing. Der Mann lächelte übers ganze Gesicht, nein, er strahlte.

„Mein Name ist Souphonh", stellte er sich vor und überreichte eine Visitenkarte. Hotel und Reisebüro stand darauf. „Wissen Sie schon, wo Sie übernachten? Ich bringe Sie gern in die Stadt, mein Auto steht vor der Tür." Das war ein Angebot, dass Maren und Kai schlecht ausschlagen konnten. Außer dem Zettel von Vang Sao Yer hatten sie nichts, woran sie sich hätten orientieren können. Ein Kleinlaster rollte über das Flugfeld heran und brachte ihr Gepäck. Sie klaubten es selbst von der Ladefläche und wandten sich zum Ausgang. Ein wachsamer Angestellter versperrte ihnen den Weg und verlangte energisch nach den Gepäckanhängern nebst Kontrollabschnitten. Ordnung muss sein. Souphonh nahm Maren das Gepäck ab und stapfte los. Da bleib kein anderer Ausweg, als zu folgen.

Das Auto entpuppte sich als Jeep russischer Bauart. Der weiße Anstrich tat dem Fahrzeug gut, konnte aber nicht alle Erinnerungen an seine militärische Bestimmung tilgen. Souphonh verstaute das Gepäck im Rückraum und öffnete ihnen die Tür. Mit lautem blechernem Scheppern schlug er sie wieder zu. Der Motor sprang sofort an und etwas bockbeinig machte sich das Gefährt auf den Weg. „Wohin kann ich Sie bringen?" fragte der Mann am spillrigen Lenkrad. Als keine Antwort kam, fuhr er fort: „Am besten zuerst in mein Hotel, dann können Sie selbst entscheiden, ob es Ihnen zusagt. Wenn nicht, fahren wir weiter."

Souphonh steuerte den Wagen um Schlaglöcher herum, wich trügerischen Pfützen aus und trieb mit lautem Hupen eine Rinderherde von der Straße. Anderen Autos begegneten sie kaum. Dafür waren die Straßen ausladend breit und weiter in der Stadt auch schon asphaltiert. Im krassen Gegensatz dazu reichten die Häuser nicht höher als zwei Stockwerke und säumten zudem scheinbar wahllos verstreut in sehr loser Folge die angehenden Prachtavenues. An Platz war wahrlich nicht gespart worden bei der Anlage der Siedlung. Souphonh erklärte, dass die Stadt erst nach 1975 errichtet wurde. Die alte Hauptstadt der Provinz, von den Franzosen Xieng Khouangville und heute Muong Khoune genannt, liege knapp 40 Kilometer entfernt. Der Krieg hatte buchstäblich kein einziges Haus auf der Hochebene verschont. Zudem habe es Pläne gegeben, die Landeshauptstadt nach dem Sieg der Pathet Lao hierher zu verlegen. Das keineswegs freundliche Thailand als direkter Nachbar der Hauptstadt Vientiane war den laotischen Revolutionären mehr als suspekt. Eine Haltung, die durch wiederholte Grenzschließungen und die Verhängung einer Reihe von Handelssanktionen, die Aufnahme und Unterstützung laotischer Regierungsgegner wie auch direkte militärische Übergriffe nur bestärkt wurde. Deshalb sei bei der Planung der Stadt wohl alles eine Nummer größer ausgefallen.

„Bis auf das Flugplatzterminal", mokierte sich Maren. Souphonh lachte. „Für einen Militärflugplatz ist er doch sehr *comfortable*." Er hatte das französische Wort eingeflochten und entschuldigte sich auch gleich dafür. „Meine Zeit in Deutschland liegt schon eine Weile zurück." Sein Hotel fand sich direkt an einer der breiten Straßen. Ein geschmückter Weihnachtsbaum stand davor. Maren wollte sich schon zu einer Bemerkung die Einordnung gewisser Feiertage in den Jahresablauf hinreißen lassen, als sie die Eigenart des Baumes entdeckte. An dem Kieferngewächs hingen statt Weihnachtsbaumkugeln grellgelbe Sprengkörper. Statt Lametta zierten Girlanden aus Patronengurten von Maschinengewehren die Äste. Die makabre Schau setzte sich im Haus fort. Granatenhülsen als Blumenvasen, halbe Kugelbomben als Aschenbecher, Gasmaskenteile als Lampenschirme. Souphonh bemerkte ihre Reserviertheit ob der martialischen Show. „Das einzige Material, das in großer Menge und nahezu kostenfrei zur Verfügung steht." Er breitete die Arme aus. „Willkommen in meinem kleinen Reich!"

Er rief nach einem Mädchen, das eilends aus einer Luke zum Kellergeschoß auftauchte. Er gab dem jungen, schüchternen Ding zwei Schlüssel und die Order, den Gästen Zimmer zu zeigen.

„Strom gibt es nur abends, von sechs bis elf", sagte Souphonh entschuldigend. „Aber warmes Wasser ist ganz neu und fließt rund um die Uhr, aus dem *Solar Heater*."

Kai genügte ein kurzer Blick in eines der Gemächer, um Zustimmung zu nicken. Maren inspizierte genauer.

„Zwei Zimmer?" fragte Kai provozierend.

„Damit ich wieder um Pässe verhandeln muss?" kam prompt die Antwort. Zwar hatten sie schon die Nächte in Kiu Kacham, dort auf dem Boden des Restaurants, und Luang Prabang in räumlicher Gemeinschaft verbracht, doch waren dies den Umständen geschuldete Ausnahmesituationen. Hier ging es erstmals um einen Check-In in einem Hotel genannten Etablissement in einem Doppelzimmer.

„Also guck genauer hin", frotzelte Kai weiter. „Ist schließlich die Hochzeitsnacht." Militärisches Gerät als Dekoration fand sie in den Zimmern nicht. Es wäre sicher wegen des Sammeltriebs der meisten Menschen öfter zu ersetzen gewesen.

Dann standen sie wieder an der Rezeption und orderten ein Zimmer.

„Sind aber nur noch mit zwei getrennten Betten frei", bemerkte Souphonh.

„Geht auch", entgegnete Maren mit gut gespielter Aufopferung. Sie dachte weniger an warme Dusche und Ruhekissen, als an den Zettel von Vang Sao Yer. Sie waren beide nicht böse, als Souphonh sich mit dem Hinweis auf wichtige Verrichtungen verabschiedete, nicht ohne sie an das Abendessen im Hotel zu erinnern. Also Gepäck ins Zimmer und los. Von der Frau hinterm Tresen bekamen sie noch eine vage Wegbeschreibung Richtung Markt.

Dann waren sie ziemlich mit sich allein auf der breiten Straße. Hin und wieder knatterte ein Motorrad an ihnen vorbei, noch seltener ein Auto. Schließlich kam in Form eines Jumbo die ersehnte Erlösung. Im Stadtzentrum standen die Häuser enger beieinander, hatten sich auf anderthalb Straßenzügen sogar zu geschlossenen Zeilen verbunden. Über zwei Etagen aber ragte auch hier keines hinaus. Immerhin hatten Ziegel und Beton als Baumaterial Einzug gefunden, wahrscheinlich, weil Holz hier knapp und teuer war. Der Jumbo-Fahrer lud sie wie geordert am Markt ab. Was ihnen keiner gesagt hatte war, dass es hier zwei Markplätze gab, einen Frisch- und einen Trockenmarkt. Bot der Frischmarkt vor allem Lebensmittel meist heimischer Produktion, gab es auf dem Trockenmarkt Industriegüter aller Art. Der Busbahnhof lag neben dem Trockenmarkt. Sie aber standen vor dem Frischmarkt. Dazwischen lagen zwar nur 200 Meter, aber ohne Ortskenntnis können die unüberwindlich sein. Unbeholfen staksten sie durch knöcheltiefen Morast zwischen hölzernen Tischen und Bänken, auf denen neben Obst und Gemüse auch Fisch und Fleisch angeboten wurde. Der Geruch war, sagen wir, intensiv. Maren rümpfte die Nase. Kai wies auf ein paar Auslagen in der Nachbarzeile und machte sich eilends auf den Weg dorthin. Notgedrungener Weise schlitterte Maren hinterher. Was sich auf den Tischen darbot, hätte in lebendem Zustand sicher manchem Zoo zur Ehre gereicht. Allerlei Waldgetier vom Eichhörnchen bis zum farbenprächtigen Fasan, aber auch Eulen, Affen, und Nashornvögel warteten, teils tot teils lebend, auf Käufer. Maren zückte die Kamera. Matsch und Gestank schienen vergessen.

Als sie wieder festen Boden unter den Füssen hatten, blickten sie sich hilfesuchend um. Ein Jumbo-Fahrer hatte sie als Beute erspäht und kam winkend näher. Mit Händen und Füßen und schließlich dem Sprachteil aus dem Reiseführer vermittelten sie dem Fuhrmann ihr Reiseziel. Der wollte sie schon auf sein Gefährt verladen, als einer der Umstehenden die Hand ausstreckte und quer über den Platz wies.

„Bus ist gleich da drüben." Die Auskunft in deutscher Sprache überraschte. Aber zu mehr kam es nicht, denn der Mann war schon weitergegangen. Auf dem Busbahnhof zückten sie ihr Papier und zeigten es herum. Schon beim zweiten Versuch waren sie richtig.

„Morgen", war das einzige aus der Antwort, das sie verstanden. Die Uhrzeit teilte der Mann mit Hilfe seiner Armbanduhr mit: vier Uhr nachmittags. Also dann auf Morgen. „Bleibt als Alternative nur die heiße Dusche", brummte Kai. Maren wusste auch nichts Besseres für den nur noch knappen Rest des Tages. Also Rückzug. Kai hatte bereits eine Vorstellung von der Anlage der Stadt und übernahm die Führung zurück. Nach 20 Minuten Fußmarsch, vorbei an einigen Häusern und einem ausgedehnten landwirtschaftlichen Areal, standen sie wieder am Ausgangspunkt ihrer Exkursion.

„Also dann duschen", sagte Maren, als sie den Schlüssel vom Brett klaubte. Die Rezeption war verlassen wie der Mond nach dem Apollo-Programm. „Aber jeder für sich", setzte sie schließlich hinzu, als sie Kais Grinsen sah.

Frisch geduscht und voller unbefriedigtem Tatendrang saßen sie knapp zwei Stunden später im Hotelrestaurant. Wie versprochen war Strom da und elektrische Lampen leuchteten durch die Schutzmaskenteile. Das Mädchen von vorhin machte sich im Raum zu schaffen und auch die Rezeption war wieder besetzt. Ein junger Mann trug eine Schaufel brennender Holzkohle in das Restaurant. Verwundert folgte Kai dem brenzligen Tun. Das Mädchen wartete schon. Sie war dabei, in einem halben Kugelbombencontainer ein Feuer zu entfachen.

„Eine amerikanische Reisegruppe hat *Barbecue* bestellt. Sie können gern dabei sein." Unbemerkt von beiden war Souphonh in den Raum getreten. Maren und Kai nahmen das Angebot dankend an. Wenig später kamen auch die Amerikaner aus den Zimmern herunter. Sie waren zu viert. Gemeinsam hatten sie einen netten Abend, ließen sich Fleisch und Fisch vom Grill schmecken und sprachen auch dem Bier gut zu. Einer der Amerikaner war nicht zum ersten Mal hier. Damals, so scherzte er lachend, sei er nur ein paar Kilometer Luftlinie entfernt gewesen. Mit dem Daumen wies er nach oben. „Ich habe einen Bomber geflogen, als es gegen die Kommunisten ging."

Auch Souphonh hatte etwas beizusteuern. Im Krieg sei er Oberst gewesen. Bei den Kommunisten. Der Amerikaner verschluckte sich an seinem Bier. Aber das sei lange vorbei, beeilte sich Souphonh zu ergänzen. Heute helfe er den Amerikanern, nach den Vermissten von damals zu suchen. Zur Bestätigung legte er den Arm auf den Tisch. Ein dünnes Metallband lag kurz über dem Handgelenk. ,POW-MIA" stand darauf, *Prisoners of War - Missing in Action*. Mehrmals im Jahr, berichtete Souphonh, kämen amerikanische Suchtrupps nach Laos. Wenn sie in Xieng Khouang suchten, dann sei er meist dabei. Schließlich kenne er hier beinahe jeden Baum. Es sei oft nicht einfach, nach so vielen Jahren die Absturzstellen der Flugzeuge von damals zu finden. Oft konnte man auch die Reaktionen der Einheimischen nicht voraussehen. Manche fühlten sich an die Bomben erinnert und deshalb wenig freundlich zu den Suchtrupps. Andere kämen mit Hoffnungen auf neue amerikanische Hilfe. Hier spitzte auch Kai die Ohren und hakte nach. Ein paar Markthallen hätten die USA errichtet. Nicht eben üppig angesichts der mehr als 3.500 Gebäude, die allein im Jahre 1969 bei massiven Bombardements auf der Plateau völlig zerstört wurden. Die Räumung der Blindgänger sei hier in der Provinz Sache der Briten. Man wolle nicht amerikanische Leben in Gefahr bringen, erläuterte Souphonh die Auskunft der US-Botschaft in Vientiane, nicht ohne ironischen Unterton. Dort, in der blindgängerfreien Hauptstadt, unterstützten die USA sogar die Ausbildung laotischer Räumtrupps.

Die Vermisstensuche sei schließlich ein humanitäres Anliegen, warf der Ex-Flieger ein. Die Räumung der Bomben wohl nicht, wollte Kai schon erwidern, spülte die Bemerkung dann aber lieber mit einem Schluck Bier runter. Was brächte es, hier Streit vom Zaune zu brechen. Er interessierte sich mehr für die Gegenwart.

„Man hört immer von Aufständischen", kam er seinem eigentlichen Thema näher. Offenbar hatte er den Ton und den richtigen Zeitpunkt erwischt. Souphonh rückte näher an den Tisch, senkte Kopf und Stimme.

„Die Hmong haben besonders starke Geister", begann er. „Einige Hmong stehen mit ihnen und ihren magischen Kräften im Bund." Er blickte in die Runde, bemerkte Kais skeptischen Blick, aber auch die Erwartung in den Gesichtern der anderen. Dann sprach er über die *Chao Fa*. Himmelskrieger, wie sie schon in den alten Überlieferungen der Hmong vorkommen. Sie sollen es sein, die den neuen, vom Himmel gesandten Hmong-König den Weg zur Macht bereiten. Kein Feind kann ihnen etwas anhaben. Sie leben tief im Wald. Im Kampf aber kennen sie keine Angst. Hoch aufgerichtet schritten sie auf ihre Gegner zu, ihnen voran oft ein jungfräuliches Mädchen mit einem magischen Banner. Keine Kugel kann sie verletzen, kein Messer ihre Haut auch nur ritzen. Erbarmungslos töten sie jeden, der sich ihnen in den Weg stellt. Sie verfügen über magische Waffen, die den Gegnern den Atem nehmen oder sie einfach erstarren lassen. Auch mit modernen Waffen sei ihnen nicht beizukommen. Souphonh selbst sei in einen Kampf mit *Chao Fa* verwickelt gewesen und habe nur durch Zufall überlebt.

„Ich fiel in ein tiefes Loch, so dass mich keiner mehr sah. Als alles ruhig war, kroch ich hervor. Die Leiber meiner toten Kameraden waren aufgeschlitzt, Herzen und

Leber herausgerissen. Aus dem Verspeisen von Herz und Leber ihrer Feinde beziehen die *Chao Fa* weitere Kraft." Manchmal aber gelänge es einer großen Übermacht, vereinzelte *Chao Fa* zu stellen. Wie erst kürzlich in einem Nachbarkreis. Auch dann gäbe es kein Erbarmen. Mit einem jahrhundertealten Schwert habe man dem in einem Fischnetz gefangenen und deshalb bewegungsunfähigen *Chao Fa* den Kopf abgeschlagen. Aus Furcht vor den magischen Kräften habe man dem Schädel die Augen ausgestochen und die Zunge herausgerissen. Mit Macheten sei der Körper in kleine Teile zerhackt und, damit sie sich auch nicht durch Zauber wieder zusammen fügen können, die Einzelteile sofort an weit voneinander entfernt liegenden Stellen verbrannt worden.

Maren spürte eine Gänsehaut auf dem Rücken. Kai blieb skeptisch, jedoch nicht unbeeindruckt von der grausigen Geschichte. Der Ex-Flieger aber stimmte zu.

„Solche Geschichten haben wir schon damals oft gehört. Sie machten die Runde, wenn Einsätze über den Bergen von Nordvietnam und Laos auf dem Plan standen. Nur nicht gerade dort abgeschossen werden, dafür haben wir gebetet."

Seine Frau und das zweite Ehepaar blickten in stiller Bewunderung zu dem Ex-Piloten. Schon dass er der Gefahr gar nicht erst begegnet war, machte ihn fast zum Helden. Für Kai war es eine weitere Bestätigung, dass es unruhig war in den Bergen von Laos. Die Frage nach Waffennachschub für die *Chao Fa* konnte aber auch Souphonh nicht sicher beantworten. „Man spricht von

Nachschublinien aus Thailand und Geld von den Hmong aus den Staaten."

Damit waren sie wieder bei weltlicheren Themen. Etwas später besprachen sie das Programm für den nächsten Tag. Souphonh schlug einen Besuch bei den legendären Tonkrügen vor und einen Ausflug zu den einstigen Schlachtfeldern. Die Amerikaner stimmten zu und luden dann Maren und Kai ein, sich anzuschließen. Die zierten sich etwas, stimmten aber schließlich zu, als Souphonh sagte, sie seien spätestens gegen vier Uhr nachmittags zurück. Dann bleibe noch genug Zeit für den geheimnisvollen Zettelkontakt.

Kurz darauf zogen sich die US-Paare zurück. „Der Strom geht in 15 Minuten aus", erinnerte Souphonh. Zeit also auch für Maren und Kai, unter die Decke zu schlüpfen. Zunächst hatten sie es wegen des Grillfeuers angenehm warm empfunden. Aber seit das Feuer langsam erloschen war, hatten nicht nur die schaurigen Geschichten für ein leichtes Frösteln gesorgt. Jetzt, auf dem Weg in ihr Zimmer, wurde es ganz deutlich: es war ziemlich frisch hier oben. Trotz warmen Wassers ließ sich eine zweite ausgiebige Dusche nur schwer vorstellen. Die angedrohte Finsternis bot zudem die richtige Ausrede. Also Schnelldurchgang mit Zähneputzen und Katzenwäsche. Maren war schneller als der Aufschlag von Venus Williams aus dem Bad heraus und unter der Decke verschwunden.

Kai ließ sich bei seinem *Return* mehr Zeit. Irgendwie kam er mit der Doppelzimmer-Variante nicht so richtig zurecht. Etwas Unausgesprochenes, so dachte er, stand zwischen ihnen, ließ beide nicht zu einem lockeren, natürlichen Umgang in der selbst auferlegten Paar-Rolle kommen aber auch keine weitere Annäherung zu. Wunschdenken? Kai war sich selbst nicht sicher. Schon am Abflugtag hatte er Maren erstmals nicht als die geschlechtslose Kommilitonin betrachtet. Nun war die Gelegenheit zu eingehenderer Begutachtung günstig. Eher zu günstig, denn genau darin lag die Gefahr, durch einen falschen Schritt eine Reaktion zu provozieren, die als Konsequenz wieder Einzelzimmer bedeuten würde. Denn Maren hatte bisher durch nichts auch nur andeutungsweise zu verstehen gegeben, dass da mehr sein könnte, als die gemeinsame Jagd nach einer Story, die sie ihre Wette gewinnen ließ.

Solcherlei Gedanken kreisten in seinem Kopf, als er schließlich auch unter der Decke lag und ins Dunkel starrte. Der Strom war pünktlich auf die Minute abgestellt worden. Die Glühlampe hatte sich mit einem kurzen Flackern gewehrt und war dann glimmend verloschen. Jetzt die Kerze anzuzünden, erschien ihm schon als plumpe Anmache. „Gute Nacht", sagte er deshalb ins Dunkel und drehte sich zur Seite.

Maren erwiderte den Nachtgruß. Sie hatte in der Tat bisher nichts anders gedacht als kumpelhafte, auf ein Ziel gerichtete Gemeinsamkeit. Aber auch sie hatte in den letzten Tagen Gelegenheit gehabt, ihren Begleiter genauer zu beobachten. Es ist ein riesiger Unterschied, fünf Jahre lang lediglich Hörsaal, Mensa und Studentenfeten zu teilen, als Tag und Nacht aufeinander angewiesen zu sein.

133

Waren sie wirklich erst vier Tage unterwegs? Ihr kam es vor, als lägen schon Wochen hinter ihnen. Die Eindrücke waren so intensiv, so gedrängt, dass das Zeitgefühl durcheinander kam. Dafür kam ganz langsam dieses andere Gefühl hoch. Sie hatte Gefallen gefunden an Kais Art, die Dinge anzupacken. Es gab Sicherheit, auch Zuversicht und sogar Geborgenheit. Unsinn, schalt sie sich selbst. Sie war selbst Manns genug, was sollte da Geborgenheit. Mit einem Ruck zog sie die Decke unters Kinn, drehte sich zur Seite und schlief auch gleich ein.

Als sie wach wurde, war es noch stockfinstere Nacht. Etwas hatte sie wach werden lassen. Eine Bewegung oder ein Geräusch. Da war es wieder. Ein Kratzen und Schaben, direkt über ihrem Kopf. Finster wie im Sack, kein Strom und die Streichhölzer drüben neben Kais Bett. Eine Taschenlampe stand zwar auf ihrem Ausrüstungszettel, aber die Anschaffung hatte sie erst auf Vientiane verschoben und dann ganz vergessen. Es war wieder still. Aber nun sagte ihr Gefühl, dass jemand im Zimmer war. Sie konnte nichts sehen, doch sie spürte die Anwesenheit fast körperlich. Ihr war, als starrten sie Augen aus der Finsternis an. Ein Luftzug traf ihr Gesicht und ließ sie erschauern. Sie rollte sich unter der Decke zusammen, als könne sie sich dadurch unsichtbar machen. Ein neuer Hauch, eine Bewegung. Ein leises Kratzen. Diesmal schien es von der Tür zu kommen. Gänsehaut war untertrieben. Maren litt fast schon an Schüttelfrost. Sie lauschte in die Finsternis, hörte aber nur ihr eigens Herz, das bis zum Hals herauf klopfte, wie ein Hmong-Schamane die

Kulttrommel. Sonst nichts als Stille, dunkle, furchtbare Stille. Die fremde Präsenz schien weg. Maren entspannte sich etwas. Dann war das Geräusch über ihrem Kopf wieder da, ganz nah und deutlich. Sie fasste all ihren Mut zusammen und überwand mit einem Satz den knappen Meter zwischen ihrem und Kais Bett, schlüpfte unter seine Decke und kuschelte sich dicht an ihn. Kai schlief ungerührt. Sein Atem ging ruhig und gleichmäßig und sein Körper strahlte jene Geborgenheit aus, die Maren jetzt brauchte.

Diese Ausstrahlung, der gleichmäßige Atemrhythmus des ruhig schlafenden Kai zeigte Wirkung. Hatten die Gedanken sich in Marens Hirn eben noch zu Knäueln verheddert, gespickt mit den abstrusesten Bildern, so kam nun langsam wieder Ordnung in ihre Denkabläufe. Alles Einbildung, sagte sie sich. Die Räubergeschichten von Gotteskriegern und Zauberlehrlingen hatten ihrer Fantasie einen Streich gespielt. Sie beruhigte sich weiter. Doch zum Rückweg ins eigene Bett reichte es nicht. Keine zehn Minuten später schlief sie wieder.

Kai staunte nicht schlecht, als er aufwachte und Maren an seiner Seite fand. Hatte er etwas Wesentliches verschlafen? Sein Gedächtnis wies null Einträge auf, die eine Erklärung ermöglicht hätten. Er bewegte sich ganz vorsichtig, doch selbst das war nicht vorsichtig genug. Maren blinzelte verwirrt, fuhr dann mit einem Satz hoch. Langsam kam die Erinnerung. „Es war nachts jemand in unserem Zimmer", sagte sie schließlich bestimmt. Maren berichtete.

„Quatsch, die Tür war von innen verschlossen und die Geräusche kamen von Mäusen oder sonst was für Tieren in der Decke", entgegnete Kai. Er stand auf, um sofort den praktischen Beweis seiner These anzutreten. Der Versuch misslang, denn der Riegel an der Innenseite der Tür war nicht vorgelegt. So konnte jeder, der einen Schlüssel hatte, die Tür öffnen. Schlimmer noch, beim Druck auf die Klinke sprang die Tür auf.

„Ich bin sicher, dass ich zumindest abgeschlossen hatte", sagte Kai. Nun war Maren restlos überzeugt, dass ihre Fantasie nicht mit ihr durchgegangen war. Sie sahen zuerst nach ihrem Geld und den Pässen und untersuchten dann den Rest ihrer Habseligkeiten. Alles war komplett und unversehrt, auch Marens Fotoausrüstung. Offenbar hatte sie durch ihr Aufwachen den Eindringling verschreckt und zum Rückzug getrieben.

„Na, dann danke ich dem nächtlichen Besucher, dass er uns einander näher gebracht hat", frotzelte Kai.

„Soll nicht wieder vorkommen", beschied ihn Maren.

„Schade, war nicht unangenehm." Kai gab jetzt nicht auf. „Vielleicht könntest du mich beim nächsten Anlauf vorher in den Wachzustand versetzen. Dann habe ich mehr davon."

Statt einer Antwort warf Maren mit dem Kopfkissen. Die daraus entbrennende Kissenschlacht war beispielgebend für die Lösung kriegerischer Auseinandersetzungen. Sie endete damit, dass die gegnerischen Parteien sich schließlich erschöpft in die Arme fielen und nicht nur

Bruderküsse austauschten. Mitten in der schönsten Knutscherei schrak Maren auf einmal hoch.

„Wie spät ist es eigentlich? Wir wollten um acht los." Kai angelte nach der Uhr. Irgendwie stand ihm nicht nur der Sinn nach anderem als Ausflügen in die ältere und jüngere laotische Geschichte. Auch an Hügeln hatte er interessantere zu entdecken als die der Ebene der Tonkrüge. Aber die Zeichen der Zeit standen ungünstig für ihn. Ein verbreiteter Begriff der Fäkalsprache formte sich in seinem Hirn und schließlich in der akustischen Ausführung. Die selbst auferlegte Pflicht rief und beförderte das Blut zurück in den Kopf.

Seit Kai das Rasieren abgeschafft hatte, hielt sich seine Morgentoilette in überschaubarem Umfang. Er war als erster fertig und nutze die Zeit, die Maren mit ihren morgendlichen Verrichtungen im Bad zubrachte, zu einer erneuten Inspektion ihres Gepäcks. Da auch Maren auf ausführliche Verschönerungsprozeduren verzichtete, saßen sie zwanzig Minuten später, frisch gewaschen und gekämmt, am Frühstücktisch.

„Ich dachte schon, Sie hätten verschlafen", begrüßte sie Souphonh in einem rührenden Ton, der Mitleid wegen einer vorzeitig abgebrochenen Hochzeitsnacht zu liefern schien. Maren hätte ihn fast nicht erkannt. Souphonh stand zwar im Restaurant seines Hotels, doch sein Aufzug zeigte, dass er weit mehr im Felde stand. Der Kampfanzug deutete auf Maßanfertigung hin, am Koppel hing ein martialisches Haumesser und die Schnürstiefel glänzten in feinstem Wichs. Maren und Kai schlangen das Einheitsfrühstück aus Spiegelei, süßlichem Toast nebst gesalzener Butter, arg chemisierter Marmelade und pechschwarzem Lao-Kaffee in sich hinein, denn Abfahrtzeit und Amerikaner näherten sich rasch. Souphonh stand wartend am Jeep. Seine Kluft hatte er mit einem breitkrempigen Hut aus dem gleichen Material wie der Kampfanzug komplettiert. Blitzsauber, geradezu klinisch rein war seine Garderobe, wie die Dschungelkämpfer in einer bestimmten Art von Filmen, die selbst nach Wochen im Busch aussehen wie eben frisch aus der Kleiderkammer entsprungen. Sie sortierten sich in das russische Militärvehikel. Souphonh hatte seinen Platz am Steuer sicher, die Amerikaner füllten die Sitze. Für Maren und Kai blieben die schmalen Sitzbänke auf der Pritsche des Wagens.

Die erste Station nannte sich *Plain of Jars Site 1*. Sie stapften durch das Gras zwischen den mehr als hundert historischen Steingefäßen. Souphonh kam hinterher, einen mächtigen Feldstecher um den Hals. Er erklärte interessant und geübt die verschiedenen Theorien über den Zweck der überdimensionalen Becher. Länger hielt er sich bei der Sage auf, der zufolge einst Riesen von acht Ellen Körperhöhe die Gegend bevölkerten. Eilige Umrechnungen ergaben stolze vier Meter. Die Acht-Eller hätten im Krieg gestanden mit anderen, weniger imposanten Völkern und diesen letztlich siegreich beendet. Für die grandiosen, mehrere Monate andauernde Siegesfeier seien die Krüge hergestellt worden, um in ihnen den Siegestrunk zu brauen. Die Sieger müssen damals ihr ganzes Geschlecht zu Tode gesoffen haben, oder durch das ausufernde Gelage wurden die Erbanlagen speziell im Punkt Höhenwuchs geschädigt, denn von Bewohnern jener Abmessungen hat man nie wieder gehört.

Auch Souphonh flocht ein, dass diese Geschichte sich einfügt in den Glauben an Geister und Dämonen, aber in der Realität zwischen dem Herstellungsdatum der Töpfe und dem grandiosen Sieg eine Lücke von mehr als eintausend Jahren klafft. Deshalb habe er die Hypothese verworfen und sich der allgemein favorisierten Bestattungstheorie zugewandt. Und Souphonh erzählte dann von Steintopf-Feldern, die im Gegensatz zu denen in *Site 1* noch verschlossen waren, von Knochen und Grabbeigaben und allerlei geheimnisvollem Zauber. Leider seien die Fundstätten nur sehr schwer zugänglich, ein bis zwei Tage Fußmarsch eine unerlässliche aber erschöpfende Übung, die er seinen Gästen nicht zumuten wolle.

Mit dem Feldstecher aber führte er die Amerikaner wieder zurück in die Gegenwart. Von einem der Hügel ließ sich das Treiben auf dem Flugplatz, der ihnen hier direkt zu Füssen lag, gut verfolgen. Souphonh wies auf die MiG-Jagdflugzeuge hin, die dort geparkt waren. Das große Flugfeld war in ziemlicher Hast Ende der 70-er Jahre fertig gestellt worden, als ein neuer Krieg drohte. China war in Vietnam einmarschiert und die Sowjets versuchten, den Erzrivalen in Schach zu halten. „Hier war alles voller Russen damals", sagte Souphonh. „Nicht nur mein Auto blieb davon über."

Sie fuhren weiter zu *Site 2*, wo vor allem Maren überrascht war, sehr an heimische Wälder erinnert zu werden.

„Kiefern", sagte sie und roch an den Nadeln und klopfte an einen Stamm. „Das erinnert an Pilzsuche daheim mit meinem Opa."

„Hier kann man anderes suchen", entgegnete Souphonh, der inzwischen mit einem länglichen Lederfutteral zu ihnen den Hügel herauf kam. „Hier tobte der Krieg hin und her", sagte er. „Nicht der der Acht-Eller, sondern weit später. Vielleicht hat ja Mr. John", er nickte zu dem Ex-Flieger hinüber, „mit den Löchern da drüben zu tun." Maren bemerkte erst jetzt, dass der Hang von nahezu kreisrunden Löchern überzogen war, aus denen jetzt stattliche Bäume wuchsen. Aber es handelte sich unbestreitbar um Bombentrichter. In jedem der Krater wuchsen Bäume, drum herum meist nicht. Auch dafür hatte Souphonh eine Erklärung. Der Boden hier war so sauer, dass selbst die Saures gewohnten Kiefern einen schweren Stand hatten. Die Bomben hatten die saure Kruste weggesprengt und so fleckenweise die Wachstumsbedingungen für die Nadelbäume entscheidend verbessert. Und Souphonh setzte noch eins nach. Selbst die Splitter in den alten Stämmen entfalteten eine walderhaltende Wirkung. Seit sich nämlich in einigen Sägewerken die Kreissägen an den Metalleinschlüssen die Zähne ausgebissen hatten, war man vorsichtiger geworden im Umgang mit Holz aus Kriegsgebiet. Fast schon fühlte sich Bomber-John als Hüter laotischer Forsten.

„Den Menschen", setzte Souphonh hinzu, „haben die Bomben allerdings deutlich geschadet. Und sie tun es heute noch." Er hatte das Futteral geöffnet und aus mehreren Teilen einen Metalldetektor zusammengesetzt. Langsam fuhr er mit der Sonde über den Boden an den historischen Steinkrügen. Zwei-drei Mal hielt er inne, beugte sich nach unten und steckte einen kleinen Stock in die Erde. Dann legte er den Detektor zur Seite und hockte sich auf den Boden. Vorsichtig grub er in die sandige Erde, zog etwas hervor und reinigte den Fund mit einem Taschenmesser. Er reichte das Stück den Amerikanern, die sein Tun gespannt beobachtet hatten. „Gewehrmunition", stellte der Ex-Flieger fachmännisch fest. „Etwas mitgenommen vom Rost, aber mit Sicherheit scharf." Die Frauen wichen unwillkürlich zurück.

„Keine Angst, es passiert nichts", beruhigte Souphonh, der mit weiteren Patronen und einem verrosteten Stück vom Kühlmantel eines MG zu ihnen trat. „Die großen, wirklich gefährlichen Stücke habe ich schon vor Jahren herausgeholt und die Stelle für Touristen begehbar gemacht." Sie saßen noch eine Weile im kühlen Wind auf dem Rand der Steinkrüge, genossen den Blick über die sanften Hügel und redeten über den Krieg. Als John das Eingreifen Amerikas damit begründete, dass die USA der laotischen Regierung gegen die Invasion der vietnamesischen Kommunisten zu Hilfe kamen, widersprach ihm Kai heftig. Vor allem die eherne Kausalität des Satzes ‚wer nicht mit uns ist, ist gegen uns' hatte ihm aus jener Zeit der jüngeren Geschichte immer wieder zugesetzt.

Hatten die USA so nicht viele auf die Wahrung ihrer nationalen Interessen gerichtete Politiker den Sowjets förmlich in die Arme getrieben? Leute wie Nasser, Castro und nicht zuletzt selbst Ho-Chi-Minh waren zuerst Patrioten, die von Unabhängigkeit und Selbstbestimmung ihrer Völker nicht nur träumten. Laos ließ sich da gut einreihen.

„Und weshalb haben die USA dann die laotische Regierung nahezu nach Belieben gewechselt und eine illegale Armee der Hmong ausgebildet und finanziert?" Kais abschließende Frage blieb in der Luft stehen und verdarb die Atmosphäre zwischen ihnen.

„Gerade von Deutschen hätte ich das nicht erwartet", setzte Johns Frau, an ihren Mann gewandt aber offenbar für Kais Ohren bestimmt, nach. „Sie haben uns doch alles zu verdanken." Und dann folgte ein Satz, der Kai noch sehr lange zu denken gab: *„They are suposed to love us."*

Er hätte hier vieles entgegnen mögen, doch wollte er den Rest des Tages nicht ganz aufs Spiel setzen. Also hielt er seine Meinung zurück und schwieg. Maren hielt sich gänzlich heraus.

Souphonh hatte die aufkommende Missstimmung bemerkt, das Suchgerät wieder verpackt und drängte zum Aufbruch. Er fegte über die staubigen Pisten, als wolle er alles Federvieh entlang der Straße auf einen Schlag ausmerzen. Wenig später stoppte er, hieß sie aussteigen und zauberte umfangreiche Picknick-Pakete unter den Rücksitzen hervor. Souphonh verteilte den Proviant gleichmäßig auf die Exkursionsteilnehmer. Dann rumorte er weiter in dem Wagen umher und kam mit einem M-16 Gewehr wieder zum Vorschein. Er schulterte die Waffe, griff nach der größten Box und setzte sich in Marsch. John und Frau folgten, dann das zweite amerikanische Paar. Maren und Kai bildeten die Nachhut ihrer kleinen Marschkolonne.

Maren schwieg noch immer, aber etwas ging um in ihr. Sie wollte wohl eben zum Reden ansetzen, als Souphonh mit der Hand ein Zeichen zum Anhalten gab. Er wies nach oben auf einen Baum. Ehe Maren den Blick in die angegebene Richtung lenken konnte, sprang eine Amerikanerin mit lautem Kreischen zurück. Dann sah auch Maren den Grund der Hektik. Eine giftgrüne Schlange bewegte sich graziös vom Baum herab um sich in Sicherheit zu bringen, wegen der von ihr erzeugten Aufregung nun in stark beschleunigtem Tempo. Das wiederum legten die Menschen als Bedrohung aus. Zwischen Flucht und Angriff stand die Wahl. Da John und sein Kollegen keine soliden Knüppel oder andere Bewaffnung entdeckten, zogen sie die Flucht vor. Im Falle solider Bewaffnung der beiden hätte die Schlange keine Chance gehabt.

„Wie in der Politik", bemerkte Kai. „Aktionen werden falsch ausgelegt und führen dann wieder zu Überreaktionen, die zu weiteren falschen Aktionen führen. Ein gefährlicher Automatismus." Maren kam wieder nicht zum Sprechen. Oder hatte Kais Bemerkung sie verschreckt?

Souphonh beruhigte die Amerikaner. Das Reptil sei nicht giftig und habe weit mehr Angst vor den bedrohlich großen Körpern als umgekehrt. Zur Bestätigung seiner Worte machte sich die Schlange, die inzwischen den Boden erreicht hatte, schleunigst davon.

„Woher sollen wir wissen, dass sie nicht giftig ist", bemerkte Johns Frau mit besorgter Stimme. Kai murmelte etwas, was Maren vorkam wie ‚nur ein toter Indianer ist ein guter Indianer‘.

„Seit wann hast du was gegen Amerika?" fragte sie nun doch, leise und auf Deutsch, schon um nicht die Amerikaner gänzlich zu verwirren.

„Habe ich?" entgegnete Kai und ging weiter. Kurz darauf langten sie am Ziel des Marsches an. Ein Panzerwrack stand vor ihnen.

„Die Reste eines leichten russischen Panzers PT-76", erklärte Souphonh sachkundig. „Von den Hmong-Kräften, unterstützt von amerikanischen Bombern, wurde hier eine Offensive der Pathet Lao und der mit ihnen verbündeten Vietnamesen zum Stehen gebracht." Er stellte die Picknick-Box auf den Panzer und nahm die M-16 von der Schulter.

„Die Pathet Lao kamen von dort." Er zielte mit der Waffe gen Osten und drückte ab. Der Schuss peitschte und am nahen Waldrand zersplitterte Glas. Nun erst sah Kai, dass dort Flaschen an den Ästen hingen und Pappschilder Zielscheiben darstellten. Souphonh reichte die Waffe an die Amerikaner.

„Probieren Sie es auch", drängte er und widmete sich selbst, unterstützt von Kai, der Vorbereitung des Picknicks. Die Amerikaner schossen im Wechsel, bis das Magazin leer war. Kai hatte sich betont um das Essen gekümmert und so kamen sie gar nicht erst auf die Idee, ihm die Waffe anzubieten. Er fand es einfach makaber, hier Kriegsspiele zu treiben. Da nutzte er viel lieber die Gelegenheit, bei Souphonh nachzubohren. Doch zu neuen Erkenntnissen kam er nicht, außer dass Anfang des Jahres einige Kilometer westlich von Muong Sui ein Dorf von Hmong angegriffen worden war.

Die Amerikanerinnen verkündeten lauthals ihren Gatten, dass das Essen gerichtet sei. Langsam kamen diese vom Waldrand zurück, wo sie die Ergebnisse ihrer Schießübungen begutachtet hatten.

„Großartig", sagte John und reichte Souphonh das Schießeisen zurück. Der prüfte die Waffe sorgfältig auf Sicherheit und stellte sie ab.

„Die Hmong waren die zähesten Kämpfer damals", nahm er den Faden wieder auf. „Kein Vergleich zu den Soldaten der königlichen Armee oder zu den Thais, die in nicht geringer Zahl auf Seiten der Amerikaner in Laos eingesetzt waren." Die Hmong, so erzählte Souphonh, standen eigentlich nur den Vietnamesen nach, und dies vor allem hinsichtlich militärischer Disziplin und Ausbildung. Das wiederum hatte seine Ursache darin, dass die Hmong unter dem Kommando von Vang Pao als irreguläre Kräfte nur kurzfristige Ausbildung in Guerilla-Kriegführung erhielten. Erst als der Krieg sich anders entwickelte, als die Planer in Washington und Langley dies wünschten, hatten sich die Hmong-Truppen dem weit überlegenen Gegner offen zu stellen. Den Nachteil versuchten die Amerikaner mit nahezu uneingeschränkter Luftunterstützung wett zu machen. Aber da war der Krieg für die Supermacht faktisch schon verloren.

Vang Pao, immer wieder Vang Pao, dachte Kai. Sollte ein einziger Mann wirklich so viel Macht haben, ein ganzes Volk in den Krieg zu treiben?

*

Vang Pao begann seine militärische Karriere schon im zarten Alter von 13 Jahren. Damals schleppte er Kisten für die Japaner, die während des 2. Weltkriegs in Laos ein kurzes Besatzungs-Intermezzo gaben. Nach deren unrühmlichem Abgang diente er in der französischen Gendarmerie, mit fließendem Übergang zu den vom französischen Geheimdienst rekrutierten und finanzierten Guerillaeinheiten der Bergvölker. Dort, bei der Malo-Einheit der Maquis, fiel Vang Pao schon Ende der 40-er Jahre einem Max Mesnier als militärisches Naturtalent auf und wurde als einer der ersten Hmong zur Offiziersschule abkommandiert. Dabei kam ihm zu Gute, dass er dank der Patronage des Provinzgouverneurs als einer der wenigen Hmong Lesen und Schreiben gelernt hatte. Nach Abschluss der Offiziersschule avancierte Vang Pao zum Bataillonskommandeur mit dem Dienstgrad eines Majors. Als schließlich die CIA das Heft des militärischen

Handelns in die Hand nahm, wusste er erneut mit Entschlossenheit und Tatkraft den Eindruck zu vermitteln, der richtige Mann zu sein. Unter den Hmong war es seine eher gewöhnliche Herkunft, gegenüber den Lao und den Ausländern seine Zugehörigkeit zu einem in deren Augen unterentwickelten Bergvolk, die ihn stets und ständig anstachelten, allen anderen und sich selbst beweisen zu müssen, dass Vang Pao allen Vorurteilen zum Trotz seine Ziele erreicht. Hinzu kam der sprichwörtliche Minderwertigkeitskomplex der Kleingewachsenen, der den Mann so agil und giftig machte. Derart mit einer ganzen Kollektion innerer Triebkräfte ausgestattet, brachte er es nicht nur offiziell zum ersten Nicht-Lao-Generalmajor der Königlichen Armee, sondern zum Sonderzögling seiner amerikanischen Gönner. Denen diente Vang Pao als zuverlässiger Verbündeter und dessen irreguläre Hmong-Truppen als Billigalternative zur immer teureren Verstrickung der USA in Vietnam. Für die Hmong dagegen waren monatlich eine Million USD allein als Sold eine erkleckliche Summe. Eine nahezu ideale Konstellation für beide Seiten. Die USA sonnten sich im Falle Laos im Licht der Nichteinmischung und Vang Pao konnte Stammespolitik mit den finanziellen und militärischen Mitteln einer Supermacht betreiben. Die Verklärung des selbst ernannten Hmong-Führers zum antikommunistischen Freiheits-kämpfer fand vor allem zur Selbstberuhigung der amerikanischen Geber statt. Anders lässt sich der Kontrast des kleinwüchsigen Hmong zu den patriotischen Bildern des selbstlosen Kämpfers für die universelle

Freiheit schwer erklären. Vang Pao erschoss Freund wie Feind gleichermaßen nach Belieben, nicht selten eigenhändig, betrog die Amerikaner und seine eigenen Soldaten um erkleckliche Teile des Solds, organisierte und betrieb einen lukrativen Handel mit Opium. Mit dem so ergaunerten Geld kaufte er so alles was bei den Hmong Rang und Namen hatte. Er vergab Posten bis hin zum Provinzgouverneur und drückte mehr als ein Auge zu, wenn auch seine Günstlinge tief in die Sold-Tüten griffen oder Hilfsgüter verscherbelten. Vang Pao brüstete sich mit dem Fortschritt, den er den Hmong brachte, von Schulen bis Traktoren. Er verteilte die Gaben gern selbst, wenn auch restlos alles von den USA bezahlt wurde. Die einzige Gegenleistung, die erwartet wurde, war ein nicht abreißender Strom von Kriegern, die Amerikas Krieg gegen den Kommunismus führen sollten.

*

Die Reisegesellschaft hatte inzwischen das Biwak beendet und die dazugehörigen Utensilien nebst Feuerwaffe im Auto verstaut. Souphonh fuhr weiter durch steppenartige Landschaft, die hier und da von Kiefernwäldern vor einer Impression der Einöde bewahrt wurde. An einem Bambusdickicht hielt er und führte die amerikanisch-deutsche Ausflugsallianz um das Buschwerk herum. Sie standen vor einer Holzbaracke, aus deren Fenster grellorangene Stoffbahnen wehten. Maren erkannte in ihnen die Kleidung buddhistischer Mönche. Eine solche

Barackenpagode war ihr allerdings noch nirgends begegnet. Souphonh führte sie um den wellblechbewehrten Holzbau herum. Dort lagen zu einem Haufen geschichtet Teile steinerner Figuren, Buddhafiguren, wie Maren sah. Ein paar Meter weiter ragten trostlos ein paar gemauerte Säulen aus einem soliden Fundament in den Himmel.

„Die Hmong sind gute Krieger", kam Souphonh auf das Thema zurück. „Sie verteidigen ihre Dörfer und Felder mit unvergleichlichem Mut und Geschick. Aber als Soldaten fern von Zuhause Krieg zu führen, lag außerhalb ihrer Vorstellung." Deshalb seien sie meist mit ihren Familien von Kampfgebiet zu Kampfgebiet gezogen. Die Schwächen der Hmong hätten die USA versucht, mit massiver Luftunterstützung auszugleichen. „Das war das Ergebnis", sagte Souphonh und wies auf die Trümmer. „Mehrere hundert Pagoden wurden von Bomben in Schutt und Asche gelegt. Neben tausenden Wohnhäusern." Es war kein anklagender Ton in Souphonhs Stimme. Kai beobachtete Johns Gesicht ganz genau. Es zeigte keine Regung. Anders seine Frau. Sie zeigte sich sichtlich betroffen.

Ein Mönch in mittleren Jahren und mit frisch geschorenem Schädel kam aus dem Holzhaus zu ihnen herüber. Er begrüßte sie freundlich und fragte nach dem Woher. Als die einzelnen Personen ihren Ländern zugeordnet waren, entstand eine Pause, die kaum als Anstandspause zu bezeichnen wäre. Offenbar spürten die Frauen, dass die Verlegenheit in Peinlichkeit umzuschlagen drohte. Jedenfalls versuchten sie eben dies zu verhindern, indem sie simultan zum Sprechen ansetzten. Da es sich nicht um Gesang handelte, waren die Inhalte verschieden. Die jüngste unter ihnen, nämlich Maren, setzte sich durch. Sie erkundigte sich nach der Heimat des Mönchs. Der sei hier zu Hause. Auch, als das, und Maren wies auf die Reste der Gebetsstätte, passierte. Auch dann. Allerdings nicht als Mönch, sondern als 12-jähriger Bub. Hier in diesem Dorf? Hier in diesem Dorf. Wie es denn gewesen sei, damals im Krieg. Man habe doch essen müssen und dazu Reis anbauen. Ja, sagte der Mönch und lachte. Wir lebten in Höhlen oder in Hütten im Wald und bestellten die Felder meist in der Dämmerung oder in mondklaren Nächten. Weder am Tage noch in der Nacht, wenn man mit einer Lampe umherging, war man sicher. Musste man am Tage aufs Feld, dann war es wie ein Lotteriespiel. War man zu weit vom Waldrand, wenn die Motoren der Flugzeuge von deren Ankunft kündeten, dann konnte man nur unbeweglich stehen bleiben und hoffen. Hoffen, dass es schnelle Düsenjäger waren und keinen langsamen T-28. Bei den Fliegern der schnellen Düsenmaschinen ging man dann oft als Baum durch. Das war bei den T-28 selten. „Ich hatte Glück", sagte er und lachte wieder. „Ein Bruder und zwei Schwestern nicht."

Bisher waren die Kommunisten für Johns Frau eine Art exotischer Lebewesen, zwar auch aus Fleisch und Blut, aber irgendwie anders. Böse sogar, verschlagen und immer darauf aus, die Freie Welt zu erobern, deren Weiber zu vergewaltigen und samt ihren Männern zu versklaven. Souphonh passte schon nicht in dieses Bild. Und der

Mönch, der hier vor ihr stand und lachte, war damals ein Kind, dessen Leben von einem Knopfdruck ihres Mannes abgehangen hatte. Der Krieg erhielt in ihren Augen eine neue Dimension, die einer menschlichen Tragödie. Sie fasste ihren Mann am Arm und zog ihn zurück zum Auto. Maren fotografierte den Mönch auf und vor den Trümmern des Tempels.

*

Gegen vier Uhr nachmittags standen Maren und Kai auf dem Busbahnhof. Leichter Regen fiel. Sie fanden den Mann vom Vortag unter einem Schleppdach, das als Abstellplatz für Motorräder ebenso diente wie als Wartesaal. Der Mann hatte sie auch entdeckt und wieselte ihnen entgegen. Diesmal wies er einen Zettel vor. 18:00 Uhr stand darauf. Zuviel Zeit, hier zu warten, zu wenig, ins Hotel zurück zugehen. So begaben sie sich auf die Suche nach einem netten Platz, die zwei Stunden um die Runden zu bringen. Nach nicht einmal dreihundert Metern wurden sie fündig. Und zwar lauthals hingewiesen auf die Lokalität von alten Bekannten. Paul war es, der mit Vicky, Kimberly und Mike in einem Restaurant beim Vorabendbier saß. *SaNgah* stand in blauen Lettern auf gelbem Grund über der Tür. Sonst war es dunkel, denn die Wolken dämpften das Licht der Sonne und Stromzeit war erst in zwei Stunden.

Maren und Kai setzten sich zu ihren nun schon alten Bekannten. Die berichteten auch gleich über ihre Erlebnisse. Sie waren auf dem Landweg nach Phonsavan gekommen.

„Ein irrer Trip", wie Mike einleitete. Luang Prabang gedachten sie einen zweiten Besuch abzustatten, da ihnen die Gelegenheit zu einer Fahrt nach Phonsavan völlig überraschend angeboten worden war. Ein *Song Thaeo* sollte den Weg auf der Nordroute über Nambak und Nong Khiao angehen und da war noch Platz für sie.

„Tolle Natur, Wälder, Berge, super", schwärmte Paul. „Nur die Straße. Wie auf den Weg nach Luang Prabang, aber nicht ein Erdrutsch, sondern vielleicht zwanzig." Der Zustand der Straße ließ den des Abschnitts nach Luang Prabang in der Erinnerung zur Autobahn aufsteigen. Am heftigsten habe sie das Stück von Muong Hiem nach Phou Lao durchgeschüttelt. Straße war da nicht mehr der zutreffende Begriff für, ein ausgewaschenes Flußbett würde den Pfad mit der stolzen Bezeichnung Nationalstraße Nummer 1 weit treffender beschreiben. Aber damit nicht genug, sei diesmal die Abenteuerzugabe weit dramatischer ausgefallen als beim letzten Mal. Ihr Toyota habe sich mühsam und mahlend den Berg hinauf gequält und war eben dabei, eine scharfe Rechtskurve zu bezwingen, als ein Lastwagen mit vergleichsweisem Affenzahn entgegen kam. Natürlich schnitt der Fahrer die Kurve. Der Fahrer des *Song Thaeo* zog instinktiv nach rechts. Zum Glück ging an dieser Seite der Berg weiter nach oben, sonst hätten sie die Piste wohl in einer Art verlassen, die nur die geübtesten Stuntmen unversehrt überstehen. Aber vor dem steilen Anstieg hatten die Straßenbauer einen Graben geplant und seinerzeit auch angelegt. Die aktuelle Straßenlage ließ die Reste davon noch deutlich erkennen. Deutlich genug jedenfalls, ihren Zweireiher darin zum Stillstand kommen zu lassen. Undeutlicher war zuvor auszumachen gewesen, dass die Verflachung des Grabens mit losem und rutschigem Material erfolgt war. Darin stak nun ihr Mobil, das augenblicklich einen eher immobilen Eindruck erweckte. Sie wurden kräftig durcheinander gewirbelt, wobei zum Glück niemand ernstlich zu Schaden kam. Der Lasterfahrer stand, oder besser saß, auf seinem Kutschbock gewissermaßen über den Dingen. Derart, dass er vom Geschehen nicht einmal Notiz nahm und unbeirrt weiter bergab donnerte. Ob die Flüche und Verwünschungen, die ihm galten, ihn jemals erreichten, blieb ungewiss. Wenn doch, hatte er den Rest seines Daseins an ihnen zu tragen.

Als die Passagiere westlicher Herkunft nach erster grober Begutachtung körperliche Unversehrtheit festgestellt hatten, sprangen sie in die Pampe. Nicht so die sechs Laoten, mit denen sie die Fahrtgelegenheit geteilt hatten. Die drückten sich, Hühnern auf der Stange nicht ganz unähnlich, in die hinterste Ecke des Pick-up. Statt lautem Geschrei ob der plötzlichen Fahrtunterbrechung war nur leises Flüstern zu vernehmen, aus dem sie ein Wort öfter heraus hörten: *Chao Fa*. Der Fahrer stand schon vor seinem Vehikel und besah den Schaden. Der Wagen hatte versucht, über den Straßengraben zu kommen, war aber ob des weichen Untergrunds eingesackt, wodurch der rechte Kotflügel mit dem anderen Ufer des Grabens rauhe Bekanntschaft geschlossen hatte. Der Scheinwerfer war zersplittert und das Blech eingedrückt. Das, so sah Fachmann Mike gleich, würde sich notdürftig richten lassen. Wichtiger war festzustellen, ob Radaufhängung und Lenkung heil geblieben waren. Was sich als nicht so einfach herausstellte, denn die Karre steckte ziemlich tief im Dreck. Also war einmal mehr graben, schieben und ziehen angesagt. Der Fahrer sprach einiges englisch und so berieten sie ihren Plan. Schließlich nutzte Paul auch die Gelegenheit zu einer Frage nach dem eigenartigen Verhalten der anderen Passagiere.

„Das ist *Chao Fa*-Gebiet", erklärte der Fahrer, als sei damit alles gesagt. Paul bohrte nach und erfuhr, wie Maren und Kai am Vorabend, von den magischen Kräften der himmlischen Krieger. Gerade auf diesem Abschnitt seien öfter Fahrzeuge überfallen worden. Niemals sei etwas von den Insassen gefunden, gehört oder gesehen wurden. Manchmal waren auch die Fahrzeuge wie vom Erdboden verschluckt. Kleidungsstücke der Verschollenen und Teile der Fahrzeuge seien später an weit entfernten Stellen unverhofft wieder aufgetaucht und hatten den wildesten Geschichten als Nahrung gedient. Auch der Fahrer flüsterte. Auf keinen Fall wollte er die *Chao Fa* auf sie und ihre temporäre Unbeweglichkeit aufmerksam machen.

Die Traveller sahen den Fall aus der praktischen Perspektive. Wenn in der Gegend etwas faul war - und die Zeichen sprachen eher dafür - dann war erst recht höchste Eile geboten, ihren Kahn wieder flott zu machen und das

Weite zu suchen. An diesem Tag war der Himmel auf ihrer Seite gewesen, denn sie bekamen den Wagen wieder auf den ihm bestimmten Fahrweg und auch der Schaden ließ sich soweit flicken, dass die Weiterfahrt wenigstens von technischer Seite nicht gefährdet wurde.

„Und habt ihr nun einen der geheimnisvollen *Chao Fa* gesehen?" fragte Kai voller Erwartung.

„Kein Stück", entgegnete Paul. „Ein paar Stunden und Kilometer weiter hielt uns ein Kerl mit einer vorsintflutlichen Flinte an und fragte nach Zigaretten. Ihr hättet mal sehen sollen, wie die Leute im Wagen alle gebibbert haben. Unsere Damen eingeschlossen." Er lachte sich den Horror der ausgestandenen Gefahr von der Seele und mimte den Helden. „Mit einer Schachtel Benson habe ich uns allen das Leben gerettet."

Mehr war für Maren und Kai nicht zu holen. Aber immerhin, die Geschichte bestätigte ein weiteres Mal, dass da etwas sein musste. Allerdings weit unter dem Niveau einer ernsthaften Bedrohung der Regierung in Vientiane und offenbar bestehend aus einem bunten Gemisch verschiedener einander überlagernder Gründe und Ziele. Maren berichtete kurz über ihren Ausflug, ohne dabei auf Kais Disput mit den Amerikanern einzugehen. Dann mussten sie schon aufbrechen, wenn sie pünktlich beim Rendezvous sein wollten.

Sie hatten den Busbahnhof eben betreten, als der Mann von vorhin in Begleitung eines weiteren auf sie zu trat. Der Begleiter war noch sehr jung, wohl Anfang zwanzig. Er stellte sich als Ly Toua vor und brachte Maren und Kai zu einem nahe geparkten Kleinlaster. Das Fahrzeug, ein Produkt chinesischer Kopierfreude, war zu einem Bus umgebaut, ähnlich einem *Song Thaeo*, nur eine Nummer größer. Auf Fahrgäste schien der Wagen nicht zu warten, denn kaum hatten Maren und Kai sich auf der Pritsche nieder gelassen, ging die Fahrt auch schon los. Es war inzwischen fast ganz dunkel. Die Lichter der Stadt flammten auf, als der Kleinlaster durch die Straßen in Richtung Muong Kham fegte. Es war ein rasanter Ritt, bei dem Maren und Kai sowohl wegen des hohen Tempos als auch wegen der Dunkelheit rasch die Orientierung verloren.

Nach etwas mehr als einer halben Stunde bog der Wagen von der Hauptstraße ab und rumpelte fortan über Stock und Stein ziemlich steil bergauf. Außer Buschwerk rechts und links des Weges, die der Scheinwerfer ihres Fahrzeugs für kurze Momente aus dem Nichts zu reißen schien, war nichts zu sehen. Dichte Wolken verhängten Mond und Sterne. Es war finster wie im Sack. Ohne vorherige Anzeichen hielt der Laster mit einem Ruck an. Stimmen waren zu hören und Licht fiel aus Ritzen zwischen Brettern auf den Weg. Offenbar waren sie am Ziel ihrer Reise angelangt, in einem Hmong-Dorf. Ly Toua kletterte aus der Kabine und hieß sie absteigen. Andere Männer kamen näher. Einer sprach sie an, in gutem Englisch, dass ihnen sehr bekannt war. Vor ihnen stand Vang Sao Yer, der Cowboy aus Kiu Kacham.

„Herzlich willkommen", begrüßte er sie. Sao Yer bemerkte ihre Überraschung, ihn hier zu sehen. Dringende

Familienangelegenheiten hätten ihn her geführt, lautete seine Erklärung. Und wenn er nun einmal hier sei, könne er sich auch selbst wieder um seine Schützlinge kümmern. Sonst wäre es Ly Toua gewesen, der sich ihrer angenommen hätte. Er lud sie ins Haus und ließ sie wissen, man habe mit dem Essen auf sie gewartet. Im Haus sorgte eine Petroleumlampe für helles Licht. Gelegenheit für Maren, ihren Gastgeber genauer zu mustern. Seit ihrer letzten Begegnung schien sein Äußeres völlig unverändert. Hut, Hemd, Hose genauso wie vor drei Tagen, als wäre er damit verwachsen oder hätte die identische Kluft gleich im Dutzend zur Verfügung. Die Stiefel in makellosem Glanz, ein scharfer Kontrast zu Staub und Schmutz selbst im Innern des Hauses. Die Männer, sechs oder sieben an der Zahl, saßen auf winzigen Bänkchen um das vordere Feuer und tranken Tee. Als Maren und Kai herein kamen, murmelten sie einen Gruß.

Sao Yer hieß die Neuankömmlinge auf dem Bettgestell Platz nehmen. „Ich fürchte, unsere Hocker sind Ihnen zu niedrig." Er lächelte sie an. Auch sie erhielten Tee. Die Männer redeten, Frauen machten sich im hinteren Teil des Hauses zu schaffen, Ly Toua lief wie ein Verbindungsmann zwischen beiden Lagern hin und her. Ein Tischchen wurde gebracht mit Blechschüsseln voller undefinierbarer Gerichte und Reis. Als alles bereit stand, lud Vang Sao Yer sie zu Tisch. „Nun kommen Sie um die Hocker nicht herum", grinste er breit. Er wies auf einen der Männer am Tisch und stellte ihn als seinen Bruder vor. Auch Neffen und weitere Verwandte lebten in diesem Dorf. Ein Onkel sei schwer erkrankt und deshalb sei er sofort gekommen. Und bei der Gelegenheit konnte er auch gleich ein paar wichtige Dinge mit den Alten des Dorfes besprechen. Sie sprachen lange, dabei ruhig, mit langen Pausen. Als das Essen beendet war, redeten sie weiter. Vang Sao Yer holte irgendwo eine Flasche Reisschnaps hervor und begann ihn in ein fingerhutgroßes Glas auszuschenken. Das Gefäß wanderte von einem zum nächsten, immer wieder neu gefüllt, wobei Sao Yer sehr genau auf den gleichen Pegelstand für jeden in der Runde achtete.

Maren und Kai hatten sich wieder auf dem Bettgestell in bequemere Haltung gebracht. Sie folgten dem Geschehen, wenn sie auch die Unterhaltung nicht verstanden. Hin und wieder nahm Maren ihre Kamera in Betrieb. Die Hmong schreckten jedes Mal auf, wenn der Blitz durch das Haus zuckte. Es ging auf neun Uhr abends, als sich die Männer einer nach dem anderen verabschiedeten und zurückzogen. Vang Sao Yer hatte nun wieder Zeit für sie.

„Die Bewohner des Dorfes stehen vor einer wichtigen Entscheidung", begann er die Zusammenfassung der Beratung. Das Dorf soll umziehen. An sich nichts Ungewöhnliches für eine Siedlung der Hmong, denn länger als fünfzehn Jahre bleiben sie selten an ein und demselben Ort. Dann sind die Felder nahe beim Dorf ausgelaugt und ertragreiche Flächen oft stundenlange Fußmärsche entfernt. Zuerst suchen ein-zwei Haushalte nach einem neuen Flecken, wobei die Lage des neuen Dorfes ganz genau nach überlieferten Kriterien bestimmt wird. Ist die erste Reisernte gut, kommen andere Haushalte aus dem alten oder auch aus anderen Dörfern nach. Seit Jahrhunderten zogen die Hmong so von Bergkuppe zu Bergkuppe. Erst unter Touby Lyfoung gab es erste Veränderungen. Hmong ließen sich in den fruchtbareren Gegenden auf der Ebene der Tonkrüge nieder. Fruchtbares Land, das zuvor meist den Lao vorbehalten war. In der Zeit des Krieges kamen größere Umsiedlungsprogramme hinzu. Zum einen flüchteten die Menschen aus den heftig umkämpften oder bombardierten Gegenden. Zum anderen gab es auch sogenannte strategische Umsiedlungen mit dem Ziel, die von den Pathet Lao eroberten Gebiete möglichst menschenleer zu hinterlassen. Dann konnten die Roten sich nicht auf Dörfer zur Versorgung ihrer Einheiten stützen und auch keine Rekruten ausheben. So kamen viele Hmong in die Vientianer Ebene und passten ihre Lebensweise der der Tieflandbewohner an. Nicht nur Nassreisanbau wurde zur Lebensgrundlage, selbst der Bau von Pfahlhäusern und das Tragen von Wickelröcken der Lao wurde unter diesen Hmong modern.

Nun aber ging es um etwas anderes. Die Regierung wollte gleich drei Fliegen mit einer Klappe schlagen, nämlich den Opiumanbau abschaffen, die Brandrodung zurückdrängen und die Hmong besser unter Kontrolle bekommen. Als ein probates Mittel dafür hatte sie die Umsiedlung in tiefer gelegene Gebiete auserkoren. Und das war, was den Männern Anlass zur Beratung war. Mit welchem Resultat, erfuhren Maren und Kai nicht. Auch nicht, in welche Richtung diskutiert wurde. Aber auch so war ihnen klar, dass es um heikle Dinge ging. Maren blickte auf die Uhr. Inzwischen war es kurz vor zehn.

Maren fragte nach der Rückfahrt nach Phonsavan. Morgen, lautete die Antwort, die trotz ihres freundlichen Tons keinen Widerspruch duldete. Eine Wahl hatten sie sowieso nicht, denn sie waren an einem ihnen unbekannten Ort bar jeden Transportmittels. Und sie waren neugierig auf das, was womöglich noch kommen sollte.

Vang Sao Yer wies ihnen das Bettgestell neben dem Eingang für die Nachtruhe zu, machte aber auch gleich deutlich, dass es mit dem Schlafen noch keine Eile hatte. Kai klopfte prüfend auf das rohe Holz der Bettstatt, als wolle er dessen Haltbarkeit in Frage stellen. Er dachte wehmütig an den vielversprechenden Beginn des Tages. Kaum daran zu denken, der morgendlichen Schmuserunde ausgerechnet auf dieser Holzpritsche eine abendliche Vollendung der unerfüllten Versprechen folgen zu lassen. Bretter, die das Glück bedeuten, hatte er sich anders vorgestellt.

Vang Sao Yer nötigte sie noch zu einem Gläschen des Hochprozentigen. Maren schüttelte sich, Kai schluckte tapfer und fand den Geschmack gar nicht so übel. Einzig die hohe Drehzahl gab ihm zu denken. Aber der Hmong drängte nicht auf weitere Runden des Getreideproduktes. Zudem erschien auch Ly Toua wieder, sagte etwas zu Sao Yer. Aufgeregtes hin und her folgte, begleitet von Blicken und Gesten in Richtung Maren und Kai.

„Wir haben Informationen erhalten, dass der Umzug des Dorfes nicht allen gefällt und es zu – sagen wir – Zwischenfällen kommen könnte", informierte sie Vang Sao Yer schließlich über den Gegenstand ihrer Diskussion. „Wir wollen dem Nachgehen. Da gibt es nun die Frage, was für euch am besten ist. Wenn ihr hier bleibt, ist niemand da, der sich euch verständlich machen kann. Kommt ihr mit, können wir für eure Sicherheit auch nicht garantieren." Sao Her klopfte vielsagend auf ein M-16 Gewehr, das er inzwischen vom Haken genommen hatte.

Für Maren war das kein Problem. Sie war heiß auf die Story. Für sie war einzig wichtig, ob sie unterwegs auch Fotos machen könnte. Vang Sao Her hatte keine Einwände. Selbst das Blitzlicht könne sie benutzen. Kai dagegen konnte sich besseres vorstellen, als zu nachtschlafender Zeit durch den laotischen Busch zu irren. Doch Maren war nicht zu bremsen. Sie suchte ihre Ausrüstung zusammen und Vang Sao Her gab das Zeichen zum Aufbruch. Maren schulterte die Kamera, Vang Sao Yer sein M-16. Schweigend gingen sie im Gänsemarsch zwischen den Häusern hindurch. Sao Yer bildete die Spitze des Zuges. Er musste die Augen einer Katze haben, denn Maren und Kai hatten schon Mühe, in der Dunkelheit nicht den Anschluss zu verlieren. Dabei gaben die Lichtstreifen, die noch aus manchen der Häuser drangen, noch eine gewisse Orientierungshilfe. Als sie das Dorf hinter sich gelassen hatten, standen sie im wahrsten Sinne des Wortes im Dunkeln. Sao Yer schaltete eine Lampe an, die er an seinem Hut befestigt hatte, und schritt noch kräftiger aus. Maren folgte, dann Kai. Den Abschluss des kleinen

Trupps bildete Ly Toua, der auch eine Waffe über der Schulter trug.

So ging es schnurstracks in den Wald. Hie und da flackerten andere Lichter durch das Unterholz, was zeigte, dass sie nicht allein in der Finsternis, die man gern auch ägyptisch nennen konnte, unterwegs waren. Auf einer Lichtung kam es zum Sammeln. Auf rund zwanzig Männer schätze Maren die Zahl der nächtlichen Wanderer, allesamt mit Schießprügeln ausgestattet. Vogelflinten waren nicht darunter, sondern ausschließlich kriegstaugliches Gerät. Für ein Pfadfinderspiel waren die meisten der Anwesenden zu alt und für einen Waldspaziergang hätten sie gewiss eine bessere Tageszeit finden können. Auch die die Last der Schießeisen hätte sich dann wohl erübrigen lassen. Waren sie am Ziel ihrer Wünsche? Verlief hier der Kriegspfad der Hmong? Egal wie, warum hatte Vang Sao Yer sie hierher gebracht?

Die Männer redeten, stießen Schlachtrufen nicht unähnliche Geräusche in die Nacht. Maren bediente den Auslöser der Kamera und die Elekronenblitze zuckten durch das Dunkel. Vang Sao Yer nahm in dem Kreis eine kommandierende Rolle ein, was ihn an der des Übersetzers hinderte. Ly Toua sprang dafür ein, ein jedoch eher kümmerlicher Ersatz. Dass ein bestimmter Abschnitt im Wald auf das Vorhandensein weiterer Nachtschwärmer untersucht werden sollte, wurde zumindest klar. Kai wandte ein, dass dabei die geräuschvolle Vorbereitung eher hinderlich sei. Ly Toua legte die Stirn kraus und den Finger an die Lippen und flüsterte „*Chao Fa*". Kai wurde nicht ganz klar, ob das ruhestörende Geräusch, das ihre Begleiter verursachten, von solchen herrührte oder sie vertreiben sollte. Angesichts des martialischen Aufmarsches neigte er zu ersterem. Die Männer liefen in langer Reihe einen schmalen Pfad entlang, Maren und Kai am Schluss des Zuges, beschirmt von Ly Toua. Auf ein Zeichen von weiter vorn schwärmten sie zu einem Fächer aus und durchkämmten einen Streifen von fast hundert Meter Breite. Dann stießen sie auf einen weiteren Pfad, wo sie sich sammelten und ihm bis zu einen Bach folgten. Sie querten das Gewässer und setzten die Suche am anderen Ufer fort. Kai begann schon, am Sinn des nächtlichen Einsatzes zu zweifeln, als weiter vorn ein Schuss peitschte. Ein zweiter folgte, ein dritter, dann ratterte eine automatische Waffe. Sie warfen sich in den Dreck und trauten sich kaum zu atmen. Ly Toua stand hinter ihnen hinter einem Baum, die Waffe in Richtung des Kampflärms gerichtet. Aber es blieb still. Auf Ly Touas Zeichen erhoben sie sich vorsichtig und schlossen zu den Vordermännern auf. Nach zwei Wegbiegungen erreichten sie eine kleine Lichtung im Wald, in deren Zentrum die Reste eines Feuers glimmten. Die Männer ihres Trupps waren hier versammelt. Einige stöberten im Unterholz um die Lichtung, andere beschäftigten sich damit, das Feuer wieder anzufachen.

„Zu spät", beschied sie Vang Sao Yer, als er zu ihnen trat, „alle schon ausgeflogen." Kai war erleichtert. Er hatte sich schon mit wachsendem Horror ausgemalt, hier auf Tote oder Verletzte zu stoßen, auf Blut und aufgerissene

Körper, auf grausigen Schmaus aus Herz und Leber gar. Seine Fantasie war in dieser Hinsicht lebhaft wie bildhaft und bescherte ihm einen flauen Magen und weiche Knie.

Maren war aus anderem Holz geschnitzt oder durch eine andere Fantasie, nämlich die von der Titelseite, so beansprucht, dass ihr die eigene Story jene von Souphonh und Paul vorgetragenen Geschichten aus dem Geist verdrängte. Sie war ganz bei der Arbeit als sie fragte, ob sie ihr Fotostudio wieder in Betrieb nehmen könne. Sao Yer stimmte zu und wurde als erster aufs Zelluloid gebannt. Sie ließ erst ab, als der Film voll war. Ein leichtes Jucken an ihrem Bein deutete sie als einen lästigen Mückenstich. Aber jetzt war nicht die Zeit, blutsaugende Insekten zu jagen, wo die Jagd dem besten Motiv aus der Schar der Jäger galt. Der Film war gewechselt und Maren blickte durch das Objektiv.

Ein warmes Gefühl unweit des Mückenstichs irritierte sie nun doch. Sie ging einen Schritt weiter in den Schein einer Helmlampe und zog den Stoff der Hose hoch. Blut rann an ihrem Bein herab. Sie zog hastig weiter an dem Beinkleid und schrie entsetzt auf. Ein schwarzes Ding von rundlicher Gestalt und fast drei Zentimeter Größe klebte an ihrem Bein. Blut sickerte unter ihm hervor. Eine Mücke war das mit Sicherheit nicht. Sie holte aus zum finalen Schlag gegen das blutrünstige Etwas, doch einer der Männer, der ihrem Treiben mit Blicken gefolgt war, hielt sie davon ab. Dafür hielt er seine brennende Zigarette, an der er eben noch genüsslich gesaugt hatte, dem Monster an den Leib. Das mochte entweder

Tabak oder üppige Hitze oder beides nicht und ließ von seinem Opfer ab.

„*Taak*", sagte er. Maren hielt das Wort mit Berechtigung nicht für einen ganz ähnlich klingenden Gruß aus ihrer Heimat. „Blutegel", übersetzte Sao Yer denn auch sofort und untersuchte das deutsche Mädchenbein und schließlich auch das zweite. Er wurde fündig und zeigte Maren, wie sich ein weiteres Tier rüsselnd beinauf bewegte. Alle Titelseiten waren so vergessen wie Schreien und Stampfen wirkungslos waren gegen den wurmartigen Angreifer. Der klomm unbeeindruckt schenkelan. Sao Yer brachte Maren zur Ruhe, pflückte das dunkle Tier vom hellen Schenkel und zerrieb es zwischen den Fingern.

Kai stürzte die Beobachtung in neue Not. Es juckte überall und er war sicher, auch dem Angriff mehrerer Saugfüßer ausgesetzt zu sein. Eine sofortige Untersuchung im Lampenschein brachte kein Ergebnis, aber auch keine Beruhigung. Sicher war ihm nur, dass nächtliche Ausflüge in tropischen Wäldern auf künftigen Reiseplanungen besser auszusparen seien. Erleichtert war er erst, als der Trupp nach schweigendem Marsch nach einer weiteren Stunde ohne weiteren Zwischenfall mit Mensch und Tier wieder im Dorf anlangte und er auf dem Bettgestell unter die Decken kroch. Davor allerdings war er Maren noch einmal körperlich näher gekommen. Weit anders jedoch, als er zwei Stunden vor Mitternacht im Sinne hatte. Sie stellten gegenseitig sicher, dass sie keine weiteren Blutegel mit in ihr Nachtlager einbrachten.

Darüber hinaus brachten sie vor allem Ideen in die hölzerne Ruhestätte, Ideen, wie ihre Titelseiten-Premiere aussehen konnte. Von Hmong sollte die bebilderte Rede sein, die den Kampf gegen den Kommunismus fortsetzten. So schwebte es Maren vor. Kai wollte das Stück breiter anlegen und die Hmong in ihren Kampf um schlichtes Überleben darstellen. Kommunismus als solcher, zu dem Schluss war in seinen Überlegungen der letzten Tage gekommen, war den Bergbewohnern in ihrer Mehrheit herzlich egal. Was nicht ausschloss, dass er einer Minderheit vielleicht eben deshalb ganz und gar nicht gleich war. Sie redeten hin und her und konnten sich auf kein Konzept einigen. Schließlich, es ging schon fast auf die Morgendämmerung zu, schliefen sie über ihrer flüsternd geführten Diskussion ein. Ein Gutes hatte der Disput auf jeden Fall. Über ihn vergaßen sie die Blutsauger aus der Klasse der Ringelwürmer und ringelten sich lieber in die Decke.

Viel Zeit blieb ihnen nicht bis zum Wecken. Und dem war nicht zu entrinnen, denn als die Frauen begannen, im Hause zu rumoren und das Frühstück zu richten, war es vorbei mit Traum und Tiefschlaf. So schälten sie sich aus den Decken und nutzten einen gefüllten Eimer vor dem Haus für eine Katzenwäsche und den erhabenen Standort für einen Blick in die erwachende Natur. Sie standen über den Wolken und blickten hinab ab auf eine grau-weiße Masse, aus der malerisch einige Bergkuppen ragten.

Vang Sao Yer trat zu ihnen. „Es ging ja noch einmal gut aus letzte Nacht", begann er den Satz. Weder Maren noch Kai konnten deuten, worüber er sprach. „Die Egel kriechen am liebsten an den Beinen empor, bis sie sich im Warmen und Engen ganz sicher fühlen." Er grinste dazu.

Kai ging anderes im Kopf um und er grinste nicht. „Auch sonst sind wir ganz froh über den Verlauf der Ereignisse", erwiderte er stattdessen. Mit schussbereiter Kugelspritze durch den Wald zu laufen war eine Sache, damit zerschossene Menschen vor sich zu sehen eine ganz andere. Das sagte er nicht, aber seine Übelkeit in Erwartung einer Begegnung mit frischen Kriegswunden war ihm noch gut in Erinnerung.

Sao Yer verstand auch so. „Nicht immer geht es so glimpflich aus", sagte er. Die Nachtübung, so erläuterte er, sei nicht der Grund ihres Hierseins. Die sei, so wie seine Anwesenheit ja auch, nicht vorab geplant gewesen. Er wollte vielmehr auf die Komplexität der Situation aufmerksam machen. Das war recht eindringlich gelungen. Sie gingen ins Haus zurück, setzten sich zu Tee und später einem Schälchen Reis mit Gemüse um das Feuer.

„Wir Hmong müssen uns einfügen in den laotischen Staat, unseren Platz finden", setzte Vang Sao Yer seine Gedanken fort. „Es sind genug Menschen getötet worden, nicht nur Hmong." Rache sei ein ebenso schlechter Berater wie Vormachtstreben, Festhalten am Überkommenen als Basis für die Zukunft so wenig geeignet wie hastige Erneuerung. Der einzig gangbare Weg, so der Hmong, lag irgendwo in der Mitte. Ach, so dachte Kai,

167

wer hat den nicht schon alles gesucht, den goldenen Mittelweg.

Draußen fuhr ein schwerer Laster vor. Stimmen wurden laut, Rumpeln und Poltern ertönten.

„Der Umzug geht los", sagte Vang Sao Yer nur. Zwei der etwa zwanzig *tsev* des Dorfes würden voraus ziehen. *Tsev* ist mehr als nur das Haus, erklärte Sao Yer. Es ist Haus und Haushalt zugleich, Heimat der Familie. Maren ging mit ihrem Fotoapparat hinaus. Kai folgte gemeinsam mit dem Hmong. Er wollte ein paar Interviews machen. Das erwies sich weit schwieriger als gedacht, trotz des gewiss ausgezeichneten Dolmetschers. Mit vielen seiner Fragen konnten seine Gesprächspartner nichts anfangen, Fragen nach Gefühlen beim Abschied vom alten Dorf, von ihren Erwartungen an neuer Stelle. Die Antworten kreisten um genug Reis zum Essen und Wasser das ganze Jahr. Und immer wieder, dass die Geister ihnen gewogen bleiben mögen, sie vor allem von Krankheit verschonten. Andernfalls kämen sie zurück und niemand könnte sie daran hindern. Denn Krankheit bedeutete, dass die Geister am neuen Siedlungsort nicht bereit waren, ihr Gelände mit den Zuzöglingen zu teilen.

Kai gab nicht auf. Er ging weiter durch das Dorf, bis er auf einen eigenartigen Singsang aufmerksam wurde, der aus einem der Häuser klang. Er trat näher. Auf seine fragende Geste gab Sao Yer Bescheid, er könne ruhig eintreten. Im Haus sah Kai zunächst nichts. Erst als eine Augen sich etwas an die Dunkelheit gewöhnt hatten, machte er einen Mann aus, der völlig Abwesend auf einer Bank vor dem Hausaltar saß und Quelle der Geräusche war. Ein zweiter Mann schritt mit einem Huhn in der Hand durch das Haus, ein dritter schlug einen Gong.

„Das ist das Haus meines kranken Onkels", erklärte Vang Sao Yer. „Wegen ihm wurde ich hergerufen." Der kranke Mann lag im Innern des Hauses. Vang Sao Yer hatte Medikamente mitgebracht und dem Kranken verabreicht. Ob nun einzig wegen der Wirkung der Medizin oder weil der Höhepunkt der Krankheit auch so schon überschritten war, der Alte war offenbar auf dem Wege der Besserung. Nun riefen die Heiler des Dorfes die Geister zurück in seinen Körper, denn nach Vorstellung der Hmong entsteht Krankheit, wenn die im menschlichen Körper beheimateten Geister unzufrieden sind oder den Körper gar verlassen. Qualm und Aroma vieler Räucherstäbchen sorgten für wahrhaft dicke Luft, geschwängert mit schweren, süßlichen Gerüchen. Der Mann auf der Bank wiegte sich rhythmisch zum Klang einer kleinen Glocke und einer Rassel in seinen Händen und stieß schließlich einen spitzen Schrei aus. Er war angelangt in der anderen Welt, in der der Ahnen und Geister. Dort suchte er nach *plig*, der Seele des Kranken, die womöglich von den *dab qus*, den Waldgeistern, festgehalten wurde. Oder er wandte sich gleich an den obersten Herren der jenseitigen Welt, *Ntxwj Nug*, und bat ihn, das Leben des Kranken zu verlängern. Ein Schwein war geopfert worden, um den Geistern seine Seele als Austausch für die des Mannes anzubieten. Helfer des Schamanen sandten Geld zu den Göttern, indem sie eigens für den Anlass gefertigte Scheine verbrannten.

Eine Zeit lang betrachtete Kai interessiert das Geschehen. Dann wandte er sich zum Gehen, ohne Maren und Spiegelreflex herbeigeholt zu haben. Obwohl niemand dergleichen gesagt oder ihn auch nur hatte entfernt spüren lassen, Kai fühlte sich nicht nur fremd in dem Haus mit den tanzenden und dem Jenseits verbundenen Schamanen, er empfand sich als störend hier.

Draußen traf er auf Maren, die begeistert über ihre Fotoausbeute war. „Ich glaube, das geht so", warf sie Kai zu. „Die Hmong werden noch immer als Gegner der Regierung betrachtet und sogar aus ihren Siedlungen vertrieben. Da setzen sie sich zur Wehr. Fotos dazu habe ich zur Genüge."

Kai blickte skeptisch. „Du meinst, das lässt sich mit dem, was wir erlebt haben, rechtfertigen?" Maren sah ihn erstaunt an. „Hast du den Artikel in *Soldier of Fortune* vergessen? Oder glaubst du etwa das Märchen von der Diskussion zum Thema Umsiedlung?" Sie wies auf Ly Toua, der neben sie getreten war. „Wir haben die Leute gefragt und sie sagten, sie ziehen um, weil es so angeordnet ist." Auf die Frage, wer die Anordnung erlassen hätte, schwieg Maren zornig, fast bockig, als laste sie Kai an, ihr ihre schöne, runde Story zu vermiesen. Ly Toua verschwand lieber gleich ganz aus ihrem Gesichtsfeld, roch es doch ganz anschaulich nach Streit. Nach einer Weile kam er zurück und sagte lakonisch, die Weisung stamme von den Alten des Dorfes. Maren blieb stumm. So liefen sie

noch eine Weile zwischen den geschäftigen Hmong umher, gemeinsam und doch getrennt, bis Vang Sao Yer sie
zu sich winkte.

„Ly Touas Laster ist fertig beladen. Er kann euch bei
der Gelegenheit gleich mit nach Phonsavan nehmen."
Noch immer grummelig klaubten sie ihre Sachen zusammen. Sie zwängten sich zu Ly Toua in das Fahrerhaus, denn auf der Pritsche hatten neben den Habseligkeiten eines halben Hauses auch dessen Bewohner Platz
gefunden. Schwer beladen machte sich das Fahrzeug auf
den Weg. Zum Glück ging es bis zur Asphaltstraße bergab, sonst hätte Kai seinen inzwischen schon recht ansehn-
lichen Bart verwettet, dass die kleine Benzinkutsche mit
dieser Ladung überfordert ist. Doch ohne Probleme
meisterten Fahrer und Fahrzeug den Parcour.

Gegen Mittag saßen Maren und Kai wieder im
SaNgah, diesmal bei geschmorten Rippchen und Pommes. „Nichts gegen Reis", kommentierte Kai, „aber nur
Reis ist auch nicht das Wahre." Nach dem Essen, so war
ausgemacht, kamen Köperpflege und Mittagsruhe an die
Reihe, denn die letzte Nacht war faktisch ausgefallen und
der kommende Abend war schon wieder verplant. Beim
Aussteigen hatte Ly Toua ihnen gesagt, er würde sie gern
noch einmal treffen. Alte Zeit, alter Ort.

Im Hotel nahm Kai den Schlüssel in Empfang und
stieg als erster die Treppe hinauf. Vor dem Zimmer bedeutete er Maren, kurz draußen zu warten. Keine fünf
Minuten später steckte er den Kopf aus der Tür und zog
sie hinein. Sie war darauf gefasst, in seinen Armen zu lan-

den und schließlich im Bett. Doch nichts dergleichen geschah.

„Du hast wohl doch nicht geträumt vorletzte Nacht", sagte Kai. „Und ich dachte schon, du hättest die Geschichte erfunden, um mir näher zu kommen." Der witzig gemeinte Spruch kam nicht gut, denn Kai war überhaupt nicht zu Scherzen aufgelegt. Vielmehr wollte er seine Aufregung verbergen, was ihm deutlich misslang. „Auch in unserer Abwesenheit war jemand an unseren Sachen."

„Klar, der Zimmerservice." Maren hatte genug von Geistern und Gespenstern und hielt sich an das Naheliegendste, auch um Kai, dessen flatterige Hände ihr nicht entgangen waren, zu beruhigen.

„Sicher doch", entgegnete Kai, „nur warum haben die restlos alle Taschen und Fächer gründlich durchsucht?" Erst jetzt wurde ihm bewusst, was das bedeutete. Jemand hatte ganz offenbar deutliches Interesse an ihnen und ihrem Tun entwickelt. Vor Verlassen des Zimmers hatte er sich nicht nur die Lage der einzelnen Dinge in ihren Gepäckstücken exakt eingeprägt, sondern auch ein paar winzige Sicherungen an Knöpfen und Reißverschlüssen angebracht. Ein Haar hier, ein Stück von einem Sticker dort, exakt drei offene Zähne an jedem Reißverschluss. Ausnahmslos alle seiner Fallen hatten wenig aufmerksame Besucher gehabt.

„Vielleicht hat jemand nach Geld gesucht." Maren blieb bei den gängigen Erklärungen.

Kai griff in die oberste Seitentasche seines Rucksacks und zog einen Einhundert-Dollar-Schein hervor, den er eigens dort drapiert hatte. „Dann hätten sie das einzige wertvolle Stück in der Sammlung nicht übersehen."

Ihr Hinweis, Kais Lektüre rege offenbar die Fantasie zu stark an, ging genauso daneben wie seine Bemerkung, ihren nächtlichen Lagerwechsel betreffend. Auch Maren war nicht mehr so ruhig und gelassen, wie sie sich gab. Jemand hatte ihre Sachen gründlich durchsucht und war dabei sehr vorsichtig vorgegangen, damit sie möglichst nichts davon bemerkten. Sonst wäre ja wohl das Geld weg, um einen rein auf Diebstahl ausgerichteten Eingriff in die Gepäckhoheit der Hotelgäste vorzutäuschen. Oder sie sollten den Kontrollgang bemerken und in ihrem künftigen Tun berücksichtigen. Blieb offen, in welcher Richtung. Das wiederum hing ursächlich damit zusammen, wer sich da an ihrem Zeug zu schaffen gemacht hatte. Visitenkarten waren nicht hinterlegt worden, zumindest nicht offensichtlich. Also blieb alles offen.

So hing jeder seinen Gedanken nach, als sie nacheinander unter die Dusche stiegen und schließlich im Bett landeten. In einem zwar, aber zu stimmungsvoller Zweisamkeit waren sie nicht aufgelegt. Unter diesen Umständen schien an Schlaf so wenig zu denken wie an Sex, aber Kai stellte trotzdem den Wecker. Vorsichtshalber.

Vorsichtshalber war eines der Lieblingswörter seiner Großmutter, immer zur Hand, wenn abwegiges Handeln zu erklären war. Der Regenschirm als Pflichtbeigabe bei strahlendem Sonnenschein, die dicke Jacke im Koffer für den Sommerurlaub, das Stullenpaket auf der Bahnfahrt. Die Zahnbürste für die abendliche Verabredung war dann später Kais eigene Weiterentwicklung, in Zeiten als er „auf Brautschau" ging, wie seine Oma das vorsichtig wie entfernt zutreffend umschrieb. Er hatte die Bräute dann mehr als nur beschaut, zum Altar geführt aber hatte er keine. Die Vorsicht, oder sollte man besser Umsicht sagen, seiner Vorfahrin aber hatte sich ihm eingeprägt und schließlich auch das Gepäck im unbeaufsichtigten Zimmer präparieren lassen. Die Methoden stammten gewiss nicht von der Oma, sondern schienen eher James Bond und anderen Räuberpistolen entlehnt, wohl aber der Grundsatz.

Wozu Großmütter nicht alles gut sein können. Diesmal brachten die Gedanken an die alte Dame sogar etwas Ruhe in Kais aufgewühlten Gehirnkasten, soviel, dass er tatsächlich einschlief. Maren wunderte das sehr. Sie hätte mit hirnmarternder Suche nach Verursachern gerechnet oder mit körperlicher Annäherung. Ein einfach wegnickender Kai war so ziemlich die unwahrscheinlichste Option in dieser Lage. An anderem Ort hätte sie begonnen, Überlegungen bezüglich mangelnden Liebreizes ihrer Person anzustellen. Aber das Außergewöhnliche der Situation bewahrte sie davor, ihr Selbstbewusstsein zielstrebig zu zerstören. Ein Umstand, der auch sie in den Schlaf wiegte.

*

Pünktlich auf die Minute kamen sie am Busbahnhof an. Ly Toua wartete schon auf sie und lud sie ein, mit ihm in ein Restaurant zu fahren. Sie kletterten auf den schon gewohnten Sitz im Fahrerhaus und fuhren los. Nach einigen Kreuzungen und Gabelungen hatte selbst Kai die Orientierung verloren. Schließlich hielt der Wagen vor einem kleinen Laden, dessen Eingang mit bunt blinkenden Lichtern markiert war. Mehrere Motorräder standen davor und zeigten an, dass die Küche guten Zuspruch fand. Beim Betreten allerdings wurde Maren sofort klar, dass es weniger das Kulinarische war, das sich der Wertschätzung erfreute. Diffuses Licht verbarg mehr als es beleuchtete. Die Tische waren durch von der Decke hängende Stoffvorhänge in einzelne Boxen abgeteilt, der Fußboden des Etablissements harrte noch der Befestigung. Laute Musik röhrte aus einer hoffnungslos übersteuerten Verstärkeranlage und machte den sonst so gelobten Klang von CD-Spielern vollkommen zunichte. Durch den Spalt in einem Vorhang beobachtete Maren im Vorbeigehen, wie ein junges Mädchen Bier einschenkte, während der offenbar nicht nur trinkfreudige Besucher sie dabei zu stören suchte, indem er nach ihren Brüsten griff.

Ly Toua führte sie weiter nach hinten, in einen mit einer Bretterwand vergleichsweise massiv abgetrennten Raum. Ein roh gezimmerter Tisch und einige Hocker stellten das Mobiliar dar. An der Decke flackerte eine Neonröhre und sorgte für geradezu üppige Beleuchtung. Der Klang der Beschallungsanlage war zwar nicht besser, aber einige Dezibel gedämpft. Ly Toua gab seine Bestellung bei einer Frau in Auftrag, die dem Mädchen draußen im Textilseparee gegenüber etwa eine Generation Vorsprung hatte. Ehe sie es sich versahen, waren zwei junge Dinger, fast Kinder noch, mit einem Tablett voller Gläser und einigen Flaschen Bier zugange. Kai blickte wohl sehr fragend auf die junge Weiblichkeit, denn Ly Toua beeilte sich zu erklären, dass es sich lediglich um den üblichen Bedienservice handele. Deren nächste Dienstleistung bestand darin, die Gläser schaumlos und randvoll mit Bier zu füllen. Und um den eigenen Einsatz zu würdigen, für sich selbst gleich mit. Mit geübtem Schwung und ohne einen Tropfen zu verschütten hoben sie die Gläser empor, animierten mit Gesten und wiederholt geäußertem „*njok, njok*" die Gäste, es ihnen gleich zu tun.

Obwohl sie die Bedeutung des Wortes kaum missverstehen konnten, waren sie beruhigt, als Ly Toua es mit „*Cheers*" übersetzte. Dass *njok* eigentlich nicht weiter als anheben heißt, erfuhr Kai erst viel später, als er lernte, dass man weit mehr als nur Gläser *njok* konnte. Eines der Mädchen verschwand wieder und kehrte mit Tellern, Löffeln und Gabeln zurück. Ihr nächster Gang brachte eine rohwurstartige Substanz auf den Tisch, von Ly Toua als Snack tituliert. Kai griff beherzt zu und sperrte nach dem ersten Bissen auch sofort den Mund auf. Nicht nach mehr, sondern um sich den ganzen Inhalt des Bierglases in einem Zuge einzufüllen.

„Doppelt scharf", erklärte er Maren, die sich vor Lachen kaum halten konnte. Entschädigung für den ersten

Abend am Mekong in Vientiane. Der Tisch füllte sich Teller für Teller, die Gebratenes und Gesottenes boten. Kai kostete von allem, Maren zeigte sich eher wählerisch. Die Mädchen waren darüber hinaus auch eifrig bemüht, dass der Abend nicht zu trocken verlief und hielten die Pegelstände in den Gläsern stets auf Maximum Füllmenge. Eine Unsitte, dachte Kai, denn durch das sofortige Nachschenken nach jedem Schluck verlor man leicht die Übersicht. Dass praktischerweise für die leeren Flaschen gleich ein Kasten unter dem Tisch platziert wurde, gab einen generellen Überblick über den Bierkonsum, sagte aber nichts über den Anteil jedes Einzelnen. Ansonsten kam er nicht viel zum Denken, denn ständig wurde ihm zugeprostet oder schob eine der Tischdamen ihm einen Leckerbissen nach dem anderen in den Mund. Oder was sie für Leckerbissen hielt.

Ly Toua hielt sich eher an Maren, erklärte ihr die Zutaten der einzelnen Speisen und führte die bestecklose Beköstigungstechnik vor. Dabei nahm er ein größeres Blatt, häufte Nudeln, Fisch, Gemüse und Gewürze darauf, rollte es zu einer Tüte, goss eine Würzsosse hinein, faltete ein komplettes Paket daraus und schob es in den Mund. Mal in seinen, mal in den von Maren, der einfach kein auslaufsicheres Päckchen gelingen wollte. Bier und Ly Touas Tun ließen Kais Blick zunehmend finster werden. Beides trug wohl auch dazu bei, dass er den beiden Tischdamen gegenüber immer zugänglicher wurde und mal nach der einen und mal nach der anderen Seite die Finger spielen ließ. Als er von einem erleichternden Gang zur sehr rustikalen Toilette zurückkam, sah er gar die Hand des Hmong auf Marens Knie. Der darauf folgende lange Zug aus dem Bierglas blies ihm die Erinnerung aus.

Maren nahm das nur am Rande wahr. Ly Toua schien auf Kais kurze Abwesenheit nur gewartet zu haben.

„Willst du mehr wissen über den Kampf gegen die Machthaber in Vientiane?" fragte er geradezu. Maren war sofort ganz Ohr. „Ich glaube, mit Dir kann ich reden", fuhr der Hmong fort. „Bei ihm", sein Kopf ruckte kurz Richtung Tür, „sind wir nicht so sicher." Maren versprach dem Mann absolutes Stillschweigen und sich den Durchbruch zur Top-Story. Ly Toua rückte näher zu ihr und legte ihr verschwörerisch die Hand aufs Knie. „Wir müssen unter vier Augen reden."

Kai kam zurück, kippte das Bier und gleich darauf fast vom Stuhl. Die Mädchen hinderten ihn daran und halfen ihm umsatzsteigernd noch ein weiteres Bier ein. Maren blickte auf Kai, wog die Gefahren eines weiteren Verlaufs des Abends zu zweit mit dem Hmong gegen den zu erwartenden Journalistenruhm ab und kam zum Entschluss, dass die Story letztlich der Grund ihres Hierseins war. Kai war im Moment nicht nur physisch als Schutz kaum zu gebrauchen. Wenn sie Ly Toua richtig verstanden hatte, trauten die Hmong ihm - aus welchen Gründen auch immer - nicht über den Weg. Seine bloße Anwesenheit würde schon hinderlich sein.

„Was machen wir mit Kai?" fragte sie eher im Hinblick auf eine gefahrlose Verwahrung, gefahrlos für ihn und sie. Kai hatte die Arme auf den Tisch und den Kopf auf die Arme gelegt. Er schien zu schlafen oder zumindest nicht weit davon zu sein.

„Der ist fertig", sagte Ly Toua. „Keine Sorge, die Mädels kümmern sich schon. Gleich nebenan ist ein Gästehaus, da kann er seinen Rausch ausschlafen." Dann sprach er in ziemlichem Befehlston mit den Mädels. Die sausten hinaus, kamen mit zwei kräftigen Burschen zurück und packten Kai gemeinsam an. Der hing in den Armen der Männer wie Klitschko nach dem dritten Niederschlag. Maren folgte bis vor die Tür, um zu sehen, wohin Kai gebracht wurde. Das als Gästehaus bezeichnete Nachbargebäude machte selbst im Dunkeln einen ziemlich heruntergekommenen Eindruck. Aber was half es, was muss, das muss. Auf jeden Fall wusste sie ihren Gefährten akzeptabel verwahrt. Kein Gedanke wegen der Mädchen, denn Kai war zu nichts mehr im Stande.

„Wir gehen besser auch", sagte Ly Toua, der leise hinter Maren getreten war. Nun wurde ihr doch etwas mulmig. Sie hatte gedacht, die Informationen würden in der Restauration gleich dem Bier ausgeschenkt und sagte dies auch. Ly Toua wies auf die Uhr und erinnerte an die in Kürze erfolgende Stromabschaltung. Unausweichliche Finsternis war ein einleuchtender Grund, die Lokalität zu wechseln. Im kleinen Laster fuhren sie durch den Ort, hielten schließlich vor einem Haus, das jeder Dunkelheit zu trotzen schien. Blinkende Lichterketten zogen Nachtfalter wie Nachtschwärmer an, dröhnende Bässe der Verstärkeranlage kündeten, dass man hier die Nacht zum

Tage zu machen gedachte. Maren war klar, dass an Unterhaltung im Sinne eines ernsten Gesprächs in diesem Umfeld nicht zu denken war.

Ly Toua schien ihre Gedanken erraten zu haben. Er führte sie an der Radaubude vorbei in ein Nebengebäude, in dem der Lärmpegel mit jeder Wand und jeder Tür, die sie zwischen sich und den Tanzboden brachten, erträglicher wurde. Letztlich landeten sie in einem kleinen Zimmer, dessen eigentliche Zweckbestimmung sich ohne große Erklärungen offenbarte. Außer einen breiten Bett gab es ein Tischchen und ein Stühlchen. An den Wänden hingen Kalenderblätter mit Fotos mehr oder weniger bekleideter Damen. Neben dem nahezu unausweichlichen Produkt von *Beerlao* mit einer Sammlung traditionell gekleideter Lao-Grazien machte Maren vietnamesische und koreanische Blätter aus, auf denen es deutlich weniger Textil zu bewundern gab. Der Zustand des Bettes verriet, dass es erst unlängst verlassen worden war und die leere Kondomschachtel im Papierkorb beseitigte den letzten Zweifel am Charakter der hier stattfindenden Verrichtung.

Maren setzte sich geziert auf die Bettkante. Ly Toua hatte von irgendwoher Tee aufgetrieben und servierte ihn fachmännisch. Er hockte sich auf das Stühlchen, dass von der Größe her eher zur Ausstattung eines Kindergartens gepasst hätte.

„Du suchst Fakten über den Kampf der Hmong gegen die Regierung?" begann er ohne Umschweife. „Für wen?" Die Frage war Maren nicht neu und sie erzählte erneut von ihrer Hoffnung, mit einer Hmong-Story gleich einen guten Einstieg als freie Journalistin zu schaffen. Ly Toua gab sich nicht zufrieden damit, fragte nach Kontakten in Amerika, weil - wie Maren ja wüsste - die meiste Unterstützung von dort komme. Er bat um Verständnis dafür, dass sich die Hmong den beiden Deutschen gegenüber so zugeknöpft gezeigt hätten. Schließlich seien sie in einer schwierigen Lage und müssten sorgsam abwägen, wem man wirklich vertrauen könne. Sie habe die Männer um Vang Sao Yer überzeugen können, Kai dagegen weniger. Deshalb habe er den Auftrag bekommen, mit ihr unter vier Augen zu sprechen. Maren verstand und beteuerte, Kai gegenüber den Mund zu halten.

„Was wir brauchen, ist mehr Unterstützung. Deshalb dachten wir auch eine Zeit lang, du kämst vielleicht von unseren Freunden in Amerika, mit neuen Informationen oder auch Geld." Ly Toua sprach leise, aber mit eindringlicher Stimme. Letztlich sei ja auch eine größere Öffentlichkeit ein gut Teil Unterstützung. In Laos selbst würde das die Lage aber eher komplizierter machen, denn jedes Aufsehen riefe ja auch wieder Aktionen der Regierung auf den Plan, gefährde womöglich die Hmong auf den Fotos oder in den Berichten.

Da konnte Maren ihn beruhigen. Quellenschutz habe absoluten Vorrang und Namen würden in den Berichten selbstverständlich geändert. Auch bei den Fotos könne man Gesichter unkenntlich machen.

Ly Toua hörte zu, eher höflich als interessiert. Offenbar wollte er auf etwas anderes hinaus. Das sagte er dann

auch unverblümt: „Willst du uns auch direkt helfen?"
Maren war überrascht, regelrecht überrumpelt. Als Au-
ßenstehende die Situation zu beobachten und zu beschreiben war eine Sache, selbst beteiligt zu werden eine
ganz andere. Sie hatte in den letzten Tagen vieles erlebt
und meinte, dass die Hmong Hilfe brauchten. Ihre Sym-
pathien lagen ohne Zweifel auf Seiten des Bergvolkes,
dass sich der Übermacht der kommunistischen Regierung
zu erwehren suchte. Auch die Hmong, die sie persönlich
kennengelernt hatte, waren ihr zu Freunden geworden.
Die Frage um direkte Hilfe brachte sie deshalb schon in
Bedrängnis. Eine Ablehnung käme einer Enttäuschung
für Vang Sao Yer und Ly Toua gleich, eine Zustimmung
ließe sie zur Beteiligten werden in diesem keineswegs ge-
fahrlosen Spiel.

„Was kann ich schon für euch tun", antwortete sie
deshalb ein wenig ausweichend. Sie konnte sich nur
schwer vorstellen, mit den Hmong durch die Berge zu
ziehen. Davon hielt sie schon wegen der Erinnerung an
die Blutegel nichts.

„Uns ist schon geholfen, wenn wir zuverlässige
Freunde finden", sagte Ly Toua, „Wir wollen ja keine
internationalen Mudschaheddin aufbauen oder Märtyrer
mit Bombengürteln in den Tod schicken." Eine kleine
Hilfe zur rechten Zeit könne durchaus große Wirkung
zeigen. Eher ein Gefallen unter Freunden sei gefragt, kein
konspiratives Tun, keine militärische Attacke. Weder als
Drogen- noch als Geldkurier wolle man sie in Gefahr
bringen. Ein Brieflein sei zu bestellen, was wegen der

schlechten Verbindung hier oben in Xieng Khouang ein mühsames Unterfangen war. Kein schwerer Kasten sei zu schleppen und auch kein langer Weg zu tun. In Vientiane hätte sie nichts weiter zu tun, als das Papier von einem x-beliebigen Faxgerät an die mitgelieferte Nummer zu senden. Ly Toua legte einen in laotischer Sprache beschriebenen Bogen auf den Tisch.

Maren besah sich das Papier und fühlte sich fast schon erleichtert ob der leichten Aufgabe. Kein Problem, verkündete sie. Nach all der Hilfe und freundlichen Aufnahme in den Bergen sei das nun wirklich das Mindeste, was sie tun wolle. Sie faltete den Bogen in der Mitte und steckte ihn zu ihren Aufzeichnungen.

Ly Toua sprach weiter von den Kontakten nach Amerika. Es wäre doch schön, wenn Maren auch dort Informationen einholen könne. Und sollte sie in die USA reisen, würden sich die Hmong-Freunde bestimmt ihrer annehmen und sie die gleiche Gastfreundschaft spüren lassen, die hier in den Bergen herrschte.

Maren nahm es als ein Versprechen auf weitere Artikel zum Thema Hmong. Warum sollte sie nicht tiefer in die Probleme eindringen und sich mit einer einmaligen Publikation zufrieden geben? Vielleicht ließ sich ja das Thema ausbauen. Sie notierte Telefonnummern und Namen, die der Hmong ihr aus dem Gedächtnis diktierte. Erfolg des ersten Anlaufs vorausgesetzt, lohnte sich sicher auch ein Besuch in Amerika. Einen kleinen Vorgeschmack auf das Leben hinter dem großen Teich bekam sie schon hier, denn vom Tanzboden her dröhnte John

Denvers Ur-Oldie *Take Me Home Country Roads* herüber und regte ihre Fantasie an. Amerika hatte sie schon lange fasziniert, doch zu einem Besuch hatten immer ein paar Groschen gefehlt. Wenn ihre Story einschlug – und dessen war sie ganz sicher -, dann gab es sicher auch das Kleingeld für den Trip, das so gut in die nächsten Artikel investiert war. Ly Toua gab mit seinen Kontakten geradezu eine Garantie für weitere Erfolge.

Draußen auf dem Gang wurde es mit einem Mal lauter. Trunkene Männerstimmen mischten sich mit dem Gekicher von Mädchen. Nebenan wurde eine Tür geöffnet und fiel wieder ins Schloss. Reden und Kichern wurden erst intensiver, ebbten dann ab und gingen in eindeutiges Stöhnen über. Auch die sonstige Geräuschkulisse gab klare Hinweise auf das Treiben im Nebenzimmer. Es blieb nicht ohne Wirkung. Nicht bei ihr, aber Ly Toua war aufgestanden und um den Tisch herum zum Bett gekommen. Maren empfand die Beule in seiner Hosen mehr als sie sie sah.

„Komm lass uns nach Kai sehen." Fast bittend sprach sie zu dem Hmong. Er war ihr nicht unsympathisch, aber an mehr als den netten Kerl aus den Bergen galt kein Gedanke. Trotz der Geräuschpornographie nebenan.

„Kai ist gut versorgt", erwiderte Ly Toua und unternahm einen weiteren Versuch, ihr näher zu kommen. Maren war aufgestanden und hatte ihrerseits eine halbe Runde um den Tisch gemacht. Sie stand dem Hmong nun gegenüber, das Tischchen zwischen ihnen. Sie übertraf den Mann in der Körperhöhe um einen halben Kopf und auf der Waage mit Sicherheit um eine Gewichtsklasse. Auf einen Kampf wollte sie es aber auf keinen Fall ankommen lassen. Zielstrebig ging sie zur Tür, ehe der Hmong ihr den Weg versperren konnte.

„Ich bring dich zum Hotel", lenkte er scheinbar ein. „Kai holen wir morgen." Genauso gut hätte er sagen können: machen wir es dort. Aber welche Wahl hatte Maren in diesem Moment? Sie wusste nicht, wo sie war und wie sie zum Hotel kommen sollte. Sie ließ Ly Toua vor und folgte durch die Lärmdusche der Tanzdiele zum Auto. Auf der Fahrt fiel kein Wort, aber Maren blickte sich nun genauer um und versuchte, bekannte Orte wiederzuerkennen. Sie war erleichtert, als sie nach wenigen Minuten den Busbahnhof entdeckte. Von hier aus hätte sie das Hotel auch allein gefunden. Ly Toua fuhr nun schneller als auf dem Hinweg und hielt nach wenigen Minuten vor der Herberge. Die Tür war verschlossen und erst nach einigem Klopfen und Rufen hatten sie den Wächter in seine Pflicht zurück gerufen. Maren fiel ein weiterer Stein vom Herzen, denn so konnte Ly Toua nicht unbemerkt ins Hotel hineinkommen.

Der sah das wohl ähnlich und verabschiedete sich artig vor der Tür. „Um acht bin ich wieder hier. Dann holen wir Kai und sehen weiter. Und nicht vergessen", er legte den Finger auf die Lippen, "kein Sterbenswort über das Papier, zu niemand."

Maren war sehr froh, als sie den Hmong mit seinem Wagen abfahren sah. Mit einer Taschenlampe in der Hand begleitete der Hotelwächter sie bis zu ihrer Zim-

mertür und blieb, die Lampe haltend, dort unbeweglich
stehen, bis Maren eine Kerze angezündet hatte. Dann zog
er die Tür ins Schloss und sich zurück. Maren lauschte
gespannt, bis die Schritte im Flur verhallt waren. Als sie
unter der Dusche stand, dachte sie über Ly Toua und
dessen plumpe Annäherungsversuche nach. Sie musste
unwillkürlich lächeln über die zielstrebige Unbeholfen-
heit. Doch als ihr die Geräusche der letzten Nacht hier im
Zimmer wieder einfielen, erstarb ihr das Lächeln auf den
Lippen. Eine Gänsehaut kroch den Rücken empor zum
Nacken. Sie schlich auf Zehenspitzen hinaus aus dem Bad
bis zur Zimmertür und vergewisserte sich, dass auch tatsächlich abgeschlossen war. Sie stellte einen Stuhl vor die
Tür und baute so ziemlich alles, was sie finden konnte,
auf das Sitzmöbel. Wenn jemand käme, sollte wenigstens
ein Höllenlärm von diesem Unterfangen künden. Dann
kroch sie fröstelnd unter die Decke und dachte, wie schön
es doch wäre, Kai hier zu haben.

*

Das Erste, was Kai wahrnahm, waren goldenen Kreise, umrahmt von grünen und roten. Sein Schädel
brummte, wie ein 100-KVA-Trafo unter Volllast. Ein
Versuch, die Augen zu öffnen schlug fehl. Schmerzhaft
drang grelles Licht durch die Augen direkt ins Gehirn.
Langsam drehte er sich zur Seite, was die bunten Kreise
von den Augen beseitigte. Vorsichtig versuchte er erneut,
die Augen zu öffnen. Zu seiner Überraschung es gelang es

nun erstaunlich gut. Kai begriff, dass es ein Sonnenstrahl gewesen war, der ihn wach gemacht und später versucht hatte, ihm die Augen aus den Höhlen zu brennen.

Kai versuchte zu erinnern, wo er war und was ihn hierher gebracht hatte. Bier war der erste Gedanke, so als wäre dies der letzte Speichereintrag vor dem Totalausfall seines Gehirns gewesen. Die Wiederherstellungsroutine in seinem Kopf lief langsam und schwerfällig, beeinträchtig von einem Hämmern, das sich in seiner rechten Schädelhälfte breit machte. Maren fiel ihm als nächstes ein. Er öffnete endgültig die Augen und sah langes schwarzes Haar und eine nackte Schulter. So schnell es ging brachte er den Oberkörper ein wenig hoch und stützte sich auf einen Arm. Er blickte in tiefgründige dunkle Augen, die ihn offenbar schon länger beobachteten. Der dazugehörigen Mund sagte etwas, zu dem Kai beschloss, es als ‚morning‘ zu interpretieren. Sein Blick glitt weiter nach unten und blieb an zwei gleichfalls dunklen Brustwarzen hängen. Nichts brachte ihn in seinem Gedächtnis mit diesem zugegebenermaßen wohlgeformten Mädchen in Verbindung.

Kai setzte sich auf und stellte fest, dass auch er unbekleidet war. Er angelte nach einem Handtuch und schlang es um die Hüfte. Mühsam erhob er sich und schaffte auch die drei Schritte bis zum Bad. Dort leerte er ihrem Drang folgend seine Blase und goss sich dann einen Schöpfer Wasser über den Kopf. So etwa muss das Gefühl der Eisbader sein, dachte er, um gleich darauf seine eigene Idiotie zu verfluchen. Das Handtuch hing nun klitschnass um seine Lenden.

Vorsichtig lugte er zurück ins Zimmer. Das Mädchen hatte inzwischen Rock und Bluse an. Sie betrachtete seinen eigenartigen Aufzug, begriff dann sein Missgeschick und fing belustigt an zu kichern. Mit schon fast generöser Geste reichte sie ihm das zweite Handtuch. Abgetrocknet und neu beschürzt kam Kai ins Zimmer zurück. Sein Verstand begann langsam wieder zu arbeiten.

„Wo ist Maren?" fragte er. Ein völlig verständnisloser Blick war die Antwort. Kai zog sich an und machte schließlich Anstalten zu gehen. Das Mädchen stellte sich vor die Tür und streckte ihm fordernd die offene Hand entgegen.

„*Phan Baht*", sagte sie. Soviel hatte Kai inzwischen gelernt um zu verstehen, dass eintausend thailändische Baht gemeint waren. Nun war es an ihm, seinem Gesichtsausdruck etwas Verständnisloses zu verleihen. Das fiel nicht sonderlich schwer, denn er musste sich nicht einmal verstellen.

„*You fuck me last night*", kam die präzise Auskunft. Kai war sich solchen Tuns absolut nicht bewusst. Aber streiten konnte er schlecht. Erstens war mit diesem Mädchen über diesen Satz hinaus keine Kommunikation möglich. Und zweitens fehlte ihm offenbar ein Stück Film. Er untersuchte seine Habseligkeiten und fand, zu seiner großen Erleichterung, Pass und Ticket an ihrem Platz und seine an verschiedenen Orten verteilte Barschaft unversehrt. Das wiederum verschaffte ihm den leisen Verdacht, an der Behauptung des Mädels könne unter Umständen etwas Wahres sein. Warum hatte sie sonst nicht seinen Geldbeutel geleert und sich mit der Beute von hinnen gemacht, bevor er in die Welt zurückgekehrt war. Der Gewinn wäre deutlich über die geforderten eintausend Baht hinausgegangen.

Trotz aller logischer Gedankenspiele, seine Erinnerung blieb so lückenhaft wie einst seine Russischkenntnisse in der Schule. Ein Textilabteil in einer Schankstube tauchte darin auf, einige langhalsige Flaschen des laotischen Gerstensafts, Maren und - ja, das war ein Erkenntnisblitz - Ly Toua. Zwei Mädchen hatten dafür gesorgt, dass stets genug von dem berauschenden Getränk im Glas war. Er hätte beim besten Willen nicht sagen können, ob das Mädel, mit dem er das Bett geteilt hatte, eine der beiden war. Allzu viel von dem Bier konnte er jedenfalls nicht getrunken haben. So viel Zeit war da gar nicht gewesen, sich bis zur Besinnungslosigkeit zu besaufen. Irgendwann war er zur Toilette gegangen, dann wieder zurück zum Tisch und dann hakte sein Projektor.

Ein Verdacht stieg ihm auf. Hatte da jemand sein Bier manipuliert? Während er die Blase leerte, sein Glas gefüllt? Während er in die Rinne pinkelte, ihm in die Suppe gespuckt? Einen Anschlag aufs deutsche Reinheitsgebot verübt? Wenn ja, zu welchem Zweck? Eine böse Ahnung keimte in ihm auf. Da er zwar brummschädelig aber ansonsten physisch und monetär unversehrt aus der Übung hervorgegangen war, musste wohl Maren das Ziel der Machenschaft gewesen sein. Schreckliche Erkenntnis, die ihn sofort zu neuen Taten drängen ließ. Nur das Mädchen stand stur mit ausgestreckter Hand vor der Tür und hinderte schnellen Rettungseinsatz.

Was waren zwanzig Dollar gegen Leben und Gesundheit seiner Schutzbefohlenen? Kai zückte einen grünen Schein, schob ihn in die offene Hand und den dazu gehörenden hübschen Körper komplett zur Seite. Er stürmte hinaus und kam genau bis an die nächste Tür, die die letzte Hürde auf dem Weg nach draußen darstellte. Dort stand in stoischer Gelassenheit ein Mann und fragte, ob er Kai hieße. Kai stoppte seine Fahrt und bejahte. Ein Herr Ly Toua werde ihn - er blickte auf die Mickey-Mouse-Uhr an der Wand - in rund zwanzig Minuten abholen. Er könne inzwischen hier Platz nehmen.

Kai ließ sich auf ein zeitlos altmodisch geformtes Sofa fallen, dessen Kunstlederpolster so abwaschbar wie schweißtreibend waren. Ihm wurde gar ein Tee kredenzt, um die Wartezeit besser zu überbrücken. Er suchte die Konversation mit dem englisch sprechenden Herrscher über den Empfang des Gästehauses und versuchte, etwas mehr Licht in die Vorgänge der letzten Nacht und die Identität seiner Begleitung in Erfahrung zu bringen. Doch der Mann war Profi seines Fachs und verwandt mit den drei geschnitzten Affen, die das Bord hinter dem Tresen zierten. Ihre ins Holz geschnittenen Gesten besagten nichts sehen, nichts hören, nichts sagen. Kai war am Überlegen, ob er mit einer Prämie den Redefluss des Mannes anregen könnte, als der ihm von verschiedenen Besorgungen bekannte Kleinlaster vor dem Haus hielt.

Ly Toua kletterte heraus und begrüßte ihn wie einen lang vermissten engen Verwandten. Ob Kai gut betreut worden sei, wollte er wissen und grinste dabei mehr als schelmisch.

Der beschrieb die Betreuung als geradezu himmlisch, als er nun Maren auf der Beifahrerseite aus dem Auto steigen sah. Ein zentnergroßer Stein fiel Kai vom Herzen. Eben noch auf Lebensrettungseinsatz getrimmt, konnte er nun Entwarnung geben. Er war froh, sie offenbar unversehrt und guter Dinge zu sehen. Dann änderte sich seine Stimmung mit einem Schlag. Eine neue Ahnung kroch aus einem Winkel seines Gehirns, ließ sich in der Bauchgegend nieder und machte ihm den Magen flau. Was, wenn die Beiden? Quatsch. Und warum hatten sie ihn aus dem Wege geschafft? Schlagartig war ihm auch klar, dass das Bier am Vorabend tatsächlich mit einem schlaffördernden Zusatz versetzt worden sein musste. Alles passte so furchtbar gut zusammen. Man hatte ihn loswerden wollen, brauchte freie Bahn zu neuen Zielen. Blieb zu klären, wie tief Maren mit im Komplott steckte.

Kai ging hinüber zu Maren, doch vor Ly Toua wollte er sich keine Blöße geben. So blieb er ganz förmlich, als er sich nach Marens Nacht erkundigte. Gut geschlafen habe sie nicht.

„Ich hab Dich vermisst", sagte sie plötzlich und fiel Kai um den Hals. Der war nicht nur etwas verwirrt. Wollte sie ihn von seinen eifersüchtelnden Gedanken abbringen oder war sie ihm echt zugetan?

Ly Toua war einem Wink des Empfangschefs gefolgt und schob gerade ein Bündel Geldnoten über den Tresen. Aus den Augenwinkeln verfolgte er aber ganz genau das Verhalten von Maren und Kai. Vom Herbergsvater nahm er einen Umschlag in Empfang, den er in den Tiefen seiner Hosentaschen verschwinden ließ.

„Deine Zimmerrechnung habe ich bezahlt", sagte er zu Kai, während er die Tür zum Fahrersitz aufmachte und sich hinters Lenkrad schwang. „Der Rest", er legte eine bedeutungsvolle Pause ein, „war schon beglichen."

Maren blitze Kai an wie eine Radarfalle den Raser. Offenbar war doch Zuneigung im Spiel, und die stand nun im Test. In Sekundenschnelle hatten sich die Rollen vertauscht. War er eben noch einem Eifersuchtsanfall sehr nahe gewesen, begann jetzt Maren, eine Szene auf die Bühne des Lebens zu bringen. Kai schwieg und kletterte ins Auto. Maren folgte ebenso wortlos. Als sie kurz darauf vor dem Hotel aus dem Kleinlaster stiegen, hatten sie noch immer kein Wort gesagt. Ly Toua kam um das Fahrzeug herum und verabschiedete sich von beiden.

„Wir fliegen noch heute zurück nach Vientiane", sagte Maren zu Kais großer Überraschung. Und zu Kai gewandt setzte sie hinzu: „Ich glaube, wir haben genug Material." Dann drehte sie sich um und ging ins Haus, ohne einen weiteren Blick zurückzuwerfen. Kai folgte, sah, dass Maren den Zimmerschlüssel bereits in der Hand hielt. So stieg er hinter ihr die Treppe hinauf, beobachtete, wie sie die Tür aufschloss und betrat hinter ihr das Zimmer.

Kaum hatte er hinter sich die Tür geschlossen, da hing Maren schon an seinem Hals, küsste ihn wie wild und riss ihm förmlich das Hemd vom Leib. „Lass mich nicht mehr allein", stieß sie zwischen zwei Küssen hervor. „Ich hatte solche Angst ohne dich", folgte bei der nächsten Atemübung.

Kai stand in nichts nach, knetete ihre Brüste unter dem T-Shirt und hatte sie schon nach Sekunden gänzlich textilfrei. Was folgte war ein wilder Ritt durchs Kamasutra, der erst mit der totalen Erschöpfung der Liebeshungrigen endete.

„Weshalb willst du zurück?" fragte Kai nach einer Weile. „Es beginnt doch eben erst schön zu werden." Er lag auf dem Rücken und suchte an der Decke nach geheimnisvollen Zeichen, die ihm die weibliche Psyche erklären halfen. Maren hatte ihren Kopf auf seinen Bauch gelegt und blickte gleichfalls zur Decke. Sie fand dort so wenig wie er.

„Genau deshalb", antwortete sie schließlich. „Wir wollen auf Seite eins und nicht ins Himmelbett." Kai dachte, dass das eine das andere nicht unbedingt ausschließen musste. Doch diese Weisheit behielt er besser für sich. Sonst käme Maren womöglich noch auf die Idee, bis zum Tage der Veröffentlichung zielorientierte Enthaltsamkeit zu verordnen. Und noch etwas kroch langsam durch seine Gehirnwindungen und fraß sich dort fest. Sie hatte gesagt ‚Angst ohne dich', nicht ‚Angst um dich'. Als hätte sie genau gewusst, dass er gut verstaut worden war.

Maren erhob sich vom Bett und verschwand im Bad. Auf dem Rückweg brachte sie aus ihrer Tasche ein Notizheft mit und reichte es Kai. Der Rohentwurf eines Artikels stand darin, der sich in der Aussage nur wenig von jenem im Journal professioneller Abenteurer unterschied.

Kai blieb bei seiner Auffassung, dies entspräche wohl nur wenig dem, was sie erlebt hätten und werde dem komplizierten Geflecht der verschiedenen Probleme durch die eindimensionale Beschreibung nur eines Aspektes nicht gerecht.

„Wir machen keine Sozialanalyse", beschied ihn Maren kurz und bündig und fing an zu schmollen. Für einen Moment ging Kai durch den Kopf, dass sie womöglich versuchte, ihn nicht nur zu umgarnen, sondern glatt einzuwickeln.

„Was heute zieht, sind nun mal die knalligen Sachen." Sie wechselte die Rollen jetzt im Sekundentakt, denn nach der Eingeschnappten spielte sie jetzt die Kokette und warf sich sehr anzüglich in die Brust. Kai ging darauf ein und kostete vom prallen Angebot. „Kommt darauf an, wen du im Visier hast. Mich jedenfalls kriegst du mit diesen Argumenten herum", dabei rubbelte er intensiver an ihrem Vorbau.

„Ob das reicht für ein Titelblatt? Nun ja, vom Umfang her wohl schon." Seine Argumentation verhaspelte sich zusehends und er verstrickte sich ganz in den Widerspruch Weib.

„Wir werden doch noch den Flieger verpassen", kam als Marens letzter Einwand. Dann gab auch sie dem Körperlichen den Vorzug vor dem Intellektuellen.

*

Den Flieger erreichten sie dennoch bequem. Souphonh lieferte sie mit der gleichen freundlichen Selbstverständlichkeit ab, mit der er sie drei Tage zuvor an eben dieser Stelle aufgegabelt hatte. Aber ihre Meinungsverschiedenheit war nicht von der Bettdecke begraben worden. Ganz im Gegenteil, allein die durch Souphonh ins Gedächtnis gerufene Erinnerung an die Amerikaner sorgte für Auffrischung. Kai gab den Zerknirschten. Das fiel ihm umso leichter, da er zwar an Marens Entwurf herummäkelte, aber selbst nichts Essentielles entgegensetzen konnte. Man müsste das Thema globaler anpacken. Aber wie? Eines wurde ihm dabei sofort klar: er hatte viel zu wenig Informationen, wusste so gut wie nichts über das Volk, das sie hier beschreiben wollten, dessen Wünsche und Träume und deren Bezug zur Realität.

Maren sah sehr gut, wie Kai mit sich kämpfte. Er konnte einem aber auch leidtun. Sie hatte ein klares Ziel vor den Augen und wollte es zielstrebig verwirklichen. Kai dagegen hatte die Verbesserung der Welt im Sinn. Gut, vielleicht nicht der ganzen, aber zumindest aber eine detaillierte Beschreibung der hehren Ziele mit einer nebulösen Anleitung für eine Hinwendung zum ewig Guten. War er auch so ein Träumer, zu denen sie die Elterngeneration erklärt hatten? Ein verspäteter Achtundsechziger sozusagen? Da war er wohl sehr spät dran. Maren war viel praktischer veranlagt. Ein anschaulicher Fakt, aufregend und ansprechend verpackt, ein wenig Hintergrund, Drähte zu Leuten oder Institutionen, die daran zogen und fertig ist die Sensation. Keine große vielleicht, aber eine kleine immerhin. Übermorgen hätten die Menschen es sowieso vergessen, weil ihnen die nächsten Skandale und Skandälchen, Sensationen und Sensatiönchen aufgetischt wurden. Aber ihr Name würde bei den Skandalverwaltern und Attraktionsmanagern hängen bleiben und so auch künftig für Aufmerksamkeit der Aufmerksamkeitsverstärker ihrer Arbeit gegenüber sorgen. Egal ob Hmong oder Tutsi, Tschetschenen oder Kosovaren, Maren Körner sollte zum Warenzeichen werden, das in der Welt für Hintergrund zu den Konflikten und Gemetzeln stand. Na gut, in der deutschsprachigen Welt. Vorerst jedenfalls.

Der Flieger, ihre altbekannte Y-7, knallte etwas heftig auf den Beton der Landebahn auf dem Vientianer Flugplatz Wattay und riss auch den letzten der Passagiere aus dem Schlaf oder aus den Gedanken. Die Maschine fuhr zügig bis vor das Abfertigungsgebäude. Gegenüber dem zartgrünen, weiß Gott nicht luxuriösen Terminal, das die internationalen Flüge betreute, war die Inlandabfertigung bestenfalls mit spartanisch zu beschreiben. Das Gepäck klaubte jedermann selbst vom Laster, kaum dass der vor dem Bau zum Stehen kam. In einem einsamen Glaskasten hockte ein ebenso einsamer Uniformierter und winkte die wenigen Ausländer, die mit Maren und Kai aus Phonsavan gekommen waren, zu sich heran. Er forderte die Ausweispapiere ein, betrachtete sie eingehend und vermerkte irgendetwas irgendwohin, bevor er die Papiere wortlos wieder über den Tresen schob.

Eingedenk der Erfahrung aus Phonsavan hielt Kai am Ausgang Richtung Stadt die Gepäckabschnitte bereit. Maren wollte schon ihren Rucksack auf einen bereitstehenden Trolley laden, doch als der daneben platzierte Mann in blauer Uniform zur Entrichtung von 2.000 Kip aufforderte, ließ sie davon ab und schulterte ihre Habe. Kai tat es ihr gleich und reichte der Dame am Ausgang die bunten Schnipsel mit der Gepäcknummer. Ohne sie eines Blickes zu würdigen, riss sie auch die Gegenstücke von ihrem Gepäck und knüllte alles zusammen achtlos in der Hand. Was auf der Hochebene als ein Akt hoheitlichen Handelns erlebt worden war, erreichte in der Hauptstadt allenfalls das Niveau eines lästigen Routinevorgangs.

Vientiane hatte sie wieder und stellvertretend für die Stadt auch deren Taxifahrer. Erneut wollten die Herren mit den abgewetzten Anzügen und den noch abgewetzteren Fahrzeugen fünf Dollar aus ihnen herauskitzeln. Aber Kai hatte inzwischen eine Vorstellung von der zu bewältigenden Entfernung und verzichtete generös. Gut beladen machten sich die beiden Jungjournalisten zu Fuß auf in Richtung Ausfahrt. Sie hatten den ersten Parkplatz noch nicht überquert, als ein Jumbo mit ohrenbetäubendem Reichsbahnquietschen neben ihnen hielt. Bei rund 2 Dollar wurde der Beförderungsvertrag besiegelt und Gepäck und Fahrgäste auf das Gefährt geladen. Kurze Zeit später schwankte das hochrädrige Dreirad durch die Baugruben am Mekong.

Maren kam die laotische Hauptstadt diesmal wie eine internationale Metropole vor. Breite Straßen, helles Licht, dichte mehrgeschossige Bebauung der Innenstadt und nicht abreißende Fahrzeugströme auf den Hauptstraßen ließen Vientiane mit dem Abstand von nur einer Woche eher ländlichen Lebens zu einem Vorposten der modernen Zivilisation mutieren. Kai fühlte sich hier auch schon irgendwie zu Hause. Als er statt der Mixay-Terrasse nur noch eine Baugrube am Mekong erblickte, kam sogar etwas Wehmut in ihm auf. Dabei hatte er vor kurzem noch nicht einmal von der Existenz des Ladens gewusst und heute war ihm, als sei etwas Vertrautes unwiederbringlich verloren. Er machte Maren auf den herben Verlust bewährter Gastlichkeit aufmerksam. Maren sah das nicht so emotional. Wegen ein paar Bier und einer totgeschlagenen Mücke brauchte Kai ja nicht gleich einen Elefanten konstruieren. Sie würden eben notgedrungenerweise nach einer neuen Verköstigungsstätte Ausschau halten müssen.

Vor dem Lane Xang Hotel erlebten sie auch eine Neuerung. Es muss wohl an ihrem unterprivilegierten Transportmittel gelegen haben, denn der Portier gab dem unter Spöttern eingedeutschen Namen Hotel Langsam die Ehre und bewegte sich erst beschleunigt Richtung Gepäck, als er die Gäste erkannt hatte. Das heißt, er hatte

Maren erkannt, denn Kais Gesicht war inzwischen von einem als solchen erkennbaren Vollbart gerahmt.

An der Rezeption lauerte die nächste Überraschung. Diesmal nicht für Maren und Kai, sondern für die Damen hinter dem Tresen. Diese hatten den Auftritt vom ersten Aufenthalt der beiden noch in bester Erinnerung und hielten nun, Ausdruck bester Dienstleistungsgesinnung, schon zwei Zimmerschlüssel parat. Kais Auskunft, sie benötigten nur eine Doppelbettunterkunft, löste verwunderte Blicke aus. Da sollte einer diese Langnasen verstehen. Obwohl, rein logisch betrachtet hätte das Hotelpersonal nun allen Grund, sich nach einem Nachweis der ehelichen Gemeinschaft der Gäste zu erkundigen. Denn die Rechtslage in ihrer Papierform war in dieser Frage unmissverständlich und sah gemeinsames Bett für Personen unterschiedlichen Geschlechts erst nach Erhalt einer amtlicher Beischlaflizenz in Form einer Heiratsurkunde vor. Nun standen den Herbergen in Laos die Gäste nicht schlangenweise ins Haus und das Tun unter den Betttüchern war den Behörden reichlich egal, solange nicht Laoten mit unter der Decke steckten. Blieb nur die Verwunderung, die aber war kein Hindernis für den Einzug ins Paradies. Sie erhielten das Zimmer, in dem Maren schon bei ihrem ersten Aufenthalt genächtigt hatte.

Der Lift, Stolz des Hotelbetreibers weil einer der ersten im Land, tat seinen Dienst so zuverlässig wie der Hotelboy. Maren fühlte sich fast ein wenig heimisch in den vier Wänden, in denen sie auch ihre erste Nacht in Laos verbracht hatte. Sie fand, wie der Schnelltest noch vor dem Verschwinden des Dieners ergab, noch mehr Vertrautes. Die Klimaanlage streikte und der Fernseher ging nicht. Hat auch sein Gutes, dachte sie, denn so erhielt sie Kai gegenüber den zeitlich versetzten Nachweis, an jenem ersten Abend keine Erfindungen bemüht zu haben, um ihre Verspätung zu kaschieren. Aber sie wollte alte Kamellen besser ruhen lassen.

„Herzlich willkommen in meinem Reich", sagte sie stattdessen, nachdem der Boy mit dem Reparaturauftrag entschwunden war und breitete die Arme aus. Kai nahm das Angebot an und trug sie durchs Zimmer zum Bett. „Halt, keine Unbedachtheiten", bremste Maren nun. „Was, wenn der Reparaturservice nicht von der langsamen Sorte ist?"

Tatsächlich klopfte es keine zwei Minuten später an die Tür und ein arbeitsblau betuchter Herr trat auf ihr zustimmendes Rufen ein und versuchte sich am Glotzkasten. Der gab schließlich Laut und kurz darauf auch Bild, speziell das von CNN. In der Welt gab es nichts Neues. Ein Anwalt namens Starr versuchte, den Präsidenten der Vereinigten Staaten zur Strecke zu bringen und Voyeure in aller Herren Länder lasen gebannt mit in den Protokollen aus dem Liebesnest im *White House*. Die Welt war von Flecken auf Kleidern stärker beeindruckt als von solchen auf der Landkarte, von Schlüpfrigkeiten im Oval Office mehr als von Schlupfwinkeln des Terrorismus. Ja doch, den gab es schon, begleitet von markigen Worten des Präsidenten, der anders als sein Nachfolger seine Männlichkeit auch auf andere Weise unter Beweis gestellt hatte. 1998 wurde Amerika von der afghanischen Al Quaida und von einer Chemiefabrik im Sudan in seiner Existenz bedroht und begegnete der Gefahr mit Marschflugkörpern.

Was wäre, wenn Claude ein Amerikaner gewesen wäre? Kai fand den Gedanken so übel nicht, doch führte er momentan, einmal ausgesprochen, unweigerlich zu nichts als zu neuem Streit mit Maren. Es war also ein unproduktiver Gedanke und als solcher dem Luxus zuzuordnen. Diesen Luxus mochte Kai sich nicht leisten. Nicht jetzt und heute jedenfalls. Aber er würde darauf zurückkommen, ganz bestimmt.

Der Tag beschäftigte sich damit, einen zauberhaft sonnigen Nachmittag zu produzieren. So hielt es auch Maren und Kai nicht im Zimmer. Im Gegensatz zu Kai hatte Maren sehr wohl einen Hang zu einem gewissen höheren Standard entwickelt. Der führte jedoch nicht geradewegs zu Zank und Streit, sondern als nächstes an den Palmenstrand des Lane Xang Hotels. Gut, Palmenstrand mag ein wenig hoch gegriffen sein, schließlich handelt es sich bei Laos bekanntermaßen um ein wenig beneidenswertes Binnenland. Doch der Swimmingpool des Hotels konnte zumindest mit tadellosem Gartengrün und für Kiefern und Eichen gewohnte Mitteleuropäer exotischen Kokospalmen aufwarten. Die Erfrischung gelang bei diesem Postkartenwetter garantiert und wurde durch einen am Pool servierten Drink noch weiter aufgewertet.

Maren kam auf die Strickmuster des entstehenden Werkes zurück und empfahl erneut die freiheitlich-antikommunistische Grundstruktur. Kai mochte nicht mehr so recht widersprechen. Nicht in diesem Umfeld, nicht bei diesem Wetter und nicht bei dieser Begleitung. So blies er zum geordneten Rückzug, den er mit einem erneuten Hinweis auf die Komplexität des Ganzen antrat und mit dem Hinweis abschloss, selbst etwas von stattlicherer Seitenzahl, größerem Tiefgang und anhaltenderer Wirkung als einen Tageszeitungs-Erstseitenstreich verfassen zu wollen.

Maren schnurrte zufrieden in seinen Bart und ließ auch die Wanderbewegungen seiner Hand über ihren weitgehend textilfreien Rücken wohlwollend über sich ergehen. „Das wird ein Kracher", sagte sie dann. „Und der Wettgewinn ist sicher."

So verträufelte die Zeit und die Sonne schickte sich an, jenseits des Mekong aus dem Gesichtsfeld zu verschwinden. Wehmütig dachte Kai an die Sonnenuntergangsstimmung im Mixay, die ihm irgendwie mehr zugesagt hatte als der livrierte Diener am Pool. Was half es, auch das war Fortschritt. Sein knurrender Magen erinnerte ihn an die weltlichen Dinge. Doch wollte er die gute Stimmung noch möglichst lange bewahren. So schlug er Maren vor, auch den Rest des Tages als Urlaub zu betrachten und erst morgen wieder hart zu arbeiten. Was konkret bedeuten sollte, eine Abschiedsrunde bei Müntzer und Piper zu machen, einen Textentwurf vorzuberei-

ten und schließlich einen Tag später die Rückreise einzu-
leiten.

Maren stimmte zu, unter der Bedingung, dass es bald
etwas zu essen gäbe. Sie räumten das Feld am Pool,
duschten auf dem Zimmer das Chlorwasser aus den Haa-
ren und schickten sich an, neue Esswelten zu entdecken.
Kai hatte sich kundig gemacht und immer wieder vom
Nam Phou gehört. Der Ort hatte in den Berichten und
Erzählungen schon legendären Status erklommen. Und er
war angesichts der Hungerarien von Maren auch eine
sehr praktische Lösung. Wenn sie den Hotelkomplex am
Swimmingpool vorbei durch den Garten verließen, hatten sie nur noch die Straße zu überqueren und waren
angelangt.

Nam Phou war zwar durch Überlieferungen verklärt,
bedeute aber eigentlich nichts weiter als Springbrunnen.
Ein solcher zierte das Zentrum des gleichnamigen Platzes
an zentraler Stelle der laotischen Hauptstadt und war -
abgesehen von einem monströsen wie einfallslosen Bau,
der in früheren Tagen in all seinen sechs gleichermaßen
unschönen Etagen die Alliance Française beherbergt hatte
und nun leer und verrammelt den Platz überragte - von
einem anheimelnden Ensemble die Kolonialzeit verklä-
render Häuser umgeben. Der Schick des Ortes war auch
ausländischen Interessenten nicht entgangen, die ein
Haus nach dem anderen in Restaurants zu verwandeln
begannen.

Den dicksten Coup hatte dabei ein Kroate namens
Slobodan gelandet, der sich den Brunnen selbst sichern

konnte. Er brachte nicht nur das Wasser wieder zum Sprudeln, sondern auch Fassbier und Geschichten ohne Ende. Um den Brunnen herum hatte er Tische und Stühle aus Plastik aufgestellt, die mit der Zeit den Kampf gegen den jede Farbe nivellierenden Grauschleier als verloren aufgegeben hatten. Der ziemlich verwahrlost anmutende Bewuchs um den Brunnen schaffte eine gewisse Distanz zur Umgebung und spendete tagsüber genug Schatten, um einige parkende Autos vor den Strahlen der sengenden Sonne zu schützen. Kein Gourmettempel, sondern eher die rustikale Eckkneipe, wenn sie auch der Form des Brunnens folgend rund ausfiel. Neben einigen Allerweltsgerichten unbestimmbaren Ursprungs, auf der Karte großartig als europäisch ausgewiesen, und den asiatischen Standardangeboten tischte die wenig noble Küche zu jener Zeit versuchsweise auch indische Speisen auf und eine Übereinkunft mit dem italienischen Nachbarn ließ auf Wunsch einzelner Gäste nicht nur Pizza, sondern auch Tischtuch und den Namen verdienendes Besteck auffahren.

Derartige Finessen lagen Slobo fern. Er saß lieber hinter dem Zapfhahn, wo er jedes vierte Bier für sich selbst zapfte. Oder er teilte den Tisch mit den Stammgästen von *down under*, die Abend für Abend erneut den Versuch starteten, im Stadium fortgeschrittener Trunkenheit einen Verein zur Pflege australischen Heimatliedgutes zu gründen.

Maren und Kai hatten doppelt gute Aussicht, nämlich die auf eine gewonnene Wette und einen Überschuss auf dem Spesenkonto dank verringerter Übernachtungs-ausgaben. So stand ihnen heute der Sinn nach bescheide-nem Luxus, weshalb sie sich für die Option italienische Teigspeise mit Belag nebst Tischwäsche entschieden. Noch bevor ihnen der Duft erhitzten Mozzarellas um die Nase fächeln konnte, bohrte sich ein anderer Geruch in Kais Riechorgan.

„Hier wird aber eifrig gekifft", gab er auch Maren bekannt und versuchte, die Quelle des Aromas zu orten. Zwei Tische weiter wurde er fündig, wo eine Gruppe Backpacker, jener der alten Bekannten von ihrem Nord-trip in Zusammensetzung und Aufzug nicht unähnlich, laut schwadronierend und heftig dampfend ein Bier ums andere auf die Lampe goss. Das Gemisch aus Gerstensaft und Knaster zeigte Wirkung, denn Lautstärke und Stim-mung stiegen proportional zum Verbrauch.

Die Pizza hielt, was die Nationalität der Produzenten versprochen hatte, und das frische Fassbier erwies sich als nahezu perfekte Begleitung. Geschmolzener Käse und Oregano entwickelten Gerüche, die den Haschischhauch erfolgreich in die Schranken wiesen. Und über das gute Essen stieg das Interesse an der Umgebung weiter.

Kai hatte ein Mädchen im Blick, das in einem Mi-nikleid, dessen Stoff verdammte Ähnlichkeit mit einer Gardine aufwies, um den Brunnen wandelte und es im-mer wieder verstand, sich so zu postieren, dass sie im Blickfeld der überwiegend mit Männern besetzten Tische stand. Er war ziemlich in die Beobachtung der umgar-nenden Umgängerin vertieft, so dass ihm entging, dass auch Maren ein Beobachtungobjekt ausgespäht hatte und mit ähnlicher Akribie observierte. Ein Junge von etwa 12 Jahren war ihr aufgefallen, der mit einem Bündel irgendwelcher getrockneter Lokal-Snacks von Tisch zu Tisch zog und seine Ware recht hartnäckig anpries. Überaus geschickt, denn obwohl das undefinierbare Zeug unter Ausländern eigentlich unverkäuflich war, ergatterte der Junge an fast jedem Tisch zumindest einen Geldschein. Bei den in Stimmung geraten Travellern sogar mehr, denn mit Geduld und Geschick verhalf er einem Bündel laotischer Kip-Scheine, die einem der bekifften Zecher aus der Tasche lugte, zur völligen Befreiung aus dem textilen Umfeld nebst Wechsel des Eigentümers. Bei der Ausdauer und Zielstrebigkeit, die der Junge an den Tag legte, mochte Maren ihm einfach nicht böse sein und der Gedanke, ihn womöglich zu verpfeifen, kam gar nicht erst auf.

So waren beide tief in Milieu- und Sozialstudien versunken, ja geradezu abwesend, als eine Stimme sie ziemlich barsch an die Realität des ergrauten Plastiktisches zurückholte.

„Hallo, wie war's denn im Norden", unterbrach ein ebenfalls angegrauter Herr ihre eingehenden Betrachtungen. Vor ihnen stand Müntzer, der sich auch gleich mit an ihren Tisch einlud. Kai ließ ein drittes Bierglas kommen und einen Zwei-Liter-Schoppen. Das Bier kam prompt, wenn auch in einer dem mediterranen Ambiente kaum zuzuordnenden Plastikkanne. Sie prosteten sich zu und Maren schickte sich an, eine Kurzzusammenfassung ihrer Erlebnisse zu präsentieren.

Mit „Was gibt es denn heute Leckeres?" gab Müntzer jedoch einem anderen Thema den Vorrang. Er erkundigte sich, ob die beiden schon fertig seien mit dem Essen und gab auch gleich dazu kund, selbst schon zu Abend gespeist zu haben. Doch die zwei verbliebenen Stücken der Pizza, die Maren nicht geschafft hatte, könne man unmöglich umkommen lassen. Müntzer sprach's und machte sich über den Rest her. Kauend gab er nun die Auflassung für den Bericht. Er unterbrach nur um mitzuteilen, dass er eigentlich das trockene Pizzabrot der belegten Variante vorziehe, was sich fast schon anhörte, als bringe er, indem er den schon erkalteten Speiserest verschlang, ein mittelschweres Opfer.

Das Teigteil war bewältigt und mit einem kräftigen Schluck Bier hinuntergespült, als Müntzer die durchstandenen Abenteuer der angehenden Journalisten würdigte. Allerdings ohne auf Einzelheiten einzugehen oder gar die erhofften Kommentare zu dem einen oder anderen Vorkommnis zu liefern.

„Ich hatte Euch gewarnt. Es ist nicht ungefährlich in Laos." Er hatte sich den Mund abgewischt und polkte nun mit einem Zahnstocher in seinem Gebiss. Zwischen den Bohrgängen berichtete er von Informationen über neue Umsiedlungen unweit von Phonsavan. Als Kai zu wissen gab, dass sie zumindest bei einer dieser Aktionen dabei gewesen waren, wuchs nun Müntzers Interesse und er fragte sie nach Details aus. Dann rückte er doch noch neue Informationen heraus. Er habe gehört, dass bei Phou Khoun erneut ein Dorf überfallen worden sei. Mehrere Häuser seien in Brand gesteckt worden. Eine neue Qualität habe der Überfall in der Hinsicht gehabt, dass die Angreifer nicht gleich wieder verschwunden seien, sondern in der Nähe des Dorfes einen Hinterhalt gelegt hätten und die Regierungskräfte bei ihrer Ankunft einige Stunden später unter Beschuss genommen hätten. Indirekt bestätigt wurde dies dadurch, dass auch ein im Auto die Strecke passierender Ausländer einige Militärs als Anhalter mitgenommen habe, die als Ziel ihrer Fahrt die Teilnahme an der Bestattung kürzlich getöteter Kameraden angaben.

„Aber", so schloss Müntzer diesen Teil seiner Ausführungen, „die Regierung ist da - sagen wir mal - sehr zurückhaltend mit Informationen. Getreu dem Motto *no news are good news*. Der Buschfunk dagegen arbeitet rund um die Uhr und vieles wird dann wegen fehlender offizieller Angaben maßlos aufgeschäumt. Doch wo Rauch ist, ist auch Feuer."

Damit widmete er sich wieder den hiesigen Dingen, indem er einer Hasch-Wolke nachschnupperte, seiner Verwunderung über die Verrohung der öffentlichen Sitten unter den Langnasen Ausdruck verlieh und sich eine seiner unausweichlichen Menthol-Zigaretten ansteckte. Seine Vorliebe für das eher ausgefallene Tabakprodukt erklärte er auch gleich damit, dass er die Förderung von Nischenprodukten als ein Erfolgsrezept für die schwachbrüstige laotische Wirtschaft ausgemacht habe und nun überall lautstark anpreise und vorlebe. Dass ob des Beigeschmacks kaum jemand von ihm Zigaretten schlauche, sei ein willkommenes Nebenergebnis.

Kai nahm ein deutliches Zittern der Hand war, mit der Müntzer die Zigarette anzuzünden versuchte. Er folgte auch dem Blick des Mannes und der hing unverkennbar am schlanken Körper der Gardinenballerina.

Maren dankte für die neuen Informationen, die sich auch journalistisch verwerten ließen. Damit hätte sich der angedachte Termin für den nächsten Tag in viel angenehmerer Umgebung schon von selbst realisiert.

„Morgen hättet ihr bei mir Pech gehabt", entgegnete Müntzer. „Morgen habe ich Vorlesung an der Parteischule." Und er beschrieb die Ironie der Geschichte, dass ein ehemaliger westdeutscher Marx-Jünger an der Parteischule der laotischen Kommunisten die Grundregeln der Marktwirtschaft predige. Mit welchem Erfolg, wollte Maren wissen, was Müntzer zu einer abwehrenden Handbewegung veranlasste. Viel habe sich nicht geändert. Aber vielleicht sei die Tatsache ja schon Hoffnung weckend, dass ihm ein hochrangiger Beamter zehn Exemplare eines Lehrbuches über Marktwirtschaft abgeschwatzt habe, angeblich als Geschenke für Besucher in seinem stark frequentierten Büro, die er, Müntzer, dann an einem Buchstand im Morning Market wiederentdeckt habe. „Aber was will man verlangen bei einem Monatsgehalt von zwölf Dollar", schloss er bitter.

Kai musste an die dreihundert Dollar von seinem Vang Vieng Abenteuer denken und daran, wie viele Monate ein ehrlicher Ordnungshüter hätte Dienst tun müssen, um diesen Batzen Geld anzuhäufen. Denn die Preise im Lande, soviel stand für ihn fest, waren keinesfalls so, dass man von zwölf Dollar eine Familie ernähren konnte.

Das brachte auch Müntzer wieder in Schwung und er erläuterte, dass die meisten laotischen Staatsdiener zumindest im Privaten schon ganz fit waren in Sachen Markt und Wirtschaft.

„Man nennt das auf Deutsch das System AFS", sagte er. Und auf den erwarteten, die Spannung steigernden verständnislosen Blick platzierte er die Pointe. „Auf die Frau stützen." Der Mann könne sich den reputierlichen aber brotlosen Job bei der Regierung nur leisten, weil die Frau einen Stand auf dem Markt habe und damit die Familie ernähre. In die nachfolgende Stille entließ Müntzer schließlich den Bericht über eine andere als Stütze dienende Frau. Das angrenzende Restaurant mit dem an diesem Platz wohl unausweichlichen Namen Nam Phou werde von einer Prinzessin betrieben. Davon gebe es ja dank der langen Teilung des Landes reichlich, wenn auch in der Volksrepublik keine der königlichen Familien bevorzugte Behandlung erfuhr. Im Gegenteil, mit der Abschaffung der Monarchie waren 1975 auch alle königlichen Titel, ja die gesamte höfische Sprache getilgt worden. Und im Übrigen sei der Laden fast zwanzig Jahre früher einer der wenigen im Lande gewesen, der die Bezeichnung Restaurant verdient habe. Die zahlenmäßig sehr überschaubare Kolonie der Vertreter der westlichen Welt hätten sich hier regelmäßig getroffen oder im un-

weit gelegenen Restaurant „Souriya", das von der Frau
des so tragisch um Leben gekommenen Claude Vincent
betrieben worden war. Er erzielte den gewünschten Effekt, denn Maren und Kai zeigten sich beeindruckt von
der ganz offensichtlich langjährigen Laos-Erfahrung ihres
Gegenübers. Der nahm die Huldigung majestätisch entgegen und setzte noch eins drauf, indem er beiläufig erwähnte, zu seinem jetzigen Einsatz im Lande etwa gleichzeitig mit Paolo, dem Schöpfer ihrer so schmackhaften
Pizza, im Lande eingetroffen zu sein. Und das liege nun
auch schon fast sechs Jahre zurück. Geschichten könne er
da erzählen, Geschichten. Er ließ es bei der vagen Ankündigung und steckte lieber den nächsten Mentholstängel in
Brand. Maren war weniger an schrulligen Erlebnissen
eines alternden Laos-Verehrers interessiert als an harten
Tatsachen zu Thema Hmong. Aber das Thema war offenbar abgehakt, zumindest für diesen Abend. Kai hätte
sich schon noch die eine oder andere Anekdote angehört,
aber Marens Blick ließ ihn von Nachfragen Abstand
nehmen.

Die Tüllverhangene hatte die Wanderung um das be-
tonverwahrte Gewässer aufgegeben und nach beharrli-
chem Stehen in Müntzers Blickfeld nun auf dem
Brunennrand Platz genommen. Ganz gewiss hatte sie
nicht vor zu versuchen, einen der dort lebenden Frösche
zu einem Prinzen zu küssen, auch wenn sie sich nun über
die Brüstung beugte um mit der Hand bis ins Wasser zu
reichen. Vielmehr gab der hoch rutschende Stoff des
Kleidchens den Blick auf makellos geformte Beine bis zu

deren Ansätzen frei. Inzwischen hatte auch Maren mitbekommen, was lief. Sie betrachtete Müntzer und war sicher, dass der im trüben Deutschland wohl kaum mit solchen Offerten zu rechnen hatte.

Plötzlich war auch der Junge mit dem auf Bambusstreifen gefädelten Naschwerk wieder da. Müntzer erklärte, dass es sich um getrocknete Lunge handelte, was Maren von ihrem eigentlichen Gedanken, das Zeug mal zu probieren, wieder abbrachte. Der Junge sagte etwas auf Laotisch, was Müntzer recht flüssig beantwortete, und verschwand. Das heißt, er blieb in Sichtweite stehen und gab dem Mädchen am Brunnen ein Zeichen.

„Ein Beispiel für schlechtes Marketing", sagte Müntzer und machte klar, dass er die Lungenstreifen meinte. „Vielleicht ist das Produkt ja nicht schlecht, aber wir Langnasen sind einfach nicht die richtigen Kunden dafür." Sprachs und drängte abrupt zum Aufbruch. „Meine Telefonnummer habt Ihr ja, Fax auch. Falls noch eine Frage offen ist, meldet Euch." Unter Kollegen müsse man sich doch helfen. Nur mit E-Mail und diesem neumodischen Kram habe er nicht viel am Hut. Er gab Maren und Kai zum Abschied die Hand und wünschte viel Erfolg.

Die Brunnennixe war nirgends mehr zu sehen. Kai stand auf und umringte das bewässerte Rondell. Die Pumpe war inzwischen abgestellt und das Wasser zur Ruhe gekommen. Kai musste grinsen bei dem Gedanken, wie sich ein Streich aus seiner Jugend hier machen würde. Damals hatten sie zu ihrer Belustigung nicht unerhebliche Mengen Geschirrspülmittel in das sprudelnde Wasser des heimischen Springbrunnens gegeben und sich an der Schaumbildung ergötzt. Die deutschen Ordnungshüter hatten dies wiederum als weniger erbaulich empfunden und bei Kais Eltern vorgesprochen. Eine der seltenen Ohrfeigen seines Vaters war die Folge gewesen. Wer sollte ihm hier eine verpassen?

So verlockend der Gedanke war, Kai nahm wieder Abstand davon. Bei Slobo gab er die Rechnung in Auftrag und wandte sich dann zur Toilette. In einiger Entfernung sah er, wie Müntzer auf den Sitz eines geländegängigen Wagens kletterte und den Motor startete. Dann öffnete er von innen die Beifahrertür. Kai sah nur kurz etwas Weißes im Auto aufleuchten, doch hätte er wetten mögen, dass es wie Gardine aussah.

Als Kai wieder am Tisch anlangte, kassierte der Kellner bereits. Zwar hatte er nicht auf so plumpe Art Maren die Rechnung anhängen wollen, doch ließ sie sich nicht davon abbringen, heute die Zeche zu zahlen. „Du bist später dran", verkündete sie mit einem sehr zweideutigen Lächeln.

Sie erhoben sich und beschlossen, noch einen kleinen Spaziergang durch das nächtliche Vientiane zu unternehmen. Viel mehr als eine Runde um den Springbrunnen wurde nicht daraus. Immerhin bestaunten sie die Fülle internationaler Restaurants hier im Dreh. Zwei Italiener, ein Franzose, ein Inder, eine *„Scandinavian Bakery"*, ein national noch weniger zuzuordnendes Delikatessen-Geschäft und eine weitere Bäckerei mit dem sinnigen Namen *„Fine&Healthy"*. Da Maren der Sinn nach gesunder Ernährung stand, schlug sie vor, sich hier am nächsten Morgen vor dem grausigen Einerlei des Hotelfrühstücks zu verbergen. Und überhaupt hätten sie ja nun den kommenden Tag zur Hälfte frei, da könnten sie doch die Abreise nach Thailand um einen Tag vorverlegen.

Kai hätte nun gar nichts dagegen gehabt, noch einige Abende bei *Beerlao* zu verbringen, aber er hatte auch Verständnis für Marens aufkommende Eile. Schließlich wollte sie endlich die Probe aufs Exempel machen und ihren Text in deutschen Redaktionsstuben anpreisen. Also stimmte er zu, unter der Bedingung, dass sie der Runde um den Brunnen eine zweite folgen ließen und noch einen Drink an der Bar der angeblichen Nam Phou-Prinzessin nahmen.

Was Kai nicht so recht mitbekam, war der Mann, der sich im Gestrüpp um den Brunnen verborgen hielt. Vielleicht sollten zufällige Beobachter ihn für angetrunken und auf der Suche nach einem günstigen Platz zum Pinkeln halten. Dafür stand er aber falsch herum. Ein Hund, den er hätte Gassi führen können, war nicht auszumachen. Und viele andere Gründe, sich hier zu vorgerückter Stunde im Unterholz zu schaffen zu machen, ließen sich auch bei gründlichem Nachdenken nicht finden. Doch derlei Grübelei blieb Kai erspart, hatte er die Existenz der grauen Gestalt doch nur ganz flüchtig wahrgenommen. Nun war es Maren, die ihn Richtung Bartresen zog.

Das Restaurant hatte nicht viel von einem Märchenschloss und die Prinzessin trug weder Krone noch Schleppe. Zu verwechseln war sie dennoch nicht. Sie herrschte hinter dem Bartresen mit einer autoritären Ausstrahlung, die den Umgang mit Macht als alltägliche Übung verriet. Maren und Kai nahmen an der Bar Platz, an der sonst nur ein einzelner Herr damit beschäftigt war, heftig mit der Prinzessin zu flirten. Die nahm die Huldigungen mit wahrhaft königlicher Selbstverständlichkeit entgegen und regierte – da derart in Beschlag genommen - derweil den Barbetrieb mit unauffälligen Blicken, Gesten und hin und wieder einem kurzen Wort.

Um der Wahrheit die Ehre zu geben, die von Müntzer als Prinzessin eingeführte Dame hatte, sollte sie denn tatsächlich dem vornehmen Hause entstammen, nie die diesem Titel entsprechende Funktion inne. Auch ihre Vorfahren waren von eher bescheidenem royalistischen Rang, denn sie herrschten im erst seit dem 18. Jahrhundert abgespalteten südlichen Königreich Champasak. Selbständige Bedeutung hatte der Kleinstaat nie erlangt, sondern war abhängig von Siam. Als die Franzosen schließlich ganz Laos unter dem König von Luang Prabang einen wollten, sträubte sich der Monarch gar. Er wollte keinen Streit mit den Königlichen im Süden. Schließlich erfanden die Kolonialherren eigens einen repräsentativen Posten für den Südkönig, auf Lebenszeit, versteht sich. Während der Indochinakriege suchte das Haus derer von Champasak Einfluss in der Politik zu gewinnen und stellte sich dazu ausgerechnet ganz an den rechten Rand des politischen Spektrums. Außer ein paar aufregenden Episoden als Ausputzer für die US-Falken im innerlaotischen Zwist und einem unvollendeten Prunkpalast blieb nach Machtantritt der Pathet Lao wenig von den südlichen Royals. Außer der nach Vientiane verheirateten Prinzessin.

Die kredenzte Maren und Kai mit geübtem Schwung die bestellten Gin-Tonic und widmete sich wieder ihrem Verehrer. Kai prostete Maren zu und nippte an dem Drink. Maren brachte das Gespräch auf die Abreisevorbereitungen und damit den Verehrer der Prinzessin zu einer jähen Wendung des Kopfes.

„Mensch, Sie sprechen deutsch!" stellte er fest und fabrizierte tatsächlich staunende Kinderaugen in seinem sonst die zweite Jugend verkündendem Gesicht. Die braungebrannte Haut und grauen Schläfen bei sonst tadellos sportlicher Figur registrierte Maren gleich beim ersten Frontalblick. „Thomas von Barnum, deutsche Botschaft", stellte er sich jugendlich forsch, aber nicht militärisch zackig, vor. Auch Maren und Kai gaben ihre Namen preis, und den Grund ihres Hierseins.

„Ihr seid das", gab er wissend kund. „Schon gehört, Müntzer sagte da was. Darf ich vorstellen:" damit wandte er sich der Dame hinter dem Tresen wieder zu und machte seine alte Bekannte mit den neuen Bekannten bekannt. Adel verpflichtet. Kurz darauf waren sie in ein anregendes Gespräch vertieft und gaben so nach und nach Stück für Stück ihrer Erlebnisse, Erfahrungen und Eindrücke preis. Von Barnum wiegte einige Male bedenklich den Kopf,

zog hie und da die Stirn kraus und ließ seine ausdrucks-
starken Augen sprechen. Die sagten: ‚wenn das mal keinen Ärger gibt!'.

Akustisch gab er sich weniger skeptisch. „Tolle Geschichte", sprach er und bestärkte sie darin, dass so etwas
aufgeschrieben und gedruckt gehörte. Bei aller Mitteil-
samkeit, das Papier in ihrer Tasche hatte Maren natürlich
verschwiegen. Vieleicht war das ja der Punkt aufs I oder
der letzte Stein auf dem Weg zur Titelseite.

Von Barnum hatte inzwischen Getränkenachschub
geordert und die Prinzessin einschenken lassen. Als sie das
Glas vor ihn hinstellte, entschuldigte er sich galant wegen
der in Deutsch geführten Unterhaltung. Ihr Augenauf-
schlag beim ‚no problem' war so königlich wie vielver-
sprechend, dass Kai sofort ins Englische wechselte und
sich genötigt sah, eine Kurzzusammenfassung des Gesprächs zu geben. Sie blieben bei der Weltsprache, nur das
Thema wechselte zu *small talk*. Bis auf einen Ausrutscher,
als Maren zu den kämpfenden Hmong zurückkehren
wollte. Die Prinzessin wich sofort auf ein anderes Thema
aus und beschied kurz darauf: „Vorsicht! Manchmal haben die Wände Ohren." Sie lächelte und nickte dabei
Richtung Rückwand der Bar. Erst jetzt merkte Kai, dass
sich hinter der Bar ein weiterer Gastraum anschloss, in
dem offenbar auch noch späte Zecher zugange waren.

Ein Blick auf die Uhr kündete den Wechsel des Da-
tums an und von Barnum drängte zum Aufbruch. Jeden
Versuch von Maren und Kai, sich an der Rechnung zumindest zu beteiligen, wies er sofort zurück. Mit vollen-

detem Handkuss verabschiedete der Strahlemann sich von der Prinzessin, die herzliche Grüße an seine Gemahlin auf den Weg gab. Vor dem Restaurant verabschiedete er sich auch von Maren und Kai.

„Ist zwar nur noch ein Tag", sagte er. „Aber falls es irgendwie von Nutzen sein kann, hier ist meine Karte." Er reichte Kai das Stück Karton und stieg in den letzten vor dem Restaurant verbliebenen Wagen.

„*Wow*", machte diesmal Kai. „Das neueste Volvo-Modell im fernen Laos."

Eng umschlungen machte sich das späte Pärchen auf den Heimweg, ignorierte auch die eine weitere Stufe der Verwirrung ausdrückenden Blicke der Hotelrezeption und langte noch genauso aufgekratzt im Zimmer an, wie sie die royale Barbesitzerin und den adeligen Diplomaten verlassen hatten. Die Festtagsstimmung wurde beim gemeinsamen Duschen zur Euphorie angeheizt und endete schließlich buchstäblich im Orgasmus. Perfekter Tag, perfekte Nacht, dachte Kai, bevor das Bewusstsein in den Schlaf wegrutschte. Zuvor hatten sie noch ausgemacht, den Piper-Termin wegen Unerheblichkeit sausen zu lassen und sich gleich nach dem Frühstück auf den Weg zur Bücke zu machen. Das heißt, Maren hatte die Variante ausgedacht. Etwas mulmig war ihr doch mit dem Bogen von Ly Toua in der Tasche. Andererseits mochte sie auch nicht von ihrer Zusage abrücken. Also wollte sie das Blatt unmittelbar beim Auschecken eher beiläufig aus dem Hotel versenden lassen und dann möglichst schnell verschwunden sein.

Der Mann aus dem Brunnengebüsch war ihnen gefolgt wie ein Schatten. Als Maren und Kai im Lift verschwunden waren, trat er ins Hotelfoyer und ließ sich die Zimmernummer der Beiden geben. Dann setzte er sich in eine Sitzecke und machte keine Anstalten, den Platz schnell wieder zu räumen.

*

Der neue Tag begann so verheißungsvoll wie der alte geendet hatte. Strahlende Sonne vergoldete den Baustaub vor dem Hotel, als Maren und Kai dem Mekong ihren Abschiedsbesuch abstatteten. Der große Fluss stand nur wenig unterhalb der Schutzdämme, was die Leute kaum zu beunruhigen schien. Viele machten auf dem Weg zur Arbeit an der Uferstraße halt und blickten über die schier endlose Wasserfläche bis hinüber zum thailändischen Ufer. Ganze Bäume mit Wurzel und Krone wurden von der mächtigen Strömung vorbei getrieben, losgerissen irgendwo stromauf. Das dunkelbraune Wasser bildete mystische Strudel, deren Kraft auch geübten Schwimmern gefährlich werden konnte. Kai musste daran denken, dass Laoten ihm gesagt hatten, der große Strom, nein, die ihn beherrschenden Wassergeister forderten Jahr für Jahr Opfer. Selten sei der Körper eines im Mekong Ertrunkenen wiedergefunden worden.

Maren musste Kai förmlich vom Damm Richtung Café schieben, so sehr war er von dem Naturschauspiel in den Bann gezogen. Dann nahmen Croissant und Sandwich in einem Maße ihre Sinne in Anspruch, wie es das lieblose und fade Hotelfrühstück nie hätte vollbringen können. Maren ließ einen zweiten Cappuccino kommen und schenkte Kai ihr bezauberndstes Lächeln. Kai holte Marens Kamera hervor und widmete den Rest des Films ganz seiner Partnerin und ihrem Frühstück. Ihnen war wirklich urlaubsmäßig. Die Arbeit war im Kasten, die Stimmung unschlagbar gut. Nach dem Frühstück hieß es Koffer packen, Zimmer bezahlen und dann ab über den Mekong.

Kurze Zeit später stand Maren allein an der Rezeption des Lane-Xang-Hotels. Kai war noch dem Gepäck beschäftigt. Das war Maren auch ganz recht so. So konnte sie ohne Fragen seinerseits befürchten zu müssen das Fax in Auftrag geben. Was die Dame hinter dem Tresen auch prompt erledigte. Den Faxbericht schob sie gemeinsam mit der Zimmerrechnung herüber. Maren zahlte, noch ehe Kai neben ihr auftauchte und nach Teilung der Rechnung verlangen konnte. Sie fühlte sich ganz sicher, mit ihrer Story von den Hmong einen Erfolg landen zu können, der sich auch im Kontostand niederschlug. Daran wollte sie Kai, dessen stets klammer Geldbeutel ihr schon beim Studium bekannt war, gewissermaßen schon im Voraus teilhaben lassen.

Kai hatte ihr Gepäck draußen auf der Treppe abgestellt und war am Verhandeln mit einem Taxifahrer, der sie zur Brücke über den Mekong bringen sollte, als ein schwarzes Auto in hohem Tempo die Hoteleinfahrt nahm. Noch ehe der Wagen hielt, wurden die Türen aufgerissen und drei Männer sprangen aus der Limousine. Sie eilten ins Hotel, schnurstracks auf Maren zu.

„Sind sie Maren Körner", fragte der eine der Männer auf Deutsch. Maren konnte nur nicken, dann wurde sie rechts und links gegriffen und zum Auto geführt. Der Schlag stand offen, doch die Herren machten den Fehler, Maren als erste auf die Rückbank setzen zu wollen. Nur zu bereitwillig folgte sie der Aufforderung. Doch wie sie auf der einen Seite zum Auto hineinkletterte, sprang sie auf der anderen Seite hinaus. Die Männer hatten plötzlich das Fahrzeug zwischen sich und Maren. Die griff Kai bei der Hand und schrie.

„Los, nichts wie weg hier!" Kai ließ Gepäck Gepäck sein und rannte gemeinsam mit Maren los, die kurze Straße hinunter, die sie vor kurzem erst gemessenen Schrittes und urlaubsalbern von der *Fine&Healthy* Bäckerei herauf gekommen waren. Sie sahen alles andere aus als gesund und frisch, als sie in den Laden stürmten. Schließlich hatten sie einen der Männer zu Fuß auf den Fersen, die anderen beiden folgten mit dem schwarzen Auto.

„Schließt die Tür zu, wir werden verfolgt", kreischte Maren ziemlich hysterisch, als sie in dem Bäckerladen war. Eigenartigerweise taten die Leute, wie ihnen geheißen. In der morgendlichen Stunde war nur ein Tisch mit Gästen besetzt. Der Verfolger zu Fuß stand draußen vor verschlossener Tür und klopfte energisch an das Glas. Das Auto kam, die Richtung der Einbahnstraße ignorierend, mit quietschenden Reifen um die Ecke und hielt vor dem

Backwarengeschäft. Die drei hielten Kriegsrat und setzten sich dann an einen der Tische vor dem Laden. Kai erfuhr den Grund ihrer Ruhe auch gleich, als eine der Angestellten die Frage nach einem Hinterausgang verneinte. Ein gängiger Fluch der Fäkalsprache entfuhr ihm. Er wühlte in seien Taschen und brachte von Barnunms Visitenkarte zum Vorschein. Er stürmte zum Telefon und wählte die Nummer der deutschen Botschaft.

„Hilfe", rief er in den Apparat, als die Verbindung hergestellt war, „wir werden bedroht." Die Dame am Telefon blieb die Ruhe selbst. Sie fragte nach dem Begehr und versprach, das Gespräch an von Barnum durchzustellen. Die zehn Sekunden wurden für Kai zur Ewigkeit. Maren verbarg sich hinter dem Tresen, als könne sie so die Verfolger abschütteln. Kai erklärte von Barnum kurz ihren Aufenthaltsort und ihre Situation. Nur die Antwort auf die Frage nach einem möglichen Grund für die Aktion blieb er schuldig. Von Barnum sagte sein sofortiges Auftauchen zu und legte auf.

Die Gäste im Geschäft witterten offenbar Unheil, denn sie zahlten eilig und ließen sich nach draußen schleusen. Das Männertrio blieb auch bei kurzzeitig geöffneter Tür ruhig, ja gelassen, offenbar sicher, dass ihr Fang nicht entwischen konnte. Nur Maren saß als zitterndes Häufchen Unglück vor Kai und berichtete stockend über das Fax. Es wollte Kai nicht so recht einleuchten, wie der Zusammenhang zwischen Fernkopie und unmittelbarem Auftauchen eines schwarzen Autos beschaffen sein sollte. Andererseits lag auf der Hand, dass man nicht auf ihn, sondern auf Maren scharf war. Sonst hätte er fast sein Vang-Vieng-Abenteuer als Ausgangspunkt für die späte Reaktion bemühen mögen. Sein Grübeln führte erst einmal zu nichts weiterem, als die Zeit bis zum Auftauchen von Barnums zu überbrücken. Der kam zwar nicht in schwarz lackiertem, aber im nicht weit entfernten dunkelblauen Dienstfahrzeug Marke BMW. Das glänzte im Vergleich zur vor der Tür parkenden dunkleren Konkurrenz aus offensichtlich länger zurückliegender Ostblock-Lieferung recht nobel. Von Barnum grüßte die Herren am Tisch, hielt kurze Zwiesprache und erhielt freien Zugang zum Knusperhaus.

„Also was gibt's?" fragte er burschikos und ohne langes Gesülze vorab. Maren fiel ihm schluchzend um den Hals und mimte die Unschuld vom Lande. Vergebens. Der Adelsspross reichte ihr zwar wohlerzogen ein Taschentuch, ansonsten schlug ihr Weichmacherversuch fehl.

„Die Herren da draußen sind nicht von der Heilsarmee, sondern vom laotischen Innenministerium", verkündete er kurz angebunden. „Und ich möchte jetzt wissen, was eurer Meinung nach so auf deren Interesse stieß, dass sie wegen euch erst die Luxuskarosse angespannt haben und nun das Etablissement der kanadischen Teigkneter belagern."

„Vielleicht mögen sie das Thema Hmong zur Recherche nicht", bot Kai als Begründung an.

„Sonst nichts?" fragte von Barnum nun direkt an Maren gewandt. Die blieb stumm.

Von Barnum ging wieder hinaus, setzte sich zu den innenministeriellen Belagerern und hielt, dem optischen Eindruck nach, einen lockeren Schwatz. Kai hatte sich einigermaßen beruhigt und bestellte gar einen Kaffee. Was sollte schon groß passieren, wenn die Botschaft zu ihrem Schutz aufgefahren war? In Vang Vieng war ihm ganz anders zumute gewesen. Umschreiben ließe sich sein damaliges Gefühl mit der Berührung seines verlängerten Rückens mit der untersten Schicht gefrorenen Wassers. Jetzt dagegen war ihm ziemlich entspannt zumute. Ihm ging das Groteske der Situation durch den Kopf und fast hätte er laut gelacht. Ein wahrhaft internationaler Zwischenfall. Kanadische Bäckerei in Laos gewährt deutschen Möchtegern-Journalisten Asyl während die laotischen Sicherheitsbehörden vor dem Laden mit der deutschen Botschaft verhandeln.

Nicht so Maren. Sie zitterte von Barnums Rückkehr entgegen und wusste nicht, wen sie im Moment mehr fürchten sollte, die laotischen oder den deutschen Offiziellen. Von von Barnum würde es ein Donnerwetter geben. Was konnten ihr dagegen die Laoten?

Sie sah, wie der Diplomat sich erhob und wieder in den Raum trat. Die Männer draußen steckten sich Zigaretten an und auf von Barnums Veranlassung wurde ihnen Kaffee serviert. Als sein Blick den von Maren traf, fuhr sie zusammen. Sie hatte die Ausdrucksstärke seiner Augen vom Vorabend in Erinnerung. Jetzt schleuderten sie kalte Blitze. So kalt, dass Maren fröstelte. Es war

schlimmer, als lautes Gebrüll und harsche Zurechtwei-
sung.

Von Barnum setzte sich zu ihnen. „Schöne Scheiße",
sagte er. Die Herren, so gab er den Gesprächsinhalt wieder, bestünden auf Klärung eines Sachverhalts in ihren
Amtsstuben. Es sei nicht auszuschließen, dass sich dies
über den heutigen Tag hinaus hinstrecken würde, da weitere Informationen aus den Provinzen beschafft werden
müssten. Zur Stunde sei klar, dass sie ohne die vorge-
schriebene behördliche Anmeldung journalistisch tätig
werden wollten und, und hier traf Maren eine neuer
Blitz, dass von Maren ein schriftlicher Aufruf zu bewaff-
netem Aufstand und zum Sturz der Regierung verbreitet
worden war.

Das war starker Tobak. Mit einem Schlag war es vorbei mit Kais Ruhe. In was hatte Maren sie da hineingerit-
ten? Von Barnum musste ihnen helfen. Gab es nicht etwas wie diplomatische Immunität? Konnte er sie nicht in
seinem Botschaftsauto sicher bis über die Grenze bringen?

Von Barnum verneinte kurz und bestimmt. Es läge
der Verdacht auf eine schwerwiegende Verletzung laotischer Gesetze vor. Da habe der laotische Staat schon das
Recht, gründlich zu recherchieren. Es gehe schließlich
auch nicht um einen Prozess, sondern um eine Untersuchung. Er persönlich würde sich hüten, quasi unter den
Augen der Gesetzeshüter zu versuchen, sie illegal außer
Landes zu bringen. Das mache sich vielleicht bei James

Bond ganz unterhaltsam, er aber könne auf *Action* jener Größenordnung gut und gern verzichten.

Maren verlegte sich auf Bitten und Betteln. Woher habe sie wissen können, was auf dem Blatte stand. Das war in Laotisch verfasst und sie habe doch den Freunden in den Bergen nur einen Gefallen tun wollen. Von Barnum blickte noch immer finster, erhob sich und ging zum Telefon. Schon zwei Minuten später war er zurück.

„Der Botschafter teilt meine Meinung", sagte er knapp. „Doch er wird sich sofort mit dem Außenminister in Verbindung setzen und dessen Meinung einholen." Er fügte nicht hinzu, dass nicht nur die deutsche Botschaft den Eindruck hatte, dass die Meinungen von Innen- und Außenamt in Laos nicht immer unbedingt korrespondierten. Von Barnum setzte sich wieder zu ihnen. Am Tisch vor der Tür hatte es inzwischen Zuwachs gegeben, denn ein vierter Herr hatte sich zu den dreien von erst gesellt. Der Mimik und Gestik am Tisch zufolge musste es sich um einen Vorgesetzten handeln.

Von Barnum blickte auf die Uhr, sah die vereinbarte Viertelstunde verstrichen und ging erneut zum Telefon. Diesmal dauerte das Gespräch länger. Als von Barnum aufgelegt hatte, ging er schnurstracks hinaus zu den versammelten Ordnungshütern. Maren und Kai verfolgten die Verhandlungen mit zunehmender Spannung und Unruhe, schließlich ging es um ihr Schicksal. Kai hatte eine neue Idee, sagte aber nichts zu Maren. Er ging auf die Toilette und suchte von dort, einschlägigen Werken der Filmkunst nicht unähnlich, nach Möglichkeiten zu entrinnen. Pech gehabt, denn der Raum hatte zwar ein kleines Fenster, das aber war solide vergittert. Was gegen Einbrecher wirkte, ward auch potenziellen Ausbrechern zum unüberwindlichen Hindernis. Es war zum verrückt werden. Vor allem die Ungewissheit hatte Kai noch nie leiden mögen. Er setzte sich wieder zu Maren, ohne ein Wort über die Ausbruchsrecherchen zu verlieren.

„Die sollen sich mal nicht so haben", bemerkte Maren auf einmal trotzig. „Wegen eines Stücks Papier, dessen Inhalt ich nicht einmal lesen kann."

„Eben", entgegnete Kai, „was schickst du Pamphlete durch die Gegend, wenn du nicht weißt, was drin steht." Ein deutlicher Vorwurf schwang in seiner Stimme mit, den er mit seinem nächsten Hinweis deutlicher artikulierte. Maren hätte ihn doch auch ins Vertrauen ziehen und mit ihm gemeinsam nach einer Inhaltsangabe forschen können. Nun saßen sie in der Patsche. Alle Hoffnungen ruhten auf dem adligen Diplomaten. Der kam langsam zurück in den Raum. Seine Mine ließ wenig Erfreuliches erwarten.

„Nichts zu machen", verkündete von Barnum mit traurigem Blick. Das einzige Zugeständnis war, dass man sich um rasche Klärung bemühen wolle. Von ein bis zwei Tagen war nun die Rede. Maren hing wie gebannt an seinen Lippen. Zwei Tage was und wo? Das Angebot, sie in der Botschaft über Nacht unter Arrest zu nehmen, sei leider ausgeschlagen worden. Immerhin könne die Botschaft täglich mit ihnen in Kontakt treten.

Kai wusste mit einem Mal, was die Glocke geschlagen hatte. Einzig Maren wartete in sinnloser Hoffnung auf einen glimpflichen Ausgang. Erst als von Barnum klar und deutlich sagte, dies bedeute für die beiden Untersuchungshaft im Gefängnis von Vientiane, brach sie zusammen. Sie krallte ihre Finger in Kais Arm und heulte wie ein Schlosshund. Auch dass von Barnum beruhigend den Arm um sie legen wollte, brachte keine Besserung. Im Gegenteil, denn mit einem Ruck schüttelte Maren den Arm ab und sprang auf.

„Das nennt sich nun Schutz durch die deutsche Botschaft", fuhr sie den Diplomaten an. Der bemühte sich sichtlich um Fassung und entgegnete schließlich kalt, dass der deutsche Staat keine Verantwortung für Gesetzesverstöße deutscher Bürger im Ausland übernehmen könne. Die Gewährleistung fairer Bedingungen und rechtmäßiger Behandlung durchzusetzen, sei er beauftragt. Mehr noch, die Botschaft sei auch bereit, die beiden während der Haft nach Kräften zu unterstützen, etwa durch Lebensmittel oder, wenn dies nötig werde, durch einen Anwalt. Doch nur, und hier wurde seine Stimme sehr kühl, wenn sie dies wünschten.

Maren ließ sich auf den Stuhl zurück plumpsen. Kai hatte sich besser unter Kontrolle. Was sie nun tun sollten, fragte er. Seine sachlich vorgetragene Frage, stark gefärbt von einem gut Teil Ratlosigkeit, sorgte auch bei von Barnum für Enteisung. Sich kooperativ mit den Behörden zeigen, aber nichts unterschreiben, was sie nicht lesen könnten, nicht verstünden oder was nicht den Tatsachen entspreche, gab er auf den Weg. Die Botschaft habe auch Dolmetscher angeboten, aber das Innenministerium habe dankend abgelehnt. Man habe selbst welche.

„Wir bemühen uns sehr um euch", schloss er ab. „Also bemüht Euch bitte auch."

Er schlug ihnen die Aushändigung aller Wertsachen vor, die er gern für sie in der Botschaft verwahren wolle. Ausgenommen sei leider ihr Gepäck, speziell Marens Fotoausrüstung, das auf Beweismittel untersucht würde. Nun erst kam Kai ihr Gepäck in den Sinn. Es war bei ihrem überstürzten Abgang auf der Hoteltreppe zurück geblieben und hatte sicher Interessenten gefunden. Von Barnum beruhigte, es sei nichts weggekommen, sondern alles in der Hand der Sicherheitskräfte, wie er sie nannte. Als letztes Entgegenkommen habe er aushandeln können, dass er sie bei Einverständnis im Dienstwagen der Botschaft bis zum Untersuchungsgefängnis fahren könnte. Allerdings müssten ihre Pässe den Leuten vor der Tür gleich ausgehändigt werden, als Sicherheit sozusagen.

„Erster Klasse in den Knast", konnte sich Kai nicht verkneifen zu kommentieren. Ihm kam es nun so vor, als habe ihn Vang Vieng eingeholt und die dreihundert Dollar nichts als einen Aufschub von einer Woche eingebracht. Den Gedanken behielt er besser für sich. Kaum zu erwarten, dass deutsche Obrigkeit gesteigertes Verständnis für ein Opiumpfeifchen zwecks journalistischer Recherche aufbrachte. Von Barnum nahm ihre Reisepässe in die Hand und ging vor die Tür. Er gab die Papiere an den später gekommenen Herren weiter. Einer der anderen

Männer schrieb etwas und reichte von Barnum schließlich ein Blatt Papier. Alle erhoben sich beinahe feierlich, als gelte es den Abschluss einer bedeutenden Transaktion nun per Händedruck und Gläserklang zu besiegeln. Champagnerkelche waren nirgend zu sehen und auch dem offenbar von der Gegenseite erwarteten Händedruck konnte der deutsche Diplomat ausweichen. Von Barnum kam zurück, öffnete die Tür und setzte sich wieder zu den Beiden. Es ging auf Mittag.

„Vielleicht solltet ihr noch etwas essen", sagte der Diplomat. „Ich fürchte, das Innenministerium führt nur eine sehr kurze Speisekarte." Maren und Kai war eigentlich nicht nach Essen, doch irgendwie hatte von Barnum recht. Wer weiß, was es als nächstes gab, und wann. Sie blickten auf das Tischchen vor dem Laden. Das Mittagspäuschen war offenbar Teil der Vereinbarung, denn auch die vier Herren hatten etwas zu essen geordert, offenbar von einem der kleinen Stände ringsum, denn von *Fine&Healthy* stammten die Suppenschüsseln, die nun vor ihnen standen, mit Sicherheit nicht.

Schweigend verdrückten sie ein Sandwich. Henkersmahlzeit, ging es Kai durch den Kopf. Maren ließ ihr gefülltes Brot zur Hälfte auf dem Teller liegen. Die Vorgänge des Tages hatten ihr definitiv den Appetit verdorben. Als auch die Männer draußen ihre Schüsseln zusammenstellten, gab von Barnum das Zeichen für den Aufbruch. Maren war ziemlich blass und auch Kai hatte schon gesündere Farbe gezeigt, als sie in die deutsche Nobelkarosse stiegen. Ein Gespräch wollte nicht mehr zustande kommen. Langsam fuhr der Fahrer an und beobachtete den dunklen Wagen in ihrem Schlepp. Fast war Kai enttäuscht, weil die Fahrt keine drei Minuten dauerte. Irgendwo in seinem Gehirn hatten sich wohl Filmsequenzen gefunden, die von rasanten Autojagden und der Überlegenheit deutscher Wertarbeit in der PS-Branche kündeten. Die kurze Fahrt ließ auch diese Variante in der Theorie versinken. Wer hätte auch vermutet, dass sich die Verwahranstalt mitten in der Stadt befand, keine 200 Meter von ihrem Backwaren vertreibenden letzten Zufluchtsort, auf einem Gelände, das wegen der davor ausgestellten Unfallautos und der angrenzenden giftgrünen Moschee schon beim ersten Stadtrundgang seine Aufmerksamkeit erregt hatte. Nur war es kein Muezzin, der nach ihnen rief.

Inzwischen rollte der dunkle BMW auf den Innenhof der Polizeistation. Als sie aus dem Botschaftswagen stiegen, waren Maren die Knie ziemlich weich. Von Barnum führte ihre kleine Prozession zu einem zweistöckigen Gebäude, das sicher schon bessere Tage gesehen hatte. Maren und Kai folgten. Die Sicherheitsmänner bildeten die Nachhut. Kein Wunder, dass dieser Zug die Blicke aller Mitarbeiter und Besucher der Behörde auf sich zog. Wann hatten sie hier zum letzten Mal einen Aufmarsch von gleich drei Langnasen erlebt? Vor dem Treppenaufgang des Hauses stand ein Uniformierter, der von Barnum in ein Zimmer führte. Den mutmaßlichen Übeltätern wurde bedeutet, auf einer Bank vor dem Haus Platz zu nehmen. Kurze Zeit später kam der Diplomat zurück

und sagte, dass er von nun an nicht mehr dabei sein könne. Die Polizei würde mit den Vernehmungen beginnen.
Er verabschiedete sich mit kräftigem Händedruck, der
wohl aufmunternd wirken sollte. Maren kam es vor, als
seien sie von nun an von Gott und aller Welt vergessen.

Die Beiden kamen in getrennte Zimmer im Oberge-
schoss des Hauses. Möbliert waren beide Räume gleichermaßen kärglich. Ein Schreibtisch, hinter dem die uniformierte Staatsmacht auf einem wackligen Stuhl residier-
te, ein zweiter Stuhl auf der anderen Seite des Büromö-
bels und eine simple Holzbank vor dem Fenster, komplettiert von einem einfachen Holztisch. Auf einem
Schemel in der Ecke umgaben ein paar Gläser einen Was-
serkocher. Einziger Schmuck im Raum waren die Bildnis-
se der laotischen Staats- und Parteigrößen an der Wand
hinter dem Schreibtisch. Es war, als hätten die Porträtier-
ten so ständig ein Auge auf die Vorgänge im Raum.

Maren sah sich unsicher um. Außer dem Schreib-
tischinhaber drängte ein zweiter Mann gleich hinter ihr in
das Zimmer und hieß sie in gutem Deutsch, Platz zu
nehmen. Die Staatsmacht hielt auf Distanz und versuchte
dadurch ihre Autorität zu steigern. Nach kurzem Wortwechsel zwischen Chef und Sprachwandler begann der
Dolmetsch mit den Fragen zur Person. Maren wurde
durch den sachlichen Start der Vernehmung etwas ruhi-
ger, aber nicht lange. Noch ehe der Dolmetscher ihre Per-
sonalien komplett notiert hatte, blaffte der Mann hinter
dem Schreibtisch sie an. Die Übersetzung folgte auf dem
Fuße, wenn auch nicht im gleich strengen Ton. Ihre Bot-

schaft war deutlich: jedes Leugnen ist zwecklos, wir wissen sowieso schon alles. Entgegenkommen kann sich also nur günstig auswirken.

Maren saß in der Zwickmühle. Was wussten die Herren denn wirklich? Was konnte sie also ohne Gefahr, ihre Lage zu verschlimmern, zu Protokoll geben? Sollte sie die Hmong aus Xieng Khouang schützen und wie?

Der Uniformierte machte die Lage gleich klar. Einreise unter Vorgabe falscher Tatsachen, richtig? Verbindungsaufnahme zu Regierungsgegnern, richtig? Sammlung von Informationen über interne Vorgänge, richtig? Verbreitung eines Aufrufs zum bewaffneten Aufstand, richtig? Maren nickte nur, wollte beim letzten Punkt jedoch aufbegehren, da sie das Papier nicht habe lesen können. Der Mann von der Sicherheit lächelte. Er könne sich schließlich auch mit ihr verständigen, ohne selbst die gleiche Sprache zu sprechen. Sollte ihr solcher Gedanke fremd sein? Und wie hätte sie sich schließlich bei den Hmong verständlich gemacht?

Marens Gedanken überschlugen sich. Wenn sie sich doch nur mit Kai konsultieren könnte.

*

Der aber steckte momentan in der gleichen Zwickmühle, mit dem Unterschied, dass er von dem Fax wirklich keine Ahnung gehabt hatte. Was sein Gegenüber schon durch ein wissendes Lächeln in das Reich der Fabel einordnete.

Kais Unruhe wuchs, als sein Vernehmer offenbar zwecks vergleichender Analyse den Raum verließ und sich im Nachbarzimmer über den Stand der Dinge kundig machte. Warum hatte Maren sie nur so tief in die Scheiße geritten. Die meisten Vorwürfe aber machte er sich selbst, weil er vor blinder Eifersucht jegliche Vorsicht vergessen zu haben schien. Spätestens die Durchsuchung ihres Gepäcks in Xieng Khouang hätte ihn alarmieren müssen. Stattdessen hatte er sich einlullen und abfüllen lassen und Maren offenbar in ihrer Professionalität überschätzt. Statt den Spuren fremden Interesses für ihr Tun gründlich nachzugehen, hatte er sich zum Gockel gemacht. Jetzt hatten sie den Salat. Statt auf Seite eins waren sie auf Nummer sicher.

Als der Sicherheitsmann zurückkam, ließ er kaum noch den Hang zu intensiver Fragerei erkennen. Er schien lediglich noch etwas Zeit verstreichen lassen zu wollen. Das Protokoll, das Kai vorgelegt wurde, enthielt denn außer den Personaldaten die Auflistung der mutmaßlichen Vorwürfe. Als Kai ohne Murren und Meckern unterschrieb, kam Bewegung auf den Flur. Da er mit dem Rücken zum Fenster saß, nahm er nur aus den Augenwinkeln war, dass Maren da eben vorbeigeführt worden war. Damit zerstob eine weitere Hoffnung, denn er hatte insgeheim damit gerechnet, sie sprechen zu können. Nun aber wurde ihm klar, dass sie wohl bis auf weiteres keine Gelegenheit zu einem Gespräch bekommen würden.

Keine zehn Minuten später war auch für Kai Ortswechsel angesagt. Zwei Posten mit umgehängter AK-47

234

brachten ihn um das Haus herum, öffneten ihm eine Wellblechtür, hinter der es durch einen winkeligen Gang ging. Dann kam wieder eine Tür, diese in einer soliden Mauer. Endstation war vor dem Postenhäuschen dahinter. In einem dicken Buch vermerkte ein Mann seinen Eingang. Kai sah sich um. Vor ihm lag ein hier im Stadtzentrum nicht so geräumig erwarteter Innenhof, zum Teil mit Gras bewachsen und durch einen Stacheldrahtzaun in zwei Teile geteilt. Der vordere Teil mit dem Postenhäuschen beherbergte noch ein gemauertes Wasserbassin. Unweit davon glimmte ein Feuer, wohl die Kochstelle. An der linken Mauer stand ein Haus mit einer Tür und drei Fenstern. Hinter dem Stacheldraht entdeckte Kai ein auf hölzernen Pfählen ruhendes Wellblechdach, unter dem sich eine lange hölzerne Doppelpritsche von einem Ende zum anderen zog. Hinter einem weiteren, separaten Stacheldrahtverhau stand ein nicht eben einladendes, ehemals gelbes Gebäude mit drei vergitterten Türen und Fenstern. Maren war nirgends zu entdecken.

Kai wurde durch den Stacheldrahtzaun geführt und an der Pritsche einem Mann übergeben, der hier offenbar etwas zu sagen hatte. Einige Dutzend weitere Männer blickten erstaunt zu ihnen, ein paar schlenderten näher heran. Der eine der Bewaffneten bedeutete Kai, sich nicht aus dem Stacheldrahtgeviert zu bewegen. Sollte er Lust auf einen Ausflug verspüren, dann ... der Posten klopfte vielsagend auf sein Schießeisen. Kai nickte. Sein Aufenthaltsort war zwar nicht eben einladend, aber einem perforierten Körper allemal vorzuziehen. Die Bewaffneten verließen das Gelände durch Stacheldraht und Blechtür. Kai blieb mit den Insassen zurück, zu denen er jetzt wohl auch gehörte.

Das also war der Knast. Kai blickte sich um und sein Herz rutschte beim Klang der zuschlagenden Tür in die Hose. Von *Fine&Healthy* zu frisch und hölzern.

„Herzlich willkommen", begrüßte ihn der Mann mit dem Amt. Zellenältester wäre wohl nicht die richtige Bezeichnung, denn Zelle konnte Kai keine ausmachen. Lager ging ihm durch den Kopf. Der Vormann wies ihm ein Stück Pritsche etwa in der Mitte des Langbaus zu. Erst jetzt wurde Kai klar, dass die Vernehmungen den ganzen Nachmittag in Anspruch genommen hatten. Draußen mochte es auf 18 Uhr zugehen, hier drin war die Abendbrotzeit offenbar vorbei. Nur ein paar Nachzügler räumten Blechnäpfe und Löffel zur Seite. Sie schienen dies vor Kai verbergen zu wollen, vielleicht weil sie ihm nichts mehr anbieten konnten. Es dämmerte schon und in nicht zehn Minuten würde die Nacht in tropischer Eile über das Lager herfallen. Leuchtstofflampen flammten auf und warfen bizarre Schatten. Vor einem kleinen Schuppen, der wohl die Latrine beherbergte, sammelten sich einige Männer in losen Gruppen und verschwanden dann einer nach dem anderen auf dem Häuschen. Ein junger Mann kam zu Kai. „Weshalb bist Du hier?" fragte er geradezu und in gutem Englisch. Verkehrsunfall oder Mädchengeschichten, gab er seine Vermutung gleich dazu. Kai wusste nicht recht, wie er antworten sollte. War er politischer Gefangener? „Verdacht auf Rauschgift", sagte er schließlich.

Der Mann nickte wissend. „Wir haben hier fast alles", sagte er dann ungerührt. „Rauschgifthändler, Diebe, Mörder." Er selbst sei wegen eines Unfalls hier. Er hatte einen totgefahren, einen jungen Burschen, der betrunken und zu schnell mit dem Motorrad gefahren war. Er war zu zweieinhalb Jahren verurteilt worden. Zehn Monate seien schon rum. Noch zwei müsse er absitzen, der Rest gehe auf Bewährung, für fünf lange Jahre. So richtig Schuld sei er nicht gewesen an dem Unfall, aber der Andere sei nun mal tot. Und Geld für dessen Bestattung habe er nicht gehabt.

Kai wunderte etwas anderes. Er dachte, dies sei nur ein Untersuchungsgefängnis.

„Ach wo", sagte der Mann, der sich als Bounkham vorstellte. „Hier gibt es alles. Untersuchungshäftlinge, Verurteilte und offene Fälle. Die sind oft schon länger als ein Jahr hier und wissen nicht, was werden soll."

Schöne Aussichten, dachte Kai. Die angebotene Zigarette schlug er aus. Auch die Offerte, über die Wächter etwas zu essen beschaffen zu lassen. Ihm war nicht danach.

In der Dunkelheit begannen die Männer, Moskitonetze unter dem Blechdach aus ihrem Tagesverstau zu lösen und über die Pritschen zu spannen. Einige andere fühlten sich dadurch in ihrer Beschäftigung beim Knüpfen von Fischnetzen gestört und murrten. Fischnetze, so hatte Bounkham ihm gesagt, war das Hauptprodukt in diesem Knast. Ein Monat geduldiger Arbeit brachte rund 12 Dollar Einnahme, die meist für Zigaretten wieder draufgingen.

Kai spürte, dass die Aufmerksamkeit fast aller Insassen der Anstalt ihm galt. Doch nur die wenigsten wagten auch, ihm näher zu kommen oder ihn gar anzusprechen. Die meisten umkreisten ihn in sicherem Abstand, doch war ihre Neugier unverkennbar. Als Bounkham Richtung Latrine verwunden war, fasste sich einer ein Herz und sprach Kai gar auf Deutsch an.

„Gehörst du zu dem ausländischen Mädchen, dass kurz vor dir eingeliefert wurde?" fragte er. Es war das erste Zeichen, dass Maren auch hier war. Das ließ Kai auch hastig nach Details fragen. Doch der Mann wusste nicht mehr, als dass Maren drüben im Frauenblock war. Der befand sich in dem Haus mit den drei Fenstern links neben dem Eingang, noch außerhalb des Stacheldrahtverhaus. Kai starrte hinüber, konnte aber nichts und niemand entdecken. Es war wohl schon zu dunkel.

„Sie ist sicher weggeschlossen." Der Mann hatte wirklich ‚weggeschlossen' gesagt, und erläuterte, dass die Frauen sich sonst ziemlich frei im Gelände bewegen konnten. Wie die, die neben dem Postenhäuschen thronte. Tatsächlich, der Vergleich hinkte nicht einmal, wenn auch königliches Gestühl in diesem Umfeld eher zu den Ungewöhnlichkeiten und Absurditäten zählte. Doch Kai hatte in den wenigen Tagen in Laos so viele davon erlebt und gesehen, dass ihn nur noch wenig zu verwundern mochte. Und so saß die im Lampenlicht nur undeutlich

zu erkennende aber doch eindeutig als Frau auszu-
machende Person auf ihrem Hochsitz. Der sonst sicher
durch nichts hervorragende Stuhl stand auf einem Po-
dest und die Frau überblickte von dort aus den ganzen
Knast. Ein skurriles Bild, denn der Posten nahm sich dagegen zu ebener Erde eher wie ihr Gehilfe aus.

Der Mann mit den Deutschkenntnissen schien Kais
Gedanken erraten zu haben. „Sie ist auch der Chef", sagte
er nur. Das Tor zur Freiheit stand ihr tagsüber ziemlich
offen und die Nächte verbrachte sie meist in der Unterkunft der Wachmannschaft nebenan. Zu detaillierteren
Kenntnissen des Lager-, oder besser Lotterlebens in einem Teil davon kam Kai nicht mehr, denn ein Hammer-
schlag an ein Stück Metallschiene brachte Bewegung in
das Lager, wenn auch keine allzu heftige. Ohne Hast bau-
ten sich die Männer in Dreierreihen auf und ließen
durchzählen. Der Zählappell war kurz und völlig unze-
remoniell. So locker, wie sie sich zusammen gefunden
hatten, zerstreuten sich die Häftlinge wieder. Die meisten
krochen unter die Moskitonetze auf die Pritschen.
Bounkham hielt Kai an, dieser Bewegung zu folgen und
sich neben ihm lang zu machen. Er schob Kai ein Stück
von seinem Kopfkissen zu. Kai döste vor sich hin. Auf der
Pritsche wurde es eng, zu eng, auf dem Rücken zu liegen.
Also drehte sich Kai auf die Seite und starrte mit leicht
verdrehtem Hals an die Decke. Dort hingen an Schnüren
die Habseligkeiten der Mitgefangenen. Kai hatte seine
Brieftasche in der Hose. Er wusste schon jetzt, dass ihn
das gute Stück samt seinem wertvollen Inhalt nachts un-

gemütlich drücken würde. Aber wohin damit in der Gesellschaft von Dieben und Mördern? Er dachte an Maren,
wie sie wohl die Erlebnisse des Tages verwunden hatte.
Sicher war es angenehmer in dem Zellentrakt drüben, den
sich laut Bounkham derzeit nur fünf Frauen teilten, die
Außenschläferin eingerechnet. Er teilte sich die nur mit
einer Bastmatte bedeckte Holzpritsche mit 70 Mann und
wusste noch nicht so recht, wie er dabei schlafen sollte.

*

Maren hatte den gleichen Weg genommen, durch die
Wellblechtür, den winkligen Gang und die zweite Pforte.
Sie war ebenso sorgsam als Eingang verbucht worden wie
Kai kurz Zeit später. Dann wurde sie in die Zelle geführt.
Der Schlüssel drehte sich im Schloss und die Tür ging
quietschend auf. Ehe sich Maren versah, sprang eine junge Frau aus der Zelle und versuchte den Posten zu über-
rumpeln. Der war offenbar auf Derartiges gefasst und
griff in die langen Haare der Frau. Wüstes Gezeter und
Gekreisch folgte, doch der Wachmann blieb ungerührt
und hielt die Gefangene straff an ihrer Mähne. Er winkte
Maren in die Zelle, schob die tobende Frau hinterher und
sagte noch „sorry", ehe er die Tür wieder verschloss. Maren verkroch sich verängstigt auf ein Bett in der Ecke. Die
Frau warf sich auf das zweite. Ihrem Wutausbruch folgte
ein Weinkrampf. Nach einer Weile beruhigte sie sich und
erhob sich wieder. Sie warf einen Blick aus dem vergitterten Fenster auf die Matrone auf dem Thron, die gerade

innig damit beschäftigt war, ihr langes Haar zu kämmen, drohte mit der Faust hinüber und drehte sich abrupt zu Maren.

„Ich bring die Schlampe um", sagte sie in gut verständlichem Englisch. Sie wandte sich erneut zum Fenster und rief auf Laotisch etwas hinüber. Die Schlampe hielt mit der Schönheitskur inne und deutete einen Fußtritt in Richtung der Schmähenden an. Auch sie bewies internationale Bildung, indem sie dann den Mittelfinger empor reckte und ein lässiges *„fuck you!"* zurückgab. Marens Zimmergenossin heulte wieder auf und warf sich erneut aufs Bett.

Dann schien sie Ablenkung durch ihre neue Mitbewohnerin zu erhoffen und fragte nach dem Grund ihres Hierseins. Maren überwand ihre Angst und erzählte etwas von eingeschränkter journalistischer Freiheit und Verstoß gegen Menschenrechte. Die andere Frau blickte sehr verständnislos. Es fiel ihr offensichtlich sehr schwer, zwischen Zeitungsseiten und Zellenwänden einen Zusammenhang herzustellen. „Ich hab meinen Mann umgebracht", umriss sie dagegen knapp, klar und verständlich ihr Verbrechen. „Wegen der da", ergänzte sie schließlich nach einer Weile und wies mit der Hand auf die neuerlich ins Kämmen versunkene Thronfrau. Dann erzählte sie ihre Geschichte, langsam und einfach, oft nach Vokabeln suchend halbe Sätze unvollendet lassend und neue beginnend. Vor zwei Jahren hatte sie, Keo, geheiratet. Eine Liebesheirat, die ihr – aus einfachem Hause – an der Seite eines erfolgreichen Geschäftsmannes sozialen Auf-

241

stieg und finanzielle Sorglosigkeit brachte. Doch nachdem es auch nach einem Jahr mit der von beiden so gewünschten Schwangerschaft noch nichts geworden war, kühlte die Liebe ab. Sie hatte bald vermutet, dass ihr Mann sich außer Haus mehr als nur Geschäften widmete und begann, ihm nachzuspionieren. Natürlich wurde sie fündig, erhielt Berichte über Schäferstündchen hier und schnelle Nummern da. Ein Netz von gut und bös meinenden Freundinnen hatte nichts Aufregenderes zu tun, als ihrem Mann nachzuschnüffeln. Der erste Eklat kam, als sie in der Hemdtasche die Rechnung eines Gästehauses fand. Fortan gehörte Streit zu den häuslichen Abläufen wie Essen kochen und Wäsche waschen. Keo war bald bereit, sich mit ihrem Schicksal abzufinden und der Tradition folgend eine Nebenfrau zu akzeptieren, war sie doch nicht in der Lage, ihrem Mann das gewünschte Kind zu geben. Doch dass er schließlich seine Gunst einer stark frequentierten Hure schenkte, ließ den Streit weiter an Hitzigkeit zunehmen. Schließlich hatte sie in einem besonders heftigen Wortwechsel zum Haumesser gegriffen. Eigentlich wollte sie ihrem Mann nur drohen damit, als sie die Machete siegessicher über seinem Haupt schwenkte. Ganz sicher war sie davon ausgegangen, dass er Schlägen ausweichen und ihr die Waffe entringen würde. Nichts dergleichen geschah. Völlig regungslos blieb ihr Mann stehen und lächelte schicksalsergeben, als die schwere Klinge in seinen Schädel krachte. Keine zehn Minuten später war sein Leben zu Ende. Jedes Bedauern, jede Entschuldigung, jedes Zugeständnis, er könne Nebenfrauen im Dutzend nehmen, machten ihn nicht wieder lebendig. Apathisch war sie den Polizisten gefolgt, fast leblos hatte sie Fragen beantwortet und auch den Namen der Nebenbuhlerin genannt. Keos einzige Genugtuung war, dass die Hure nun wegen Verdacht des „sozialen Übels" im Nachbarloch saß. Den Mann konnte ihr keiner wiedergeben. Und wenn ein Leben hin und ihr eigenes ruiniert war, kam es auf das der Hure auch nicht mehr an. Sie würde sie killen, beim Leben ihrer Mutter.

Im Laufe der Erzählung wich Marens Angst zuerst Interesse, um schließlich in Mitleid aufzugehen, Mitleid mit einer Frau, die im Willen, ihre Liebe zu verteidigen, alles auf Spiel gesetzt und verloren hatte. Ihr journalistisches Interesse gesellte sich zum menschlichen. Doch dann ging ihr durch den Sinn, dass schlicht menschliche Tragödien wenig dazu taugten, Stoff für die erste Seite zu liefern. Es gab ihrer zu viele, so dass schon Prominente in sie verwickelt oder die Umstände sehr abstrus sein müssten, um es in die Meldungen zu schaffen. Wen interessierte schon eine Keo, die im fernen Laos ihrem Gatten auf hundsordinäre Weise in wahrhaft blinder Eifersucht den Schädel eingeschlagen hatte. Auf jeden Fall war der Bann zwischen den Frauen gebrochen und auch Maren begann von ihren Erlebnissen zu berichten. Keo schien jedoch mit Begriffen wie Freiheit, Menschenrechte, Opposition zur Regierung zumindest im Zusammenhang mit den Hmong nichts anfangen zu können. Aber so verging wenigstens die Zeit bis zum Zeichen für die Nachtruhe.

In die Dunkelheit hinein sagte Keo auf einmal: „Ich verstehe nicht, warum die Hmong nach so vielen Jahren noch immer nicht Ruhe geben können. Warum müssen sie Menschen umbringen, die nichts als ihren Job tun?" Und sie erzählte eine andere Geschichte, vom Bruder einer Freundin, der einen Tanklaster von Vientiane nach Luang Prabang steuerte. Meist fuhren die Laster nachts, weil sie da den Gegenverkehr am Lichtschein auch hinter den engen Biegungen rechtzeitig sahen. Und weil sie glaubten, nachts schliefen auch die Banditen. Er hatte sich geirrt. In den Bergen hatte man dem Wagen aufgelauert und ihn beschossen. Der Bruder war im Wagen verblutet. Mit ihm starb ein junges Mädchen, das er als Anhalter irgendwo unterwegs aufgelesen hatte. Zu rauben hatte es nichts gegeben und auch mit dem Lastzug voll Diesel konnten die Angreifer nichts anfangen. Keo war überzeugt, dass es diese Überfälle nur gab, weil Leute von anderswo sie angeordnet hatten und auch dafür bezahlten, weshalb auch immer. „Aber das weißt du sicher besser als ich, denn du hast doch studiert", schloss sie ihre Rede.

Maren war überrascht, hier schon wieder auf die Hmong zu stoßen, und das in einer Weise, die der Auffassung Kais nahe kam. Sie dachte an Kai, das erste Mal seit Stunden. Bei Keos Bericht über ihre erschlagene Liebe hatte sich keine Assoziation zu ihrem Begleiter eingestellt, wohl aber beim Thema Hmong. Sie hatte ja noch nicht einmal ihre Umgebung inspiziert, keinen Blick aus dem Zellenfenster geworfen außer hinüber zu Keos Nebenbuhlerin, die wohl auch noch neben anderen Frauen gebuhlt hatte. Wohin mochte man Kai gebracht haben? Nun trat sie doch noch ans Fenster, sah ein paar Neonlampen unter einem langen Dach und ein weiteres Gebäude hinter einem dichten Drahtverhau. Ober er irgendwo da drüben war? Maren legte sich wieder auf die Pritsche.

*

Die Hmong blieben auch nach 1975 auf dem Kriegspfad. Anders allerdings, als man es in Laos und anderswo in der Welt wahrnahm. Die Bewegung richtete sich mehr und mehr auf sich selbst aus und ließ das eigentliche Ziel in immer weitere Ferne rücken. War es anfangs noch das Prinzip Hoffnung, dass den Hmong-Führern weitere Unterstützung seitens der US-Regierung in greifbare Nähe zu rücken schien, so wurde bald klar, dass die USA erst einmal damit beschäftigt waren, den Schock über den Ausgang des Vietnam-Abenteuers zu verdauen. Etwas, was als Vietnam-Trauma bis heute den Amerikanern zu schaffen macht. Auch die Hmong in Laos lebten zunächst von der Hoffnung. Hoffnung darauf, dass Vang Pao und mit ihm Air-Unterstützung zurückkehren würden und sich das Blatt noch wenden ließe. Einige Hmong setzten den bewaffneten Kampf unter den Fahnen der Himmelkrieger *Chao Fa* fort. Aussicht auf Erfolg hatten sie ohne Hilfe von außen kaum.

Vang Pao war im Mai 1975 mit 5.000 seiner Getreuen auf die ehemalige US-Militärbase Namphong in Thailand gebracht worden, wo er seine aus Long Cheng gewohnte Lebensführung fortsetzte. Abend für Abend großes Bankett für jedermann und tagsüber Besuche bei den Getreuen. Diese offen zur Schau gestellte Führungsrolle und seine deutliche Missachtung der Interessen seiner Gastgeber ließ die Thais schnell nach einer anderer Lösung rufen. Vang Pao war ihnen mehr als suspekt und musste weg. Auf Anraten seiner Gönner in Übersee, denen wenig an einer Verschlechterung der Beziehungen zu Thailand, nun an der Frontlinie zum Kommunismus, gelegen war, siedelte der Hmong-General in die USA aus, nach Montana, wohin ihn eine frühere Reise mit seinen Vertrauten der CIA geführt hatte.

Schon 1976 wuchs die Hmong-Gemeinde in den USA auf mehr als 5.000. Die meisten von ihnen ließen sich in Kalifornien nieder, weit weg von ihrem Führer. Der zeigte sich auch weiter gern seinem Volk, was mit auch Kosten verbunden war. Schon 1977 rief Vang Pao deshalb die „*Lao Family Community*" ins Leben, die die Eingliederung der Hmong ins ungewohnte Leben in Amerika unterstützen sollte. Der gute Zweck spülte erhebliche öffentliche Mittel in die Kassen der Organisation. LFC, zunächst in Santa Anna entstanden, breitete sich rasch aus. Vang Pao war zurück im Geschäft. Aber der General wollte mehr. In den Flüchtlingslagern in Thailand rekrutierte er Anhänger, doch von Laos hielt er sie fern. Er misstraute den *Chao Fa*, die nicht von ihm kontrolliert werden konnten. Er baute lieber seine eigene Organisation auf. Seinen Trupp nannte er *Neo Hom*

(Einheitsfront), ihre Basis war in den Lagern in Thailand. Eine Episode der Zusammenarbeit mit der Vereinigten Laotischen Nationalen Befreiungsfront (ULNLF) im Jahre 1981, die neben Hmong auch antikommunistische Lao-Führer einschloss, brachte nicht den gewünschten Erfolg. Ziel der ULNLF war, ihren Kampf gegen die Regierung in Vientiane nach kambodschanischem Vorbild zu internationalisieren. Doch die Mittel, die vom 15 Millionen Dollar schweren Kambodscha-Programm der US-Regierung für die Gruppierung abgezweigt wurden, waren zu gering. Vang Pao dachte weiter. 1981 forderte er von jedem Hmong in den USA zwei Dollar pro Monat, um den Kampf gegen die Regierung zu finanzieren. Doch das Geld, rund 160.000 Dollar monatlich, ging vor allem für ein breit gefächertes Netz von Günstlings- und Vetternwirtschaft drauf. Anders als in den Kriegsjahren floss es nicht wie von selbst immer wieder nach, sondern war stets knapp. Vang Pao unternahm PR-Touren nach Nordthailand und Südchina, wo er sich mit Hmong bei der Übergabe von Spenden filmen ließ. Die Videos nutze er auf Spendentouren durch die USA. Auch darüber hinaus war Vang Pao erfindungsreich. Ehrenurkunden mit seiner Unterschrift verkaufte er – je nach Größe – zwischen 500 und 1.500 Dollar. Selbst Ränge und Posten in der laotischen Regierung nach dem Sieg der Rebellen gingen zu Festpreisen weg: die Sterne eines Oberst für 1.500 Dollar, die Ernennung zum General 2.000 Dollar und gegen monatliche Zahlung von 1.000 Dollar ließ sich gar ein Ministersessel erwerben.

Hatte vor 1975 Vang Pao Geldbeschaffungsmaschine der Finanzierung des Krieges gedient, war es nun umgekehrt: Kampfhandlungen mussten her, damit die Spendenbereitschaft der Hmong erhalten blieb. Dabei nahm der General selbst die Flüchtlinge in den Lagern kräftig aus. Immer wieder zettelte der älter werdende Mann Gefechte, Überfälle und Hinterhalte in Laos an, die nur dem Zweck dienten, seine eigene Führungsrolle zu sichern und den Anschein eines aktiven Widerstands zu bewahren. Trupps wurden von Lagern in Thailand aus auf den Weg gebracht, das Geld dafür kam aus den Staaten. 1989 verkündete die ULNLF gar die Befreiung von sechs Provinzen und die Installierung einer provisorischen Regierung. Im Januar 1990 blockierten *Neo Hom*-Kämpfer die Straße Nummer 7 zwischen Phou Khoune und Phonsavan. Doch schien hier ein längst vergangener Krieg künstlich am Leben gehalten zu werden. Die USA hatten andere Sorgen. Ihre neuen Kampfplätze hießen Nikaragua, Grenada, Afghanistan und Iran. Vang Pao wurde mehr und mehr auch zur Hypothek für die Thais, die Indochina nach den Worten eines ihrer realistischsten Politiker vom Kriegsschauplatz zum Handelsmarkt machen wollten. Dabei störten die politisch zunehmend störenden und noch dazu kostspieligen Flüchtlingslager in Thailand. Aber an eine Lösung des Flüchtlingsproblems mochte Vang Pao schon gar nicht denken. Er hatte in den Lagern seine Machtbasis und brauchte sie, um in den USA weiter Spenden einstreichen zu können. Dennoch begann sein Untergrund zu bröckeln. Weniger als die Hälfte der inzwischen auf 160.000 Menschen angewachsenen Hmong-Gemeinde in den USA zahlte an den einstigen Kriegsfürsten. Thailand zog rasch wachsenden Gewinn aus der wirtschaftlichen Zusammenarbeit mit Laos und verbot schließlich Vang Pao gar die Einreise. Auch das leidige Flüchtlingsproblem wollten die Thais endlich vom Halse haben und vereinbarten mit Laos und dem UN-Flüchtlingshilfswerk die Repatriierung. Als 1994 die USA ihre politischen Beziehungen zu Laos normalisierten, schwamm dem einstigen US-Vertrauten ein weiteres Fell weg. Selbst in den USA drängten junge, gebildete Hmong, die den Krieg oft nur noch aus den Erzählungen der Älteren kannten, nach Führungspositionen in der Hmong-Gemeinde.

Der alte Mann, er wurde 1997 fünfundsechzig, verstand die Welt nicht mehr und war doch unfähig, sich zu ändern. Gemeinsam mit ein paar Getreuen versuchte er weiter, den Anschein eines nennenswerten Widerstandes in Laos aufrecht zu erhalten, wobei seine Überfallkommandos mehr und mehr zu Banditen und Wegelagerern verkamen. Immerhin genug, die laotische Regierung im Umgang mit den Hmong der Verletzung der Menschenrechte zu bezichtigen. Auch die alten Freunde im Kongress ließen den engen CIA-Verbündeten nicht hängen und konnten die Normalisierung der Handelsbeziehungen zwischen den USA und Laos weiter verhindern. So wurde es zur Kondition für das politische Überleben für Vang Pao, in Laos Handlungsfähigkeit zu zeigen und den Rest seiner Getreuen mit Durchhalteparolen auf den

Endsieg zu vertrösten. Vielleicht hatte er in all seinem Eifer bei der Geldbeschaffung und der Unterstützung eines immer flacher werdenden Untergrunds gar nicht bemerkt, dass es den Kommunismus, gegen den er noch immer zu Felde zog, in seiner ursprünglichen Form längst nicht mehr gab, dass die simple Einteilung und Freund und Feind so nicht mehr funktionierte.

*

Kai lag zwischen den Mithäftlingen wie eine Sardine in der Dose. An Schlaf war nicht zu denken, schon gar nicht mehr, als einer der Männer laut und unmelodisch zu schnarchen begann. Wie befürchtet, drückte die Brieftasche unsanft gegen seine Leiste. Eine leichte Korrektur der Position brachte keine Linderung und ein Drehen auf die andere Seite hätte Gleiches auf der gesamten Länge der Pritsche erfordert. Selbst das Denken fiel in dieser Lage schwer. Einen Ausweg fand Kai ohnehin nicht. Von Flucht ließ sich nicht einmal mit geschlossenen Augen träumen, geschweige denn mit offenen, und der Ausgang der Dinge hing zum ersten Mal seit langem vollständig von der Entscheidung anderer ab. Immerhin kam er zu dem Schluss, dass Kavaliersdelikt und Routineuntersuchung Begriffe waren, die in seiner gegenwärtigen Lage schon als Hoffnungsträger gelten konnten. Das Wasser stand Oberkante Unterlippe, Tendenz eher steigend. Er sann darüber nach, an welcher Stelle ihrer Reise sie die Aufmerksamkeit der Sicherheitskräfte erregt haben konnten. Sicher waren sie geradezu naiv wie kunterbunte Papageien durch einen Schwarm weißer Hühner stolziert, hatten nirgends aus ihren Absichten und Vorstellungen ein Geheimnis gemacht. Waren sie schon in Vang Vieng im Visier der Beobachter gewesen, oder in Luang Prabang oder erst in Phonsavan?

Kai mochte über seinen ergebnislosen Grübeleien ein wenig eingenickt sein, doch ein heftiger Stoß in die Rippen, den ihm sein Hintermann verpasste, machte ihn wieder wach. Das Drücken an der Leiste signalisierte, dass seine Brieftasche noch immer vorhanden war. Gerade hatte er sie in eine minimal weniger bedrückende Lage geschoben, als auch Bounkham vor ihm rührig wurde und ihm den Ellbogen in den Magen rammte. Dem Schnarcher von vorhin hatten sich zwei weitere zum Kanon angeschlossen. Dann nickte Kai wieder weg.

Als die kurze Tropendämmerung fast ohne Vorankündigung einen neuen Tag über das Lager warf, war Kai froh, dass die erste Nacht im Knast vorbei war. Die Männer kraxelten von der Pritsche. Einige steckten eine Morgenzigarette in Brand, andere reihten sich vor der Latrine auf. Die Moskitonetze kamen in ihr Tagesverhau und die Fischnetze wieder zum Vorschein. Kai war die Attraktion des Morgens. Neugierige schoben sich näher heran, um seine Bekanntschaft zu machen. Die Lagermatrone nahm ihren Platz wieder ein und winkte herüber. Kai blickte sich um, ob er das Ziel des Ferngrußes sein konnte. Neben ihm stand ein junger Bursche, der die Kommunikationsversuche beobachtet hatte. „Die ist nichts weiter", sagte er abfällig. „Deine blonde Freundin macht es ganz bestimmt viel besser." Der Bemerkung folgten zielgerichtete Fragen nach Beschaffenheit von Marens Intimteilen und ihrer sexuellen Vorlieben. Kai wand sich verbal wie ein Regenwurm auf einer heißen Kochplatte. Wer weiß, was der Junge mit ihm anstellte, wenn er ihn durch unerwünschte Antworten verprellte. Knastkoller durch Sexentzug, ging ihm durch den Kopf. Wie lange würde es dauern, bis er ähnliche Symptome zeigte? Bounkham kam von der Latrine zurück. Er musste Kais missliche Lage erkannt haben und drängte den Burschen zur Seite. „Der Junge hat sieben Jahre wegen Vergewaltigung", erklärte er. „Und offenbar wirklich nichts anderes im Kopf." In dem von Kai ging um, dass er dann wohl in der Psychiatrie besser aufgehoben wäre. Wobei, wer wusste schon, wie eine Klapsmühle in Laos aussah.

Die Menge vor der Latrine lichtete sich und auch Kai ging nun hinüber. Nur noch wenige Häftlinge standen in einer eher lose aufgefädelten Reihe, um ihr Geschäft zu machen. Einer der Männer hätte seiner Ausstrahlung nach besser in ein klimatisiertes Büro gepasst als hinter Mauer und Riegel. Diesmal wollte Kai die Initiative übernehmen und fragte gleich zielgerichtet nach dem Grund für den Aufenthalt des Mannes in dieser ungastlichen Herberge. Das wisse er, Thongphanh, auch nicht so recht, denn er habe sich seines Wissens nichts zu Schulden kommen lassen. Verwandte aus Amerika hätten ihm mal wieder ein Paket geschickt und die darin enthaltenen gebrauchten Kleidungsstücke in Zeitungspapier gewickelt.

Dass es sich dabei um heftig gegen die Regierung der Volksrepublik wetternde Schriften der Exillaoten in laotischer Sprache gehandelt habe, sei ihm erst aufgefallen, als der Wohngebietsvorsitzende ihm unverhofft einen Besuch abstattete und die Zeitungsfetzen unter dem Tisch hervorzerrte. So sei er wohl ein politischer Häftling, natürlich ohne Urteil und nun schon fast vier Monate in verschiedenen Knästen der Stadt.

Kai fühlte sich irgendwie der gleichen Kategorie zugehörig, denn auch bei ihm hatte ein der aktuellen laotischen Regierung, die sich auch nach fast 23 Jahren Herrschaft selbst gern ,neues Regime' titulierte, Übel wollendes Schriftstück für den Einzug in die Verwahranstalt gesorgt. So blieb er mit Thongphanh im Gespräch. Das heißt, nach dem morgendlichen Zählappell suchte er wieder die Nähe des ahnungslosen Drucksachenbesitzers. Thongphanh gab ein wenig von der weltweit angelegten Struktur seiner Familie preis, verwies auf Verwandte in Frankreich, Australien und Amerika. Da konnte Kai nicht mithalten. Seine Sippe beschränkte ihren Siedlungsraum auf die Länder Brandenburg und Rheinland-Pfalz, gut, einen entfernten Onkel in Sachsen gab es auch. Und einen Vater in Brasilien. Das, so gab er Thongphanh zu wissen, sei sein bisher einziger Bezug zu Amerika. Gern würde er seinen alten Herren dort drüben mal besuchen, aber seine Vermögenslage war nicht danach. Das Studium eben beendet, stand die Suche nach Job und Einkommen ganz oben auf seiner Prioritätenliste. Die Tour nach Laos, die Sache mit den Hmong konnte vielleicht dabei helfen.

Was denn die Hmong dazu tun könnten, wollte Thongphanh wissen. Eigentlich nichts so direkt, entgegnete Kai, aber als Objekt seiner Untersuchung hätten sie eben doch eine wichtige Rolle, lieferten sie doch das Thema. Das schien Thongphanh nicht so recht zu befriedigen. Zur nächsten Frage kam er aber nicht mehr, denn am Tor entstand Bewegung. Ein Posten kam durch die Tür, sprach mit dem Torsteher und der rief etwas herüber. „Sie holen dich raus", sagte er zu Kai und verabschiedete sich traurig. Dass Kai nicht zurückkommen würde, schien für ihn sicher. Ebenso für Bounkham, der gleichfalls heran kam und einen Abschiedsgruß auf den Weg gab.

Kai spürte die neidvollen und sehnsüchtigen Blicke, die seinen Gang zum Tor begleiteten. Dabei war ihm selbst ziemlich flau zumute, denn er fühlte sich keinesfalls auf dem Weg in die Freiheit, sondern zu einem neuen Stück mit ungewissem Ausgang. Mit bangen Gedanken an Maren suchten seine Augen die Fassaden des Frauentraktes ab. Nichts, kein Hinweis auf ihre Anwesenheit außer den Berichten vom Vorabend. Sein Weg führte zurück in den Vernehmungsraum des Vortages. Kai war freudig überrascht, dort von Barnum zu treffen, der ihm Kaffee und einen Hamburger anbot. Das war aber auch alles. Zum Ablauf der Dinge konnte er noch gar nichts sagen, außer, dass seitens der Botschaft mit Nachdruck daran gearbeitet werde. Wer dabei wem welchen Druck verursachte, blieb offen. Ebenso die Frage nach Maren, die von Barnum lediglich mit einem vielsagenden Blick auf den Dolmetscher in der Ecke beantwortete. Offenbar hatte man ihm von Auskünften zu diesem Punkt dringlich abgeraten.

Kai kaute lustlos an seinem Bulettenbrot und konnte sich auch mit dem Gedanken an MäkDoof nicht aufheitern. Er erinnerte letztlich auch wieder an den Start ihres Abenteuers und die Klemme, in der sie nun steckten. Mit der neuerlichen Versicherung, alles Menschenmögliche zu tun, verließ der Diplomat kurze Zeit später den Raum und überließ Kai den Vernehmern. Die waren heute auf die Suche nach Verbindungen zu Exilgruppen spezialisiert. Kai wies ruhigen Gewissens jeden Verdacht von sich. So lange, bis der Vernehmungsführer die Ausgabe des *Soldier of Fortune* aus jenem Bahnhofskiosk unweit der eben ganz anders in Erinnerung gerufenen Schnellgaststätte vor ihm auf den Tisch packte. Panik packte ihn. Kein Schwein würde ihm die Wahrheit glauben, denn alle Indizien standen gegen ihn. Ein Gefühl unsäglicher Ohnmacht beschlich ihn und ließ ihn erheblich älter aussehen als er der Eintragung im Pass nach war. Er erzählte stockend und nach Ausflüchten suchend von der damals noch witzig klingenden Wette, dem Zeitungskiosk und ihren Kontakten zu Vang Sao Yer und Ly Toua. Seiner Meinung nach ließ Kai keine Minute aus, keine Einzelheit fehlte in seiner Erzählung. Dachte er jedenfalls. Schweiß lief ihm von der Stirn, Angstschweiß. Wer weiß, was sie mit ihm hier anstellen würden, wenn er sie nicht von seiner Geschichte überzeugen konnte. Thongphanh war schon vier Monate ohne Urteil, ja selbst ohne Anklage auf der Pritsche zu Hause.

Der nächste Schock kam, als der Vernehmer trocken fragte, ob er denn die Amerikaner in Phonsavan schon vergessen habe.

Oh, dicke Scheiße! Natürlich hatte er nicht. Doch die hatten mit der eigentlichen Sache doch nun wirklich absolut nichts zu tun. Die Männer blieben höflich und korrekt, wurden weder laut noch handgreiflich. Und doch fühlte sich Kai wie auf dem Grill. Wenn Sie jetzt noch mit dem Opiumpfeifchen in Vang Vieng kämen, wäre er reif für die Klapsmühle. Dann lieber gleich beichten. Doch noch ehe er auspacken konnte, beendete der Offizier die Vernehmung und ließ ihn zurück in sein Lager bringen. Bounkham, der wirklich gemeint hatte, ihn niemals wieder zu sehen, fragte erstaunt nach dem Grund seiner Rückkehr. Nur gequält kam Kai ein sarkastisches ‚weil ich solche Sehnsucht nach Euch hatte' über die Lippen. Dann saß er recht verstört auf der Pritsche. Nur undeutlich nahm er war, wie ihm jemand aus den Zellen im Haus hinter dem separaten Stacheldraht zuwinkte. Ein abgeschotteter Teil, ein Knast im Knast, so etwas wie Hochsicherheitstrakt. Erst als ein lautes ‚*hallo Darling*' ertönte, blickte er sich um. Was er sah, hätte ihm unter anderen Umständen die Lachtränen in die Augen getrieben. Jetzt war ihm aus anderen Gründen zum Weinen. In der Männerzelle stand ein Wesen mit deutlich weiblichen Zügen aber militärisch kurzem Haarschnitt am Gitter, verdrehte aufreizend den Steiß und warf ihm Kusshände zu. Slapstick vom feinsten, wären nicht Stacheldraht und Stahlgitter zwischen ihnen und die verdammte Angst in ihm gewesen.

„*Katoei*", sagte Bounkham, „das dritte Geschlecht."

Kai blickte genauer hinüber zu den Zellen und versuchte, die Zahl der Insassen zu ermitteln. Es gelang ihm nicht. Ein Häftling trug vom Kochplatz eine Suppenschüssel hinüber zur Zelle des *Katoei* und stellte sie vor die Gittertür auf den Boden und entfernte sich wieder. Der *Katoei* kam mit einer zweiten Schüssel, die er innen aufstellte. Aus einem Stück Plastik formte er einen Trichter und füllte so die Suppe durch die Gitterstäbe von außen nach innen.

„Der Wächter sagte, eigentlich hättest du dort hineingehört", sagte Bounkham und nickte zu den Gittertüren hinüber. „Aber er hatte Mitleid mit dir. Ich war fast zwei Monate da drin bevor ich hier heraus kam. Sehr eng, sehr heiß, ein winziger Abtritt und wenn es richtig voll war, konnten wir nur umschichtig schlafen."

Vom Tor her kam neue Bewegung ins Lager. Der Vormann rief etwas herüber und zwei der Männer klaubten mit einem Mal Werkzeug unter der Pritsche hervor. Mann, dachte Kai, in Filmen waren Häftlinge mit weit geringerer Ausstattung ausgebrochen. Seine Mithäftlinge hatten sich offenbar arrangiert. Das wurde durch Bounkham indirekt bestätigt.

„Arbeitskolonne", sagte er und erläuterte, wozu die Gefangenen alles herangezogen wurden. Wurde zum Beispiel Brennholz gebraucht, fuhren vier bis sechs Mann auf dem Pick-up der Wächter zum Holzeinschlag. Sie erkundigten sich dann vorsorglich, in welche Richtung es ging und wählten Leute aus der jeweiligen Umgebung für den Job. Oft sprang dann ein Kurzbesuch zu Hause heraus. Auch kleine Hilfs- und Spezialisteneinsätze für die Offiziere der Wachmannschaft kamen vor, schließlich war der Knast ein Reservoir verschiedenster Fachkenntnisse und Berufe. Für die Beamten war es billig und für die Häftlinge eine willkommene Abwechslung. Die beiden von eben, so Bounkham, seien Autoschlosser und deshalb besonders begehrt. Nicht nur, weil sie Fahrzeuge der Wächter in Schuss hielten. Sie zerlegten vielmehr Motorräder, beschlagnahmte Schmuggelware und aufgefundenes Diebesgut. Die Teile wurden bunt gemischt und neu zusammengesetzt. Entweder wurden die so neu geschaffenen Motorräder zu Dienstfahrzeugen der Polizei oder sie wurden unter der Hand verkauft. Da konnte Kai sich gut vorstellen, wie hoch die Chancen waren, dass die Polizei ein geklautes Motorrad nicht nur finden sondern es auch noch dem Besitzer zurückgeben würde. Die Frage, auf welcher Seite der Mauern denn nun die größeren Gesetzesbrecher anzutreffen waren, behielt Kai für sich. In seiner Lage konnte man darüber endlos philosophieren, ändern würde sich kaum etwas.

Thongphanh war inzwischen zu ihnen getreten und nach kurzer Zeit war er wieder bei seinem Lieblingsthema: Amerika. Sein erklärtes Ziel nach der Zeit im Knast. Nur brauchte er einen Bürgen dafür. Er fragte Kai, ob er nicht jemanden empfehlen könne. Seine Verwandten hätten bisher nicht auf den Vorschlag reagiert. Vielleicht waren ja seine Briefe abgefangen worden. Und ganz gewiss hätte er doch viele Bekannte in Amerika. Kai verneinte und dachte kurz daran, dass er eine ähnliche Frage heute schon einmal verneint hatte.

Das Mittagessen brach den Gedankengang ab, ehe er recht begonnen hatte. Die Männer zauberten Blechnäpfe und Löffel unter den Pritschen hervor, gruppierten sich auf ihnen und verteilten die dünne Reissuppe. Zum Tor hin entwickelte sich ein reger Pendelverkehr, der denjenigen, die einen wohlgesonnenen Sponsor draußen und einen durch gewissen Gaben mild gestimmten Wächter drinnen aufweisen konnten, ein reichhaltigeres Mahl als die Reissuppe bescherte. Kai hatte so gar keinen Appetit und war sehr erstaunt, als Bounkham ihm eine Polystyrolschachtel mit gebratenem Reis zuschob. Von Barnum nahm seine Zusicherung offenbar ernst. Kai stocherte ohne sonderlichen Appetit zwischen den Reiskörnern und stieß plötzlich auf ein gefaltetes Papier. Er polkte den Fremdkörper aus dem Nahrungscontainer, faltete ihn auseinander und fand kein Papier mit dem Bundesadler sondern las eine aufmunternde Botschaft, die mit Sao Her unterzeichnet war. Er wusste nicht, ob er sich über den Kassiber freuen sollte oder nicht, brachte es neben guten Wünschen vor allem die Gewissheit, dass es doch nicht alles so harmlos gewesen sein konnte. Verstört blickte er sich um, ob jemand von dem Brieflein Wind bekommen hatte. Dabei traf er auf Thongphanhs Blick, der ihm verschwörerisch zublinzelte. ‚Entdeckt!' dachte

Kai und hatte nun gar keine Freude mehr an Speise und Botschaft. Für das Reisgericht fand er einen bereitwilligen Abnehmer und das Zettelchen würgte er mit Todesverachtung statt des Gebratenen trocken hinunter.

Was war ihm vor dem Essen für ein Gedanke gekommen? Er wühlte sich durch die Ablage in seinem Gehirn. Ja, die Fragen der Vernehmer galten ausschließlich dem Zeitraum, nachdem Maren und er Vang Sao Her kennen gelernt hatte. Sie konnten auch erst ab diesem Zeitpunkt mit Details ihrer Erlebnisse und Aktionen aufwarten. Das ließ darauf schließen, dass die beiden Rechercheure vorher nicht aufgefallen und auch nicht beobachtet worden waren. Ein Verdacht stieg in ihm auf und ließ ihn Ereignisse und Erlebnisse aus anderer Perspektive betrachten. Was, wenn nun jemand aus dem Umfeld des Hmong oder Vang Sao Her selbst die Quelle der Informationen war. Er spielte den Gedanken durch und fand ihn soweit plausibel. Zumindest gab es keinen Punkt, der diese Variante gänzlich ausschließen würde. Offen blieb allerdings der Grund für die Aufmerksamkeit ihnen gegenüber. Und ohne triftigen Grund für das gesteigerte Interesse stürzte sein Gedankenkonstrukt ein wie ein Kartenhaus. Auch der neue Kontaktversuch per illegaler Post passte nicht ins Bild.

Es sei denn - Kai wurde auf einmal ganz heiß -, man packte beides zusammen: weil der Zweck noch nicht erfüllt war, gab es den neuen Annäherungsversuch. Klar, das konnte, das musste es sein! Sie hatten noch nicht, was sie wollten. Kai grübelte weiter. Gesetzt den Fall, die Gedankenkette war richtig, was wollten sie und war er in der Lage, es zu liefern? Oder gab es außer dem ominösen Fax noch mehr, was Maren ihm verschwiegen hatte? Das heißt, dann wäre ja auch das Fax vielleicht nur ein Vorwand? Ein konstruierter Vorwand, sie in die Zange zu nehmen. Der Grund dafür allerdings blieb weiter offen.

„Na, gute Nachricht bekommen?" Thongphanh stand neben ihm und flüsterte in sein Ohr. „Von der Liebsten ein Zeichen?" Kai fuhr herum. „Oder die Stunde Deiner Befreiung durch den Hmong-Widerstand?" Kai wurde blass wie eine Kalkwand. Ziellos lief er durch den Stacheldrahtkäfig, wagte nicht, der Tür näher zu kommen und machte auch um Thongphanh einen Bogen. Dann sah er mit einem Mal Maren. Sie wurde gerade durch den Eingang hereingeführt, direkt hinüber zum Frauenblock. Laut rief er ihren Namen und wollte, jede Gefahr missachtend, schon zu ihr laufen. Ein heftiger Stoß in den Rücken ließ ihn nicht nur verstummen, sondern lang auf die Erde hinschlagen.

„Trottel", sagte Bounkham und half ihm wieder auf. Kai war durcheinander wie nie zuvor. Wem konnte er trauen, wem nicht? Was wollten sie von ihm? Vang Sao Her, Ly Toua, Hmong, Opium, Amerika, *Soldier of Fortune*, Freiheitskampf, Menschenrechte, Polithäftling, Maren, Aufstand, Armut, Betrug – die Begriffe wirbelten durch seinen Kopf, wollten sich nicht zu einer logischen Kette fügen. Er hatte kein Gefühl für die Zeit, ja keinerlei Ahnung, wie er die Zeit bis zum Abendappell, bis zur Dunkelheit, zur Nachtruhe verbrachte. Er lag auf der

Pritsche in der einzig möglichen Einheitshaltung, fand keinen Schlaf und als er schließlich wegdämmerte, träumte er wirr, rief laut und schlug um sich, so dass ihn Bounkham weckte und zur Ruhe brachte.

Maren hatte im Traum gemeinsam mit Vang Sao Her einen Galgen für ihn gezimmert. Als er mit der Schlinge um den Hals darunter stand, und Thongphanh den Schemel unter seinen Füßen wegstoßen wollte, kam Maren heran, Hand in Hand mit Vang Sao Her: Der Vernehmer las aus einem Fax vor, der Hmong-Widerstand habe nur auf einen neuen Messias wie Pha Chai gewartet und nun sei er da. Sein Name ist Kai. Er war in Schweiß gebadet, als Bounkham ihn in die Realität zurückgeholt hatte.

Der Rest der Nacht verlief ruhig. Der Traum kam nicht zurück. Ob seine Nachbarn ihn erneut mit Knüffen traktierten, bekam er nicht mit. Kai schlief fest und regungslos. Am Morgen gab es dann neue Aufregung. Diesmal allerdings nicht bei Kai. Die eiligsten morgendlichen Besucher der Latrine schlugen Alarm und weckten das ganze Lager. Der Lärm riss auch Kai aus dem Tiefschaf und ließ ihn zu dem Auflauf eilen. Er drängte sich durch die aufgeregte Menge nach vorn und sah einen leblosen Körper auf dem Abort. Er brauchte nur einen kurzen Blick, um zu wissen, wer dort lag. Es war Thongkham.

Kai ging verstört zu seiner Pritsche zurück. Der deutsch sprechende Mithäftling kam vorbei und zischte ihm zu: „Ein Spitzel!" Nun einer weniger, ging es Kai durch den Kopf. Was würde das jähe Ableben von Thongkham für ihn bedeuten? Hätte es Auswirkungen auf seinen Fall? Welchen Draht hatte Thongkham zu den Hmong oder war alles Bluff? Wenn er im Lager spioniert hatte, dann doch sicher für die Polizei. Das würde eine Verbindung zu den Hmong automatisch ausschließen. Aber was sollte ein Doppelagent in dieser trostlosen Gesellschaft von Dieben und Vergewaltigern?

Bis zum Zählappell blieb alles in der Routine des Vortages, doch dann brach Hektik aus. Der Stacheldrahtverhau blieb zu und um ihn herum zogen bewaffnete Posten auf. Mehrere Häftlinge wurden einzeln aufgerufen und zu Verhören weggeführt. Kai war der siebte. Diesmal brachte man ihn nicht in das zweigeschossige Gebäude, sondern in einem fensterlosen Fahrzeug an einen anderen Ort. Auch Vernehmer und Dolmetscher waren neu. Er erzählte die Geschichte der angehenden Starreporter von neuem, einschließlich des Erwerbs der verräterischen Zeitschrift der transatlantischen Glücksritter. Auch zum Ableben von Thongphanh konnte er keine Auskunft geben, selbst nach dreistündigem Verhör fiel ihm nicht mehr ein als zu Beginn. Vielleicht überzeugte das die Herren oder sie hatten Konsultationsbedarf, jedenfalls machten sie gegen Mittag eine Pause. Er kam nicht ins Lager zurück und auch in keine andere Verwahrung, sondern blieb mutterseelenallein im Vernehmungszimmer. Essen bekam er allerdings auch keins. Nach der Pause kamen seine Vernehmer zu Kais großer Überraschung gemeinsam mit einem lamettabehängten Uniformierten zurück – und von Barnum.

„Wir wollen die Sache nicht unnötig ausdehnen", sagte der Mann im Einheitsdress via Dolmetscher. „Sie sind nach einigen Formalitäten frei. Die Bedingung ist, dass Sie unverzüglich die Demokratische Volksrepublik Laos verlassen und für wenigstens zwölf Monate nicht wieder versuchen, hier einzureisen. Ich denke, Sie haben Verständnis für diese Maßnahme."

Von Barnum blickte so bedeutungs- wie würdevoll, als stamme das Manuskript für die Ansprache von ihm. Der Erledigung der angekündigten Formalitäten durfte er jedoch nicht beiwohnen, sondern wurde in ein anderes Zimmer gebeten. Dass ihn dort ein ähnliches Rendezvous mit Maren erwartete, erfuhr Kai erst später.

Die Formalitäten waren kurz und knapp. Das Protokoll vom Vormittag wurde ihm vorgelesen und zur Unterschrift vorgelegt. Weiter schob man ihm eine Erklärung zu, die ihn verpflichtete, über alle Vorgänge im und um den Haftaufenthalt Stillschweigen zu bewahren. Der Lamettamann erklärte, seinen Pass würde Kai natürlich erst an der Grenze bekommen. Sonst wünsche man ihm gute Reise. Mit einem Augenzwinkern setzte er hinzu, Kai habe eine recht überzeugende Darstellung der Ereignisse geliefert. Man hoffe, er könne sich auch ein Leben ohne Maren vorstellen. Dann sei die Einreisesperre kein Hindernis. Diese Erklärung verblüffte Kai nun vollends. Was sollte das nun wieder? Zuckerbrot nach zugegebenermaßen noch erträglicher Peitsche? Das machte doch keinen Sinn, wenn seine Abschiebung auf dem Fuße folgte. Oder war das eine neue Finte? Der Uniformträger verabschiedete sich gar per Handschlag und verließ den Raum. Kai setzte sich wieder. Das war auch besser so, denn was nun kam, hätte ihn garantiert umgehauen.

„Eine Kleinigkeit bleibt noch", erfuhr er vom Dolmetscher. „Sie müssten noch die Kosten für Unterkunft und Verpflegung begleichen. Eine Quittung ist vorbereitet." Kai meinte, im falschen Film zu sein. Unschuldig im Knast und statt eine Entschädigung zu erhalten sollte er nun auch noch seinen Erholungsaufenthalt bezahlen. Das war wohl doch etwas hart. Es wurde noch härter, als man ihm die Rechnung über den Tisch schob. Fünfzig US-Dollar für zwei Tage Unterkunft, Verpflegung, Strom, Wasser und Bewachung! Ein Witz? Offenbar nicht, denn nur die Nummer des Scheins brauchte noch eingetragen zu werden. Kai begutachtete seine Lage und überlegte nicht lange. Dreihundert hatte er bezahlt, um vom vermeintlich drohenden Knast verschont zu bleiben, fünfzig wollte man von ihm, um dem tatsächlichen zu entkommen. An sich kein schlechter Deal. Er kramte die Brieftasche hervor und schon einen grünen Fünfziger hinüber. Der Dolmetscher prüfte den Schein intensiv, trug dann die Nummer in die Quittung ein, unterzeichnete das Dokument, ließ Kai gegenzeichnen und schob weißen und grünen Schein weiter zum Vernehmer, der in der Spalte ‚Zeuge' gleichfalls signierte. Kai erhielt das Original, während Kopien der Quittung und Original des Geldscheins im Schubfach des Schreibtisches verschwanden. Kai wurde aus dem Raum geführt. Draußen auf dem Hof stand der dunkelblaue BMW. Von Barnum stand an der Beifahrertür, Maren saß schon im Fonds des Wagens. Kai stieg gleichzeitig mit dem Diplomaten ein, die Türen klappten und das Fahrzeug fuhr an.

Maren saß stumm und grüblerisch neben Kai. Kein Wort kam über ihre Lippen und auch ihr Gesichtsausdruck verriet nichts über ihren Gemützustand. Von Barnun versuchte, sie aufzumuntern. „Ist ja noch mal gut gegangen", sagte er. Und schilderte kurz die Bemühungen der Botschaft, die selbst die Bundesregierung in Berlin für sie mobilisiert hatte. Hoher Besuch aus Deutschland stünde den Laoten ins Haus, begleitet von einer Horde Journalisten. Da sehe es nicht gut aus, wenn zwei Kollegen im besuchten Land im Knast säßen. Die Medienleute könnten vielleicht den offiziellen Anlass ihres Hierseins für weniger wichtig als das Schicksal ihrer Berufsbrüder und –schwestern erachten. Die Furcht vor diesem Rummel habe wohl zu der raschen Entscheidung geführt.

Kai blieb seinem Schweigeversprechen treu und sagte nichts von dem Toten im Klo, dessen sicher unfreiwilliger Abgang von der Erde ihm die plötzliche, ja geradezu hektische Abschiebung zumindest genauso plausibel erscheinen ließ. Das Aufsehen, das Kai bei intimster Kenntnis dank Beobachtung der Dinge aus nächster Nähe hätte erregen können, könnte vielleicht auch nicht wünschenswert gewesen sein.

Maren blieb stumm. Kai fragte nach ihrem Gepäck und von Barnum wies auf das Auto hinter ihnen. Kai blickte sich um und sah die bekannte schwarze Limousine mit dem stumpfen Lack. Ohne jeden Zwischenstopp verließen sie die laotische Hauptstadt Richtung Freundschaftsbrücke. Maren schwieg weiter. Auch Kai hatte nichts zu sagen. Einzig von Barnum schien sich die Erleichterung über die rasche Lösung des Falles von der Seele reden zu müssen. Weder Maren noch Kai registrierten, worüber er eigentlich sprach. Bis er auf einmal von Hmong redete, von Versuchen, die Ordnung im Lande zu stören und eine Normalisierung der Beziehungen zu den USA zu hintertreiben. Dabei gehe es um Geld, viel Geld. Und da könne man nicht einfach mit Notizblock und Kamera durch den Busch laufen und alles durcheinander bringen. Schlimm genug, dass Hmong mal wieder von Thailand aus in das Land sickerten, um mit Überfällen Unruhe und Panik zu schüren.

Kai ging ein Licht auf. Die laotische Geheimpolizei hatte wohl auf der Lauer gelegen und Hmong-Kämpfer erwartet. Stattdessen kamen zwei deutsche Jungschreiber, die nach Hmong-Rebellen suchten. Da lag die Vermutung nicht weit entfernt, beides könnte miteinander zu tun haben. Vielleicht kamen sie ja von den Hintermännern, brachten Anweisungen und Geld. So konnte es sein. Das hieße aber auch, dass sie von Anfang an unter Kontrolle waren und keinesfalls mit den Widerstandskämpfern in Kontakt geraten waren, sondern mit der anderen Seite. Und die wollte über sie an die Hintermänner kommen, zuerst im Guten und dann im Bösen.

Kai grübelte weiter. Maren, so beschloss er, würde er von diesen Gedanken besser nichts sagen. So wie vom toten Thongphanh. Vielleicht war ja auch alles Hirngespinst. Geheimdienstkrieg im Busch. Das war doch schon sehr abwegig, vor allem, wenn zwei so naive Rechercheure mittendrin herumstolzierten, mit der Unauffälligkeit eine Rad schlagenden Pfaus. Er blickte zu Maren hinüber. Aber deren Gesicht schien zu Eis gefroren. Hatten sie ihr so hart zugesetzt oder war sie so zart besaitet? Keine Regung, kein Blinzeln verriet, dass irgendetwas sie bewegte. Nur von Barnun quasselte ohn Unterlass.

„Was machen Sie sonst so den ganzen Tag?" fragte Kai plötzlich mitten in dessen Redefluss. „Ich meine, wenn nicht gerade zwei angehende Journalisten im Knast sitzen." Von Barnum kam sichtlich von der Rolle. Dann murmelte er etwas von großem Umfang der Beziehungen und verantwortungsvoller Arbeit. Von Ministern und Gesandten, Verträgen und Dokumenten. Als er von verlorenen Pässen redete, musste Kai unwillkürlich grinsen. Er dachte an die Abwege, auf die auch sein Reisepapier geraten war. Dann blickte er aus dem Fenster auf ausgedehnte Reisfelder. Laos war schön, verdammt schön.

An der Grenzstation Freundschaftsbrücke ging dann alles sehr schnell. Sie zwängten sich in ein kleines Büro im Obergeschoß des protzigen Gebäudetraktes mit dem grünen Dach. Die Männer von der Sicherheit stellten ihr Gepäck auf den Tisch und baten, es auf Vollständigkeit zu prüfen. Maren beanstandete das Fehlen ihrer Filme, der vollen wie leeren.

„Die Filme enthielten Informationen, die auf unerlaubtem Wege beschafft wurden und die gegen die Interessen der Demokratischen Volksrepublik Laos eingesetzt werden können", spulte der Dolmetscher einen scheinbar eingeübten Satz ab. Aus diesen Gründen seien sie beschlagnahmt.

„Sonst alles komplett?" lenkte von Barnum ab, der gesehen hatte, wie sich Marens Mine verfinsterte. Sonst war alles vollständig, wenn man vom Geld absah, dass sie hier und da gegen ihren ausdrücklichen Willen abzugeben gedrängt worden waren. Und ihre unbekümmerte Leichtgläubigkeit hatten sie auf der Reise, ganz bestimmt aber in den letzten zwei Tagen eingebüßt. Die Tür öffnete sich und eine Frau reichte Papiere herein. Auch ihre Pässe konnte Kai in dem Stapel entdecken. Der Dolmetsch händigten ihnen die weinroten Pappdeckel aus und erklärte, dass alle Formalitäten und Stempeleien erledigt seien. Er gab den Beiden je einen kleinen Papierschnipsel, die er als Fahrscheine für den Shuttlebus beschrieb.

„Dann können wir wohl", sagte von Barnum erleichtert und griff hilfsbereit nach dem Gepäck.

„Geht schon", entgegnete Maren und schulterte ihren Rucksack selbst. Von Barnum geleitete sie bis zum Bus und verabschiedete sich dort förmlich. Als er aufmunternd hinzusetzte, sie sollten sich beim nächsten Mal vorher überlegen welche Art von Scherzen sie zu machen gedächten, erntete er einen eisigen Blitz-Blick von Maren, der ihn weitere Bemerkungen verkneifen ließ. Kai schlug in die angebotene Hand ein und dankte dem Mann für die Unterstützung. Dann kletterten sie in den Bus. Der schien nur auf sie gewartet zu haben und setzte sich langsam in Bewegung. In einigem Abstand sah Kai die Sicherheitsleute, die nun ihre tatsächliche Abreise sicherstellen sollten. Zu gern hätte er gewusst, was eigentlich tatsächlich um sie herum passiert war.

Maren stand in der offenen Tür des klobigen Busses und blickte auf von Barnum. „Sie Scheißer!" rief sie plötzlich dem Diplomaten zu. „Wenn Sie schon nicht für die Sicherheit der deutschen Bürger in diesem lausigen Land sorgen können, schaffen Sie wenigstens meine Filme wieder heran. Über Ihre Unfähigkeit werde ich Ihr Amt ohnehin unterrichten."

Von Barnums Hand, die zu einem Gruß nach oben strebte, blieb unverrichteter Dinge auf halber Höhe hängen, als sei einem Aufziehspielzeug die Puste ausgegangen. Fassungslos blickte er dem Bus hinterher, bis er außer Sichtweite war.

Kai fragte Maren nach dem Grund ihres Ausfalls. „Mach mich nicht an, du Arsch!" keifte sie los. „Mit so einem Waschlappen fährt man nun durch die Welt." Es waren die letzten Worte, die Kai von ihr hörte. Die Heimfahrt erlebten sie getrennt. Sie fuhr mit dem Bus nach Bangkok, er mit der Bahn. Sie saßen dann zwar im gleichen Flieger, aber 12 Sitzreihen voneinander entfernt. So konnte Maren weder sehen noch hören, wie Kai sich den ganzen Flug über intensivst um die schwarzhaarige, mandeläugige Stewardess bemühte.

*

Die Wette haben sie dennoch gewonnen. Das heißt, es war wohl eher Maren. Wenige Tage nach ihrer Rückkehr las Kai in einem sonst angesehenen Blatt vom Schicksal zweier junger deutscher Journalisten, die vom wild gewordenen Repressionsapparat des sonst unscheinbaren Staates Laos willkürlich verfolgt und eingekerkert worden waren. Von vorenthaltener Pressefreiheit war darin die Rede und von missachteten Menschenrechten. Die Hmong kamen in dem Stück nur als Statisten vor. Der angekündigte große Bericht über deren Freiheitskampf jedenfalls war es nicht, was Kai da zu lesen bekam. Noch am Vormittag desselben Tages klingelte das Telefon und Holger gratulierte zum Wettgewinn. Seine Gartenlaube konnte er also behalten. Auf die Frage, warum nur Maren Körner als Autor in der Zeitung stand, erzählte Kai etwas von inhaltlichen Differenzen.

Die Rollos hatte er noch nicht aufgezogen und auch die Ansage auf dem Anrufbeantworter war unverändert. Zumindest in Gedanken war Kai noch immer im fernen Laos.

Kais neue Abenteuer führen ihn wieder in den Nor-
den von Laos. Diesmal jedoch, wie schon zu erahnen war,
ohne Maren. Wieder wird er in Vorgänge verwickelt von
denen er besser die Finger gelassen hätte. Hier eine Lese-
probe:

„*Welcome to Wattay International Airport!*" Die
Ansage klang wie Musik in seinen Ohren. Da konnten
auch die verkündeten 39 Grad Außentemperatur nichts
daran ändern. Kai kletterte mit dem halben Dutzend weiterer Passagiere die Leiter aus dem Y-7-Propellerflugzeug
hinunter auf den Flughafenbeton.

Kai war wieder in der laotischen Hauptstadt Vientiane gelandet. Er war zurück, schneller als geglaubt. Und
doch war alles anders.

Das neue Flughafengebäude, bei seinem ersten Aufenthalt in Laos noch geschont für bessere Zeiten, war in
vollem Betrieb. Wenn man die drei bis vier Flieger am
Tag überhaupt Betrieb nennen konnte. So modern sich
das Terminal mit seinen zwei Passagierbrücken auch gab,
für ein Problem hatten auch die japanischen Experten
keine Lösung gefunden: Das Flugzeug chinesischer Bauart war schlicht zu klein. Soweit hinunter ließen sich die
Rüssel nicht absenken. So blieb den Flugreisenden nichts
anderes übrig, als zuerst einmal hinab auf die Erde zu steigen, um dann über ein Treppenhaus wieder hinauf in die
moderne Brücke zu gelangen. Zeit genug, einen Eindruck
zu bekommen, was 39 Grad über einer von der Sonne
durchgeglühten Betonfläche bedeuteten.

Er war zurück, und das war, was im Moment zählte. Das Jahr Einreisesperre, das die laotischen Sicherheitsbehörden verhängt hatten, war noch nicht einmal um. Vorsichtig hatte er sich bei der Botschaft in Berlin erkundigt, ob einem Einreisevisum in die Volksrepublik etwas entgegenstünde. Zu seiner Überraschung war er gar vom zweiten Mann der Botschaft empfangen worden. Der hatte ihm nicht nur mitgeteilt, dass es keine Einwände gebe, sondern ihn mit *Beerlao* und Snacks bewirtet. So hatte Kai seinen Stempel in den Pass bekommen, vorerst als Tourist.

Dabei wollte er nun für länger bleiben. Das hatte er letztlich seinem Vater zu verdanken. Der war überraschend aus Brasilien zu einem Urlaub in Deutschland erschienen und hatte, noch überraschender für Kai, ein kleines dunkelhäutiges Mädchen an der Hand, das er als Kais Halbschwester vorstellte. Gewohnt hatten sie ein paar Tage in der Gartenlaube am Stadtrand. So hatte Kai auch genug Gelegenheit, über seine Erlebnisse im fernen Laos zu berichten.

Viel hatte Kais Vater dazu nicht gesagt. Letztlich stellte er nur die entscheidende Frage: „Und da willst Du wieder hin?" Kein Zweifel, Kai wollte.

Kais alter Herr mobilisierte seine alten Bekannten. Wozu hatte er schließlich Außenhandel studiert? Seine Kommilitonen aus Moskauer Studientagen waren in alle Welt zerstreut, sollte da niemand dabei sein, der mit Laos zu tun hatte? Ein paar Anrufe später hatte er die Bestätigung: da war jemand. Achim hieß der Mann. Laos, so hatte er am Telefon gesagt, sei zwar nicht ganz genau sein Zielgebiet, sondern eher Vietnam. Aber das lag ja gleich um die Ecke und ab und zu hätte er auch schon mit dem Land zu tun gehabt. Kurz und gut, Kai solle doch mal bei ihm vorbeischauen.

So war Kai noch zu einem Aufenthalt in seiner alten Heimat gekommen. Berlin, wie haste Dir verändert! Gut, der Fernsehturm stand noch da, wo er schon immer gestanden hatte. Aber sonst...

Hätte Achim aber auch gleich sagen können, dass Weißenseer Weg die Ho-Chi-Minh-Straße meinte. Hätte ja auch viel besser zu seinem geschäftlichen Zielgebiet gepasst. Als Kai zwei Stunden später wieder hinauszog auf den Ho-Chi-Minh-Pfad, hatte er Vertrag, Auftrag und Vollmacht in einem. Er sollte für Achims kleine Handelsfirma den laotischen Markt erschließen. Kein Journalist mehr, keine Jagd nach Sensationen, sondern Krämerdasein. Kai hatte zwar keine Vorstellung, wie er das anstellen sollte mit dem Markt, aber es würde schon irgendwie gehen. Er hatte ja schließlich Betriebs- und auch Volkswirtschaft studiert. Den Grundstock für ein ordentliches Büro hatte er jedenfalls unter dem Arm – seinen Laptop. Zwei Tage später hatte er auch sein Visum.

*

Kai hatte sogar ein kleines Budget zu seiner Verfügung. Nicht eben üppig, aber für die Unterkunft in einem kleinen Gästehaus allemal ausreichend. Und er hatte eine Telefonnummer. Achim hatte sie ihm aufgeschrieben und den dazugehörigen Mann ans Herz gelegt.

„Wenn es nicht mehr weitergeht, Boualay weiß Rat."
Dermaßen überschwänglich angepriesen, konnte der
Mann dazu eigentlich nur noch enttäuschen. Umso mehr
überraschte es Kai, als Boualay am Telefon sofort seine
Hilfe anbot.

„Wo bist du jetzt? Noch auf dem Flugplatz? Bleib
dort und ich bin in 10 Minuten da", sagte der Mann, den
er noch nie zuvor in seinem Leben getroffen hatte.

Dass Boualay deutsch sprechen würde, hatte Achim
für sich behalten. Nun stand Kai in der klimatisierten
Halle des modernen Flughafengebäudes und harrte der
Dinge, die da kommen sollten. Die kamen in Form eines
Pick-ups. Boualay hatte auch gleich die Adresse eines ordentlichen und preiswerten Gästehauses parat, das allerdings ein Stück von Stadtzentrum entfernt lag. Kai aber
sagte der Platz schon beim ersten Augenschein zu. Nicht
nur, weil er die Hilfe des neuen Bekannten nicht gleich
beim ersten Treffen überbeanspruchen wollte. Ein großer
und gut gepflegter Garten, saubere Zimmer und funktio-
nierende Sanitärinstallationen im Bad. Er richtete sich ein,
so gut es ging, und folgte der freundlichen Einladung der
Gästehausbesitzer, deren Haus praktischerweise am anderen Ende der Grünanlage stand, zum Abendessen.

Dann lag Kai im Bett in seinem Zimmer. Allein. Zum
ersten Mal seit langer Zeit dachte er an Maren, seine Begleiterin auf der ersten Reise nach Laos. Sie waren sich
näher gekommen in den gemeinsam durchlebten Aben-
teuern. Und doch am Ende weiter voneinander entfernt
als je zuvor. Das hatte gewiss nicht an der getrennten Un-

terkunft im Vientianer Untersuchungsgefängnis gelegen, sondern an der unterschiedlichen Wahrnehmung der Welt. Sensation, so sagt es das Lexikon, hat in seiner ursprünglichen Bedeutung etwas mit Sinnesempfindung zu, und nicht nur mit einem Aufsehen erregenden Ereignis.

Draußen zirpten Grillen, dann bellte in einiger Entfernung ein Hund. Kai wollte gerade in Reich der Träume abtauchen, als sich jemand an seinem Türschloss zu schaffen machte.

‚Geht das schon wieder los‘, schoss es Kai durch den Kopf, der mit einem Mal von Jetlag kuriert war. Er trat vorsichtig an das Fenster neben der Tür und versuchte, einen Blick nach draußen zu erhaschen. Da stand ein Mann, offenbar Europäer, und versuchte vergeblich, mit einem Schlüssel die Tür zu öffnen. Kai kam ihm zu Hilfe, indem er den Eingang von innen aufsperrte.

„Guten Abend“, begrüßte er den völlig verdatterten Mann mittleren Alters. Der sah auf den Schlüssel in seiner Hand und die Nummer über der Tür und schlug sich vor die Stirn. Die heftige Bewegung ließ ihn schwanken wie ein Rohr im Wind. Offensichtlich hatte er eine gehörige Portion *Beerlao* oder verwandte Rauschzustände hervorrufende Substanzen intus.

„*Pardon*“, lallte er mehr als er sprach. „*Wrong numéro.*“ Er machte auf dem Absatz kehrt und versuchte sich am Schloss des Nachbarzimmers.

Kai trat zu ihm und mit einem fast schon verständnisvollen „Lass mal sehen“ nahm er dem frankophonen

Herrn den Schlüssel ab. Das kleine Schild, das an dem Schließgerät baumelte, zeigt deutlich eine Nummer 5. Kai wohnte in Nummer 6. Das heißt, nun stand der Mann zwar vor der richtigen Tür, jedoch hatte das Schloss auf jeden Versuch des Eindringens heftige Meidbewegungen gemacht, die das Öffnen der Tür verhinderten. So mochte sich die Sache jedenfalls für den intoxinierten Herrn darstellen. Als Kai nun den Schlüssel führte, hielt das Gegenstück still und die Tür ließ sich anstandslos öffnen.

Mit einem erleichterten „*Merci*" schoss der Mann förmlich an Kai vorbei geradewegs in sein Bett. Kai legte den Schlüssel auf den Tisch, drückte die Türsicherung und zog die Tür zu.

Am nächsten Morgen klopfte es an Kais Zimmertür. Kai öffnete und sah sich dem nächtlichen Störenfried gegenüber. Der entschuldigte sich wortreich für die Belästigung am Vorabend und stellte sich dann auch vor: Bernard Lacroix, Unternehmer aus Frankreich auf der Suche nach dem Supergeschäft in Laos. Ob man, quasi als Wiedergutmachung, nicht gemeinsam frühstücken könne.

Kai wunderte sich, wie der man nach der heftigen Schräglage am Vorabend nun Appetit auf ein Frühstück haben konnte. Er hätte nicht übel Lust gehabt, dem auf den Grund zu gehen. Vielleicht kannte Lacroix ja das absolute Geheimrezept gegen Kater und Brummschädel. Aber er war schon mit Boualay verabredet. Also vertröstete er Lacroix, was ihm umso leichter fiel, als der Pick-up mit Boualay am Steuer eben in der Einfahrt erschien.

Sie fuhren ins Stadtzentrum und hielten vor einem dreigeschossigen Shophaus. Die offene Ladenetage ließ einen formidablen Schlauch entstehen, dessen vordere zwölf Meter sechs rechteckige und zwei runde Tische beheimateten. Dabei stellten die runden Tische mit ihren kunstvoll gedrechselten Beinen und den Marmorplatten so etwas wie den noblen Teil des abgesehen von ein paar ausgeblichenen Kalenderfotos schmucklosen Ladens dar.

Boualay steuerte schnurstracks auf einen der VIP-Tische zu, gab jedem der an diesem wie am Nachbartisch sitzenden Männer die Hand und stellte Kai kurz vor:

„Der Junge kommt aus Deutschland. Mal sehen, ob er unseren Kaffee verträgt."

Dann rief er eine Bestellung in den hinteren Teil des Schlauches, obwohl nirgends so etwas wie eine Bedienung zu sehen war. Hinter einem schmuddeligen Textilvorhang kam kurz darauf ein Mädchen mit einem Tablett hervor und platzierte je zwei Gläser vor Kai und Bualay. Jeweils eines der Gläser enthielt unbestreitbar Tee. Im zweiten ließen sich zwei Schichten ausmachen: eine cremefarbene am Grund, etwa ein Drittel das Glases füllend, und eine tiefschwarze darüber. Boualay setzte den im Glas befindlichen Löffel in Bewegung und verquirlte die beiden Farben zu kräftig, dass eine kakaofarbige Flüssigkeit entstand. Kai tat es ihm gleich und kostete dann von dem Gebräu. Er schmeckte starke Süße, Karamell und, ja, auch Kaffee. Das Zeug war definitiv gut. Es traf seinen Geschmack, erinnerte ein ganz klein wenig an seien

Kindheit mit Trinkfix, dem Trumpfprodukt aus Ostgestattungsproduktion.

Inzwischen waren auch Spiegeleier und frisches Baguette auf dem Tisch angelangt und Kai langte tüchtig zu, als Boualays Telefon klingelte. Er lauschte einen Moment mit ungläubiger Mine in das Gerät, sagte auf Deutsch: „Ja, einen Moment, bitte", und reichte das Handy an Kai weiter.

„Guten Morgen", hörte der seinen Vater sagen. Kai war perplex. Sein Vater meldete sich bei ihm. Da musste schon der Zuckerhut in Absinth abgefackelt worden sein. Oder schlimmeres.

„Pass auf, ich mach es kurz. Das Gespräch ist sündhaft teuer. Ein Studienkollege hat sich gemeldet und braucht schnelle Hilfe. Ich habe ihm deine Email gegeben. Er wird sich direkt melden. Er heißt Theofil." Klack machte es und die Verbindung war weg.

Wegen uns, seinen Kindern, hatte er sich seit seinem Abgang nach Brasilien nie gemeldet. Und nun wegen Theofil. Wenigstens sagte mir der Name noch etwas. Vater hatte erzählt, wie sie seinen tschechischen Kommilitonen damals beim Studium in Moskau aufgezogen hatten mit dem nervtötenden Schlager des ebenfalls tschechischen Schlagersängers Vaclav Neckar. Seinen Spitznamen hatte er dann jedenfalls weg: Kroko.

Und nun sollte er Kroko helfen